ŒUVRES DE DANIELLE STEEL
AUX PRESSES DE LA CITÉ

Album de famille
La Fin de l'été
Il était une fois l'amour
Au nom du cœur
Secrets
Une autre vie
La Maison des jours heureux
La Ronde des souvenirs
Traversées
Les Promesses de la passion
La Vagabonde
Loving
La Belle Vie
Kaléidoscope
Star
Cher Daddy
Souvenirs du Vietnam
Coups de cœur
Un si grand amour
Joyaux
Naissances
Le Cadeau
Accident
Plein Ciel
L'Anneau de Cassandra
Cinq Jours à Paris
Palomino
La Foudre
Malveillance
Souvenirs d'amour
Honneur et Courage
Le Ranch
Renaissance
Le Fantôme
Un rayon de lumière
Un monde de rêve
Le Klone et Moi
Un si long chemin
Une saison de passion
Double Reflet
Douce-Amère
Maintenant et pour toujours
Forces irrésistibles
Le Mariage
Mamie Dan
Voyage
Le Baiser
Rue de l'Espoir
L'Aigle solitaire
Le Cottage
Courage
Vœux secrets
Coucher de soleil à Saint-Tropez
Rendez-vous
À bon port
L'Ange gardien
Rançon
Les Échos du passé
Seconde Chance
Impossible
Éternels Célibataires
La Clé du bonheur
Miracle
Princesse
Sœurs et amies
Le Bal
Villa numéro 2
Une grâce infinie
Paris retrouvé
Irrésistible
Une femme libre
Au jour le jour
Offrir l'espoir
Affaire de cœur
Les Lueurs du Sud
Une grande fille
Liens familiaux
Colocataires

(Suite en fin d'ouvrage)

Danielle Steel

REBELLE

Roman

Traduit de l'anglais (États-Unis)
par Marion Roman

Les Presses de la Cité

L'édition originale de cet ouvrage a paru en 2018 sous le titre *The Good Fight* chez Delacorte Press, Random House, Penguin Random House Company, New York.

Les Presses de la Cité, un département Place des Éditeurs
92, avenue de France 75013 Paris

ISBN : 978-2-258-19181-5
Dépôt légal : janvier 2022

Presses de la Cité un département **place des éditeurs**

place des éditeurs

À mes enfants adorés,
Courageux et aimants :
Beatrix, Trevor, Todd, Nick,
Sam, Victoria, Vanessa,
Maxx et Zara.

Restez fidèles à vous-même
Et à vos convictions,
Battez-vous pour vos propres causes,
Et sachez que je vous aime
De tout mon être.

Avec tout mon amour, pour toujours.

Maman/D S

« Il arrive parfois que l'Histoire prenne les choses en main. »

Thurgood Marshall,
héros de la cause des droits civiques
et quatre-vingt-seizième juge
de la Cour suprême des États-Unis

1

Meredith McKenzie conservait un souvenir intact du jour où son père avait été mobilisé, en février 1942. Elle se rappelait tout, de sa silhouette imposante aux boutons de son uniforme, et jusqu'à l'odeur du savon à barbe qui avait chatouillé ses narines lorsqu'elle l'avait embrassé. Elle n'avait qu'à fermer les yeux pour qu'il lui apparaisse tel qu'il avait été en ce jour si particulier. Du reste de la journée, elle ne se remémorait que des bribes. Les larmes qui baignaient les joues de sa mère, l'angoisse qui tordait le visage de ses grands-parents au moment du départ, la voix de son grand-père Bill qui l'exhortait à garder la tête haute. Robert McKenzie, le père de Meredith, s'était enrôlé après l'attaque de Pearl Harbor. En sa qualité d'avocat, il avait été affecté au corps juridique et partait donc pour Washington. Il avait 37 ans, quatre de plus que Janet, son épouse ; Meredith en avait presque 6. Son papa lui avait promis qu'elle pourrait le rejoindre dans sa nouvelle ville sitôt qu'il y serait installé. L'enfant avait vu sa mère éplorée se cramponner à lui tandis que sa grand-mère, stoïque, contenait son émotion.

C'était Robert qui avait insisté pour qu'ils se disent au revoir à l'appartement. À la gare, disait-il, ce serait la pagaille. Et puis il ne partait pas outre-mer, contrairement à la majorité des soldats qui se bousculeraient sur le quai. Il n'y avait pas de quoi en faire tout un plat ! Ainsi Robert McKenzie avait-il adressé un dernier signe et un dernier sourire à sa famille puis, son sac de toile à l'épaule, sa casquette d'officier crânement vissée sur la tête et son lourd manteau sur le dos, il avait tourné les talons.

Après le départ de Robert, le grand-père de Meredith l'avait emmenée se promener au prétexte de lui faire prendre l'air ; il s'agissait en réalité de permettre à Janet de se recomposer et de discuter librement avec sa belle-mère (ses propres parents étaient morts depuis plusieurs années et elle n'avait d'autre famille que celle de son mari).

— Tu comprends pourquoi ton papa s'en va, n'est-ce pas ? avait demandé Bill à Meredith tandis qu'ils longeaient Central Park.

La fillette avait réfléchi et secoué la tête. À l'école, deux de ses camarades avaient des papas dans l'armée mais, eux, on les avait envoyés dans une base militaire du New Jersey. Les enfants racontaient qu'ils devaient s'entraîner avant de partir pour l'Europe à bord d'un gros bateau. Le papa de Merrie n'allait pas combattre d'ennemis à Washington. Il y exercerait le même métier qu'à la maison, c'était lui-même qui le lui avait dit. Et rien n'allait changer. Maman et Grand-mère continueraient d'endosser les drôles de blouses de la Croix-Rouge qui les faisaient ressembler à des infirmières. Elles étaient « bénévoles » et organisaient une collecte de sang qui devait, semblait-il, aider les soldats blessés au combat.

— Ton père aussi va défendre notre pays contre les méchants, lui avait expliqué Grand-père d'un ton solennel en s'asseyant sur un banc. Il nous protège contre ceux qui nous veulent du mal. C'est pour cela qu'il doit s'en aller. C'est très important. Parce que notre liberté, Meredith, c'est notre bien le plus précieux. Tu comprends ?

De nouveau, Merrie avait réfléchi et fait non de la tête. Son grand-père lui parlait souvent de sujets auxquels elle n'entendait pas grand-chose, mais il la traitait comme une grande personne et cela lui plaisait.

— Être libre, ça veut dire pouvoir choisir, prendre des décisions sans qu'on nous force. Personne n'a le droit de nous empêcher de faire le bien ou de nous obliger à faire le mal. Sinon, on devient des esclaves. En ce moment, dans le monde, il y a des méchants, comme M. Hitler en Allemagne, qui voudraient qu'on devienne leurs esclaves. C'est pour ça que les peuples libres du monde entier vont aller en Europe pour l'arrêter. Quand la guerre sera finie, ces gens seront des héros. Et ton papa aussi.

— Mais papa, il va rencontrer M. Hitler, à Washington ? avait demandé la fillette avec beaucoup d'intérêt.

Bill McKenzie avait souri.

— J'espère bien que non ! M. Hitler habite en Allemagne. Ton père va mettre ses talents au service de son pays, de l'armée américaine et du président des États-Unis.

Merrie savait que son papa et son grand-père étaient « avocats » tous les deux, mais elle ignorait le sens de ce mot. Ce qu'ils faisaient, concrètement, représentait pour elle un mystère.

— Peut-être qu'un jour ton père affrontera M. Hitler, avait repris Bill McKenzie, mais ce sera dans un tribunal… Et ce jour n'est pas arrivé.

— Toi aussi, tu vas le rencontrer ? avait renchéri la petite. Tu vas te battre contre lui ?

Bill avait eu un signe de dénégation.

— Non, ma chérie. Je me suis déjà battu dans ma jeunesse. En France.

Lorsque les États-Unis avaient volé au secours de l'Entente, vingt-cinq ans auparavant, William McKenzie, alors âgé de 35 ans, y avait pris part. Il était rentré indemne. Tous n'avaient pas eu sa chance.

Merrie se concentrait.

— Grand-père, avait-elle demandé, est-ce que les filles peuvent devenir avocates, elles aussi ?

— Bien sûr ! lui avait assuré Bill.

S'il l'avait entendu, son fils aurait poussé les hauts cris. Mais il n'était pas là. Au reste, pourquoi Meredith ne perpétuerait-elle pas la tradition familiale ? Bill ne voyait pas pour quelle raison elle n'intégrerait pas un jour le cabinet où père et fils travaillaient de conserve. Certes, étudier le droit constituait en ce temps-là un choix audacieux pour une femme et, le moment venu, cette décision appartiendrait à Meredith et à elle seule, mais la guerre allait transformer le monde, Bill le savait d'expérience. Les femmes, participant à l'effort de guerre, reprendraient les emplois occupés par les hommes en temps de paix. Dans un avenir pas si lointain, des domaines autrefois réservés à ces messieurs allaient s'ouvrir aux femmes.

Robert nourrissait d'autres projets pour sa fille. Il espérait qu'elle marcherait sur les traces de sa mère : mariée, mère de famille et femme au foyer, c'était ainsi qu'il la voyait dans quelques années. Bill, pour sa part, avait pour la petite bien plus d'ambition. Si sa propre épouse, mariée à 19 ans et maman à 20, n'avait jamais travaillé et que Bill ne s'en plaignait nullement, Meredith McKenzie appartenait à une nouvelle génération – mieux : à un nouveau monde. Aux États-Unis comme en Europe, on se battait pour toutes sortes de libertés et son grand-père souhaitait qu'elle en bénéficie.

— Alors moi aussi, plus tard, je serai avocate, déclara Meredith. Ou alors médecin ou peut-être infirmière.

— Tu seras ce que tu voudras, lui promit son grand-père.

Main dans la main, ils traversèrent la Cinquième Avenue et reprirent le chemin de l'appartement familial.

À la maison les attendaient du thé, des sandwichs et des biscuits. Meredith, à qui la promenade avait ouvert l'appétit, fit honneur à la collation, avala un grand verre de lait et laissa les adultes entre eux pour qu'ils puissent parler de la guerre. Là s'arrêtaient ses souvenirs de la journée. Mais le discours de son grand-père sur la liberté, elle devait ne jamais l'oublier. Elle y pensait encore en montant dans sa chambre pour jouer avec ses poupées. Ce jour-là, une vocation était née.

Janet rendit visite à son mari à Washington une fois par semaine. En l'absence de sa mère, Merrie couchait chez ses grands-parents. Elle ne revit son papa que de longs mois plus tard, quand Robert McKenzie revint à la maison à l'occasion d'une permission. Il lui consacra beaucoup de son temps et s'étonna de la découvrir si bien renseignée sur la guerre qui faisait rage en Europe. C'était une enfant éveillée, il ne l'ignorait pas. Quant à la source de son savoir, Robert n'eut aucun mal à l'identifier.

— Je ne veux pas que tu lui parles de ces choses-là, papa, reprocha Robert à son père. Elle n'a que 6 ans ! Elle n'a pas besoin de savoir.

— Je ne suis pas de ton avis. Ne la sous-estime pas. Merrie est maligne. Et tu penses bien que je n'entre pas dans les détails ! Je me contente de lui expliquer la situation dans les grandes lignes. Je ne suis pas idiot ! Raconte-moi plutôt ce que tu sais : quelles sont les nouvelles d'Europe ?

Comme tout un chacun, à l'époque, Bill était assoiffé d'informations.

— Les Alliés prennent une dérouillée, maugréa Robert. Hitler semble déterminé à annexer l'Europe entière. Pour ne rien te cacher, nous essuyons de lourdes pertes… Mais les Alliés n'ont pas dit leur dernier mot !

Bill s'assombrit.

— Tu risques d'être envoyé au front ?

— Non. En tout cas, pas dans l'immédiat. On a trop besoin de moi ici. C'est que je ne chôme pas, à Washington ! Et je ne suis plus dans ma première jeunesse. Ce sont les gosses qu'on envoie au front.

Les combats aériens jouaient un rôle critique dans cette guerre. Chaque jour, les Alliés larguaient de nouveaux régiments de parachutistes en Allemagne, en Italie et en France. Au vu de son âge et de son rang, il était peu probable, en effet, que Robert soit appelé à les rejoindre. Il avait brièvement été question de le rattacher à une unité en partance pour l'Angleterre qui devait prêter main-forte à la Royal Air Force, mais le projet avait été abandonné.

Deux années plus tard, cependant, Robert embarqua pour l'Europe et, au mois de mars 1944, il prit part au débarquement sur les plages de Normandie auprès de cent cinquante mille hommes de tous horizons, américains, canadiens et britanniques. Ensemble, ils libérèrent la France village après village. Au début de l'année 1945, en Allemagne, Robert découvrit l'horreur indicible des camps de concentration. Cette expérience devait le marquer à vie. S'il atteignit Auschwitz après la libération du camp par les Russes, il intégra ensuite le bataillon qui libéra Dachau. Les détenus, squelettiques, agonisants, expiraient dans les bras des soldats hébétés qui se démenaient en vain pour leur porter secours. Ils étaient arrivés trop tard. Les corps s'amoncelaient dans des charniers, quand ils ne jonchaient pas le sol. Les dernières illusions de Robert s'envolèrent. Il s'était cru lucide en ce qui concernait la nature de la guerre et celle du Führer ; force lui fut de constater qu'il était loin du compte. Les atrocités commises par Adolf Hitler méritaient le nom de crimes contre l'humanité.

La France fut libérée. L'Allemagne capitula. Avant de rentrer au pays, Robert se porta volontaire pour participer aux procès des criminels de guerre nazis lorsque ceux-ci auraient lieu. De retour à New York, il exposa ses motivations à sa femme et à ses parents. Il ne pouvait pas rester les bras croisés. Il devait contribuer, à hauteur de ses moyens, à l'œuvre de la justice ! Janet, comme toujours, se soumit à sa volonté. Bill y était moins disposé. L'absence de son principal associé commençait à se faire sentir au cabinet. Or Bill venait d'être nommé juge fédéral. Le remplaçant de Robert était compétent et saurait faire tourner la maison, mais Bill aurait préféré la savoir aux mains d'un McKenzie.

— Si ta candidature est retenue, tu comptes t'absenter longtemps ? demanda-t-il à son fils.

— Je l'ignore. Un an, peut-être deux.

Nul n'était en mesure d'estimer la durée des procès qui se profilaient.

Un mois après son retour à New York, Robert reçut la confirmation de son recrutement : il était bel et bien convoqué à Nuremberg. Il l'annonça à sa femme d'une voix chargée d'émotion. Janet, qui avait vu son mari pleurer en lui décrivant ce qu'il avait vu à Dachau, soutint sa décision. Quant à Bill, il lui faudrait se faire une raison.

Robert devait intégrer le Tribunal militaire international établi par les gouvernements américain, britannique, soviétique et français. Ensemble, ils avaient défini les règles et modalités des procès. Chacune des quatre nations alliées avait mis à disposition un juge et une équipe de procureurs (ainsi que quantité d'assistants) ; l'équipe américaine comptait à elle seule un total de six cent quarante enquêteurs, avocats, secrétaires et gardiens de prison. Ce fut elle qu'on chargea de prouver le bien-fondé du premier chef d'inculpation qui pesait contre les accusés : celui de conspiration pour commettre des crimes contre la paix, crimes de guerre et crimes contre l'humanité. Le Britannique sir Geoffrey Lawrence présidait le tribunal. On désigna les juges et les procureurs – bientôt, Robert en serait.

Contrairement à la plupart de ses compatriotes, il tenait à faire venir en Allemagne sa femme et son enfant et, à force de négociations, il en obtint l'autorisation. On lui fournit un logement de fonction à même de les héberger tous les trois. L'annonce du déménagement fut pour la petite Meredith, alors âgée de 9 ans, un vrai coup de massue. Elle n'avait aucune envie de quitter son école et ses amis. Son grand-père, pour la consoler, lui glissa qu'elle avait de la chance : elle parlerait bientôt couramment l'allemand.

— Mais Grand-père, les Allemands, c'est des méchants ! C'est contre eux que papa s'est battu !

— Tous les Allemands ne sont pas de mauvaises gens, répondit Bill à la fillette. Beaucoup d'entre eux ont souffert à cause des nazis. Les criminels de guerre doivent être punis, et ton père veut y contribuer. C'est une mission importante qu'on lui a confiée. Tu peux être fière de lui.

Cependant, la guerre allait affecter Meredith personnellement pour la première fois, et l'enfant avait peur.

— Je ne peux pas rester à la maison avec Addie ? supplia-t-elle.

Addie, la gouvernante, travaillait pour les McKenzie depuis la naissance de Merrie. Elle l'adorait, et la fillette le lui rendait bien. Son fils était mort à la guerre et ses deux filles étaient grandes, si bien qu'elle la couvait comme sa propre enfant. Merrie n'aimait rien tant que l'aider à écosser les petits pois ou à équeuter les haricots. Il avait été convenu qu'Addie continuerait d'entretenir l'appartement jusqu'au retour de ses employeurs. Mais il paraissait si lointain !

— Et si j'oublie tout mon anglais ? s'affola Meredith. Et d'abord, où est-ce que j'irai à l'école ?

Ses parents et grands-parents lui resservaient sans arrêt le même laïus : ce déménagement était une occasion en or, elle allait découvrir le vaste monde, son papa allait aider une foule de gens, cette mission était un honneur. Merrie comprit qu'on ne lui demandait pas son avis.

Robert McKenzie se mit immédiatement en devoir d'apprendre la langue de Goethe, et il partit. Un mois plus tard, Janet et Meredith le rejoignirent à Nuremberg. Robert s'était vu attribuer une maisonnette qui respirait l'ordre et la propreté. La propriétaire, une veuve, occupait le sous-sol aménagé. Elle ne parlait pas un mot d'anglais, mais confectionnait de délicieux sablés et elle recommanda à ses locataires une jeune fille du voisinage, une certaine Anna, qui fut promptement embauchée comme femme à tout faire. Anna avait perdu à la guerre son père et ses trois frères ; restée avec une mère infirme à charge, elle travaillait dur et se montrait reconnaissante envers ses employeurs. Robert la pria d'enseigner l'allemand à sa fille. Dans un premier temps, Meredith pourrait bénéficier des cours mis en place par l'armée américaine mais, si le séjour se prolongeait, Robert espérait à terme lui faire intégrer le système scolaire allemand – une idée qui rebutait profondément Merrie.

Au début, la petite traita Fräulein Anna avec réserve. Bien qu'amaigrie par les privations, celle-ci était pourtant jolie, avec ses nattes blondes, et elle se montrait pleine de bonne volonté. C'est d'un ton enjoué qu'elle s'appliquait à lui faire la conversation tout en lui enseignant le nom des objets du quotidien. Lorsque Janet tomba enceinte, très vite après leur arrivée, Anna lui proposa aussitôt ses services comme nounou.

La nouvelle ne fit qu'accroître le mécontentement de Merrie, qui se passait très bien de frères et sœurs. « J'espère au moins que ce sera une fille ! » déclara-t-elle avec humeur. Il fut question que Janet rentre accoucher aux États-Unis, car la guerre avait fortement ébranlé l'Allemagne et de nombreux médecins avaient péri dans les camps de la mort. En outre, Janet avait des réticences à être suivie par un Allemand. Par chance, l'armée américaine lui prodigua tous les soins nécessaires et l'éventualité d'un retour à New York fut écartée. Janet n'aurait pas supporté de vivre sa grossesse si loin de son mari et, de son côté, Meredith commençait tout juste à se faire des amis : il aurait été injuste de l'arracher à sa nouvelle vie. D'autant que celle-ci semblait appelée à durer. Sans surprise, les procès se révélaient lourds et complexes. Le nombre des prévenus avait de quoi donner le tournis. Robert n'était pas près de rentrer chez lui.

Quand le terme de la grossesse de Janet arriva, Meredith avait parcouru beaucoup de chemin. Non seulement elle était bilingue, mais elle avait complètement adopté Anna. Elle ne protesta même pas quand on lui fit intégrer le système scolaire allemand, ainsi que le souhaitait son père.

Les McKenzie menaient à Nuremberg une existence simple et tranquille. À son propre étonnement, Janet ne s'y déplaisait pas. Au mois de mars 1946, elle accoucha sans encombre du petit Alexander, un beau garçon vif et potelé à souhait. Merrie, tombant instantanément sous son charme, lui pardonna son sexe et alla jusqu'à décréter qu'il était un peu son bébé, à elle aussi. Dès lors, elle saisit le moindre prétexte pour pouponner, aidant Fräulein Anna à laver et langer son frère. Plus tard, elle veilla sur les premiers pas du petit Alex qui, ravi de ce déluge d'affection, se mettait à glousser et à piailler d'excitation à la seule vue de sa grande sœur.

Les parents de Robert avaient franchi l'Atlantique pour faire la rencontre de leur petit-fils. Pendant leur séjour, Bill accompagna Robert tous les jours au palais de justice. Ce qu'il y entendit dépassait tout ce qu'il avait pu imaginer et il en resta profondément choqué. Robert lui-même devait parfois prendre son courage à deux mains pour se rendre au travail le matin. Seule la foi qu'il plaçait dans le sens de sa mission lui donnait la force de retourner jour après jour entendre de nouveaux témoignages. Son père, comprenant enfin la ferveur qui l'animait, renonça à ses efforts pour le faire rentrer. Le cabinet se passerait de Robert pendant le temps qu'il faudrait : à Nuremberg, l'avocat avait un rôle essentiel à jouer.

Bill surprit néanmoins son fils en lui faisant la suggestion suivante :

— Un de ces quatre, tu devrais emmener Merrie. On n'a pas tous les jours la chance d'assister à la marche de l'Histoire.

Robert manqua s'étrangler.

— Tu plaisantes, j'espère ?

Les récits des rescapés étaient atrocement imagés et détaillés, sans parler des pièces à conviction : extraits de films amateurs, photos... Bill n'avait encore rien vu !

— Tu veux la traumatiser à vie ? Papa, Merrie comprend l'allemand !

— C'est bien de ça qu'il s'agit : comprendre ! Le monde entier doit savoir ce qu'il s'est passé. Nul ne doit jamais l'oublier.

— Elle a 10 ans !

Robert frissonna. La cour s'était attardée récemment sur les expériences médicales auxquelles les médecins nazis se livraient sur leurs victimes. À ce jour, la cour avait condamné vingt-trois de ces bouchers, et les récits de leurs actes chirurgicaux contre-nature le hantaient.

— Si on ne veut pas que ça se reproduise, il faut le crier sur tous les toits, avait insisté Bill.

— Plus de trois cents correspondants issus de vingt-trois pays assurent la couverture médiatique de l'événement ! Et tous les jours, quatre cents visiteurs et des poussières assistent aux procès. Ça ne te suffit pas ?

Plus doucement, Robert ajouta :

— Je ne veux pas que ma fille de 10 ans sache de quoi l'homme est capable.

— Si tu veux qu'elle change le monde, elle doit apprendre à le connaître… tel qu'il est.

— Laisse Merrie en dehors de tes croisades.

— Elle aura les siennes, et plus tôt que tu ne le penses, lui rétorqua Bill. Du moins, je le lui souhaite. Les choses sont en train de bouger, Robert. Quand elle sera grande, les femmes auront voix au chapitre. Merrie aura peut-être son mot à dire, elle aussi ! Pourquoi rechignes-tu à l'instruire ?

— Janet et moi rêvons avant tout de confort et de sécurité pour notre fille. Est-ce si terrible de vouloir préserver son enfant des cruautés de la vie ? Quel besoin Merrie aurait-elle de se faire le fer de lance de je ne sais quel combat ? Les femmes n'ont pas besoin de nobles causes à défendre. Elles contribuent à l'harmonie du monde en s'occupant des enfants et en tenant leur foyer, comme Janet le fait si bien pour moi.

Robert ne méprisait pas le beau sexe ; il exprimait simplement le fond de sa pensée. Mais son père ne l'entendait pas de cette oreille.

— Merrie est bourrée de talent ! Janet est comme ta mère : ce sont des ménagères-nées. Leur univers, c'est leur famille. Ma foi, c'est tout à leur honneur. Il n'y a rien de mal à aimer la décoration, la mode et les parties de bridge entre amies. Mais, Robert, est-ce vraiment la vie que tu souhaites à notre Meredith ? Allons ! Elle est bien trop intelligente ! C'est le moment de faire fructifier son potentiel, de lui ouvrir les yeux sur les multiples autres voies qui pourraient s'offrir à elle...

— ... et qui ne la rendront pas heureuse, lui rétorqua Robert. À force de l'inciter à sauver le monde, tu vas nous en faire une Jeanne d'Arc des temps modernes ! Une justicière, ou que sais-je. Le résultat, c'est qu'elle ne trouvera jamais de mari et n'aura pas d'enfants. Je sais ce que tu vas me dire : c'est son droit, certaines femmes font ce choix. Peut-être, mais ne l'impose pas à ma fille. Sa mère et moi ne voulons pas qu'elle commette ce... ce sacrifice. Je ne le permettrai pas. Toi, tu es un homme, tu peux faire ce que bon te semble ! Pour les femmes, c'est différent.

Bill et Robert s'affrontaient fréquemment sur la question de l'avenir de Meredith. Robert craignait que, influencée par son grand-père chéri, Merrie n'immole son bonheur sur l'autel de ses ambitions. Bill était d'avis que le jeu en valait la chandelle.

— Il faut vivre avec son temps, Robert, grommela son père. Tu ne l'as peut-être pas remarqué, mais le monde a déjà changé. Les femmes ont aujourd'hui une voix et ne demandent qu'à la faire entendre.

— Tu te trompes. Quand nous rentrerons à New York, Meredith ira à l'université, comme sa mère, puis elle se mariera. Tu n'en feras pas une marginale.

— Quel gâchis ! Tu as la chance d'avoir une enfant maligne et curieuse de tout et tu voudrais la vouer à une existence de ménagère ! Coincée entre le bébé et la planche à repasser ! Le monde a besoin d'héroïnes, Robert, pas seulement de héros. Moi, quand je te regarde aujourd'hui...

Il eut un geste. Il était fier de son fils, de ses engagements. Il brûlait de voir la petite Merrie prendre la relève, un jour. Quelles que soient les craintes et les objections de ses proches.

— Mes engagements ne m'ont pas coûté ma vie de famille, s'entêta cependant Robert. Tu veux forger une âme de révolutionnaire dans notre lignée ? Patiente quelques années et concentre-toi sur Alex. Mais laisse ma fille tranquille.

Le mal était fait : les graines semées par Bill avaient germé et déjà l'amour de l'indépendance bourgeonnait dans le cœur de la fillette. Elle serinait à Anna qu'un jour elle serait avocate, pour redresser les torts et défendre les innocents, comme les Juifs d'Allemagne. Mal à l'aise, Anna lui jurait ses grands dieux que nul n'avait su ce qu'il se tramait réellement pendant la guerre. Robert ne cachait pas son scepticisme sur le sujet. Les citoyens allemands avaient vu des femmes et des enfants arrachés à leur domicile, des familles entières jetées dans des fourgons à bestiaux et emportées vers l'est, direction les camps de la mort. D'après lui, les Allemands en savaient plus long qu'ils ne voulaient bien l'admettre. Mais pour en assumer la responsabilité, on ne se bousculait pas au portillon ! C'était, insistait Robert, la raison de sa présence à Nuremberg. Depuis que les Alliés avaient révélé au monde l'ampleur des monstruosités commises, le déni n'était plus une option.

La famille McKenzie passa quatre ans en Allemagne. Meredith s'y épanouissait. Elle adorait son école et y comptait de nombreux amis. Quand les procès prirent fin et qu'il fallut à nouveau la déraciner, elle en eut le cœur brisé. À 13 ans, on l'aurait prise pour une jeune Allemande. Son petit frère n'était pas en reste, et même Janet avait acquis des bases assez solides pour se débrouiller au marché et dans les magasins. Quant à Robert, abreuvé d'allemand quotidiennement depuis quatre ans, il parlait presque sans accent.

Il n'avait pas perdu son temps. Quantité d'anciens nazis avaient été condamnés à la prison à perpétuité ou à la peine capitale. Mais Robert ne se faisait pas d'illusions : les exécutions ne ressusciteraient pas les milliers de victimes. Ces crimes étaient innommables ; le mal, irréparable. D'ailleurs, Meredith, qui avait grandi bercée par leurs récits, en savait sans doute un peu trop pour une petite demoiselle de son âge.

Quoi qu'il en soit, la mission de Robert finit par s'achever, et le jour des adieux arriva.

Ce fut une triste journée. Meredith avait supplié Fräulein Anna de les accompagner à New York, mais celle-ci s'était fiancée à un Allemand mutilé à la guerre ; après la noce, elle travaillerait dans la boulangerie de ses beaux-parents. Lentement, timidement, l'Allemagne émergeait des décombres. Les gravats des immeubles ravagés par les bombes avaient été évacués et les forces alliées aidaient à la reconstruction.

Les McKenzie n'auraient jamais pensé, quatre ans auparavant, qu'il leur serait si douloureux de quitter leur pays d'adoption. Contre toute attente, ils s'y étaient beaucoup plu. Pendant les grandes vacances, ils avaient visité Paris, Londres et le nord de l'Italie. Partout régnait un climat d'espoir et de renouveau. Meredith en particulier se sentait chez elle en Europe, et elle déploya un vaste arsenal d'arguments pour persuader ses parents de rester. New York ne recelait aucun attrait à ses yeux, et son futur lycée – un établissement pour jeunes filles tenu par des sœurs – encore moins. Mais Robert ne pouvait pas prolonger son absence. Le président Truman venait de faire à Bill un immense honneur en le nommant juge à la Cour suprême, et Robert allait devoir reprendre les rênes du cabinet, que cela plaise ou non à Merrie.

Anna accompagna les McKenzie jusqu'à l'aéroport militaire de Tempelhof. Au moment des adieux, elle mêla ses larmes à celles des enfants. Pour la deuxième fois de sa courte vie, Meredith se voyait catapultée dans l'inconnu. Elle avait tout oublié des États-Unis, où elle n'était retournée qu'en une seule occasion au cours des quatre années précédentes. Une perspective la réjouissait : elle allait assister à l'investiture de son grand-père à la Cour suprême. Dans sa dernière lettre, il lui avait promis de lui faire visiter les lieux après la cérémonie.

Robert embrassa l'Allemagne du regard une dernière fois, plein du sentiment du devoir accompli. Il avait apporté sa pierre à l'édifice et aidé ce pays meurtri qui l'avait accueilli avec respect et reconnaissance ; c'était sa plus grande fierté. Une existence moins harassante lui tendait à présent les bras et il n'en était pas fâché. Il avait soif de tranquillité. Bientôt, rendu à la vie civile, il pourrait consacrer davantage de temps à sa famille. Au cabinet, il recommencerait à aider ses clients à gérer leur patrimoine et leurs investissements. En d'autres termes, après sept longues années, la guerre prendrait réellement fin pour lui.

Meredith ne partageait pas l'optimisme de son père. Affligée, elle demeura mutique pendant toute la durée de leur vol.

Ce fut Addie, la gouvernante, qui lui redonna le sourire. Fidèle au poste, celle-ci attendait ses employeurs sur le seuil de l'appartement. Elle n'avait pas changé, ou alors à peine : une ride ici, quelques rondeurs là. Apercevant sa petite chérie, elle lui ouvrit grands ses bras et, après une seconde d'hésitation, Merrie se lova contre elle comme si elle l'avait quittée la veille.

— Tu m'as manqué, ma puce, roucoula Addie en l'enserrant dans une étreinte qui fit resurgir mille souvenirs dans la mémoire de la jeune fille.

Puis Addie la saisit par les épaules et tendit les bras pour mieux l'admirer.

— Ma parole, tu as poussé comme un champignon !

Meredith était entrée dans l'adolescence. Grande et brune, sophistiquée à la mode des Européennes, elle arborait en outre une coupe au bol du dernier cri qui la faisait paraître plus que son âge. Avec ses jambes fuselées, elle ressemblait à une pouliche.

— Tu vas faire tourner les têtes, commenta Addie, radieuse.

C'était indéniable : Merrie était jolie.

La gouvernante avait préparé une collation pour les voyageurs fatigués. Le jeune Alex engloutit les sandwichs en la fixant avec curiosité. Une fois rassasié, il la remercia en allemand.

— En anglais, Alex, le reprit sa mère, amusée.

Alex obtempéra et se mit à chercher Anna. Ne la voyant nulle part, il fondit en larmes et Meredith monta avec lui pour le border, dans le petit lit où il avait déjà couché pendant les vacances des McKenzie à New York. Puis, accroupie dans l'escalier, la jeune fille écouta en cachette la conversation de ses parents. Ils égrenaient à mi-voix une longue liste de tâches à accomplir au cours des prochains jours pour permettre à chacun de prendre ses marques. Plus Merrie les écoutait, plus elle se languissait de l'Allemagne. Sa langue quotidienne, ses amis lui manquaient déjà. L'appartement de Park Avenue était beau, mais il ne lui était pas plus familier que les gratte-ciel qui l'encerclaient. Elle était devenue une étrangère en son propre pays.

Tout à la logistique du retour, Robert et Janet furent aveugles au mal-être de leur fille. Mais celui-ci n'échappa pas à son grand-père, venu dès le lendemain avec son épouse souhaiter la bienvenue aux rapatriés.

— Tu dois te sentir un peu perdue, pas vrai ? supposa Bill.

Allergique aux circonvolutions, il allait toujours droit au but. Or, quelque chose clochait chez sa petite-fille. Il ne l'avait pas vue depuis longtemps, certes, mais il la connaissait comme s'il l'avait faite et, du reste, Bill McKenzie était doué d'excellentes facultés d'observation.

— Je ne me sens pas chez moi, ici, lui répondit Merrie sans fard. L'Allemagne me manque.

Son grand-père opina du chef. Dans leurs fauteuils, Robert et Janet accusaient la surprise.

— C'est tout naturel, leur dit Bill. Meredith est une citoyenne du monde, à présent. Tu retourneras en Allemagne, ma chérie, ne te tracasse pas. Peut-être que tu iras y passer un semestre quand tu feras tes études…

Meredith écarquilla les yeux. C'était dans une éternité !

— Avec un peu de chance, mon investiture te changera les idées, ajouta Bill. Tu sais, on prend des décisions sacrément importantes, à la Cour suprême. Tu es contente de visiter le monument ? Il est chargé d'Histoire.

— Oh, oui, Grand-père ! s'empressa de lui assurer Merrie. Nous sommes très fiers de toi, tu sais.

— Parle pour toi ! intervint Robert, taquin. Qu'est-ce que je vais dire aux copains ?

Bill était un démocrate convaincu tandis que Robert était fidèle au parti républicain.

— Tu leur diras qu'ils ont de la chance de m'avoir ! Sans nous, les démocrates, le pays sombrerait dans un nouvel âge des ténèbres. Le monde a changé, Bobby, il faut vivre avec son temps. Je n'ai pas raison, Merrie ?

Elle lui sourit.

— Tu sais pourquoi j'ai accepté la nomination, n'est-ce pas ? l'interrogea son grand-père.

La question la décontenança.

— Pour prendre des décisions concernant l'application des lois ? lui répondit-elle, incertaine.

Il hocha la tête.

— C'est exact. Mais, avant tout, j'ai accepté parce que je veux me battre pour la noble cause. Mon but dans la vie est de défendre les plus démunis et de protéger les gens de la discrimination. Dans la vie, Meredith, il faut toujours se battre pour ce qui est juste. Je sais que je peux compter sur toi pour ça.

Meredith en rosit de plaisir, et Bill vint nouer un bras autour de ses épaules. Il avait toujours été son héros. Robert peinait à masquer son exaspération.

— Tu ne changes jamais de disque, papa ?

Bill éclata de rire.

— Le changement, parlons-en ! Primo, je m'apprête à changer de métier. Deuxio, le pays est en train de subir des transformations de fond. Je te prédis que, dans les vingt prochaines années, nous assisterons à plus de bouleversements que le pays n'en a jamais vu. Le train du changement est en marche et je n'ai pas l'intention de rester sur le quai !

Robert se renfrogna. Son parcours était diamétralement opposé à celui de son père. Sur le plan professionnel, il s'apprêtait à réintégrer son ancien poste. Il avait repris ses quartiers dans son appartement d'avant-guerre, avec tout ce que cela supposait de confort et d'habitudes bien ancrées. Loin de chercher à révolutionner le pays, Robert s'apprêtait à redevenir le porte-flambeau de vieilles traditions et, de son point de vue, le monde marchait sur la tête. N'aurait-il pas été plus naturel que son père défende les valeurs des générations passées et que lui, le fils, le sang neuf, combatte pour l'avènement de la modernité avec l'ardeur de la jeunesse ? Mais cela n'était pas dans leur tempérament.

— La volonté de faire le bien coule dans les veines de ce pays, rappela Bill à sa famille. C'est cela, être américain : défendre la veuve et l'orphelin, aider les défavorisés, se battre pour ceux qui n'en possèdent pas les moyens.

En prononçant ces mots, il fixait sa petite-fille, qui l'écoutait religieusement. Son discours n'était pas tombé dans l'oreille d'une sourde, Bill en aurait mis sa main à couper. Quels que soient les desiderata de ses parents, Meredith ne deviendrait jamais un chantre de la tradition. Un feu inextinguible brûlait dans le sein de cette enfant, et le nouveau juge à la Cour suprême des États-Unis d'Amérique avait la ferme intention de l'attiser.

2

Le retour à New York se révéla aussi difficile que Merrie l'avait redouté. Au choc du dépaysement s'ajoutait une profonde solitude. En quatre ans, la jeune fille avait perdu de vue ses anciennes camarades d'école. Alex était encore petit ; avec l'aide d'Addie, qui le couvrait d'attentions, il s'adapta en un rien de temps. Janet reprit le cours de sa vie là où la guerre l'avait interrompu. Elle eut plaisir à retrouver ses partenaires de bridge et de tennis. Parfois, elle regrettait la routine confortable qui avait rythmé son existence à Nuremberg, les déjeuners à la maison avec Robert, même en semaine. Mais, dans l'ensemble, elle était contente d'être rentrée.

Robert s'épanouissait dans son nouveau rôle d'associé principal du cabinet d'avocats familial. À 44 ans, il jouissait d'une bonne situation et s'estimait pleinement satisfait. Sa participation au procès de Nuremberg profitait à sa réputation ainsi qu'à celle du cabinet et le fait d'avoir pour père un juge à la Cour suprême était loin de le desservir. Robert en tirait même de la fierté, malgré les différences d'opinions qui les opposaient (et qui lui valurent, comme prévu, les railleries de ses amis, républicains comme lui). En somme, tout se passait à merveille pour Robert McKenzie.

Seule Meredith était morose.

La famille au complet assista à la cérémonie d'investiture de Bill. Ils prirent le train, les femmes parées de jolies robes et de beaux chapeaux achetés pour l'occasion. Meredith, cependant, était plus fascinée par l'événement en soi que par sa toilette neuve. Son grand-père lui avait expliqué en détail le rôle et le fonctionnement de la Cour suprême et lui avait décrit l'édifice qui l'abritait. Il lui avait même offert un livre sur le sujet, que la jeune fille avait étudié par le menu. Pendant le voyage, elle informa ainsi ses parents qu'il avait fallu trois ans pour construire le bâtiment, qu'il avait été dessiné par les architectes Cass Gilbert Sr., Cass Gilbert Jr., et John Rockart et que les travaux s'étaient achevés quatorze ans plus tôt. Mais rien de ce qu'avait lu Merrie ne l'avait préparée à ce qu'elle éprouva face à l'imposant fronton à colonnade.

Serti dans son écrin de verdure, avec sa vaste place ovale en guise de parvis et sa façade en marbre du Vermont, l'édifice était aussi somptueux qu'intimidant. L'entrée principale faisait face au Capitole ; le bâtiment avait été conçu pour former un ensemble harmonieux avec les monuments avoisinants. Partout, c'étaient des fontaines, des bancs, des drapeaux, si bien que Janet devait sans cesse presser sa fille qui, subjuguée par tant de majesté, traînait et menaçait de les mettre en retard.

Deux grands lampadaires de marbre jouxtaient l'escalier central ; à leurs pieds se trouvaient représentées, en bas-relief, une allégorie de la Justice avec sa balance et son épée ainsi que les trois Parques tenant entre leurs mains le fil du destin. Seize colonnes de marbre s'alignaient le long du fronton ouest du monument ; sur l'architrave, on pouvait lire la devise suivante : *Equal Justice Under Law*. « Une justice équitable devant la loi. » Et, couronnant cela, la sculpture d'Aitken : la Liberté sur son trône, flanquée de l'Ordre et de l'Autorité.

L'intérieur était à la hauteur de la façade. L'édifice comptait pas moins de quatre cours intérieures parementées de marbre à cristaux de Géorgie et agrémentées de fontaines centrales. Des rangées doubles de colonnes de marbre encadraient le grand hall à l'impressionnant plafond à caissons. Dans des niches, sur des piédestaux, partout s'alignaient bustes et statues d'anciens juges. On avait sculpté les portes dans du chêne blanc d'Amérique ; quant aux couloirs, un marbre d'Alabama à la teinte ivoire leur prêtait des accents chatoyants. Tout cela, Meredith le savait déjà grâce à son livre, mais le voir de ses propres yeux, c'était autre chose ! Elle en resta bouche bée.

— Grand-père aussi aura sa statue, un jour ? demanda-t-elle, éberluée, à son père.

— Je parie que oui, lui assura Robert, touché par la révérence de sa fille.

Elle demanda à visiter l'ancienne Chambre de la Cour suprême, « l'originale », ainsi qu'elle l'appelait, mais le temps pressait.

— Une autre fois, promis !

Tout au bout du grand hall, les portes s'ouvrirent, révélant la Chambre. C'était une vaste salle (« Vingt-cinq mètres sur trente ! Quinze mètres de hauteur sous plafond ! Vous vous rendez compte ? » lut Merrie), jalonnée de pas moins de vingt-quatre colonnes de marbre jaune importé spécialement des carrières de Sienne. Celui des murs et bas-reliefs, d'un blanc laiteux veiné de gris, provenait d'Espagne, et ceux qui avaient servi à la confection des revêtements des sols venaient d'Afrique et d'Italie. Le mobilier était en acajou, une essence sombre et noble.

Meredith et sa famille s'avancèrent jusqu'au banc surélevé où siégeaient habituellement les neuf juges, et tous le contemplèrent, subjugués par l'aura qui s'en dégageait. Les tables situées à ses pieds accueillaient d'ordinaire les avocats plaidants, qui s'adressaient aux juges depuis un beau lutrin que Robert fit admirer à sa fille. Une rampe de bronze séparait la cour du public. De part et d'autre de la salle, des bancs tendus de velours rouge avaient pour fonction d'accueillir ici, les journalistes, là, les invités des juges, et quelques fauteuils noirs au premier rang étaient réservés aux auxiliaires de justice ainsi qu'aux hôtes d'honneur.

La famille McKenzie poursuivit son chemin, laissant dans son sillage quantité de pièces inexplorées : bureaux des juges, des greffiers, des secrétaires, mais encore du marshal et de l'avocat général, vestiaires des juges… Parvenus à la salle des conférences, les McKenzie pilèrent. C'était là que devait avoir lieu la cérémonie de serment constitutionnel, sous la baguette de Fred Vinson, juge en chef de la Cour suprême. Bill avait demandé à ce que ce soit son fils qui lui présente, tradition oblige, la Bible. Ses futurs confrères assistaient à la cérémonie. Meredith, fascinée, n'en perdit pas une miette. Quand on passa dans la salle de conférence ouest, où le président de la Cour suprême allait recevoir le serment judiciaire de William McKenzie, concluant les événements de la matinée, l'adolescente suivit la congrégation en s'imprégnant du silence et de l'atmosphère solennelle du moment.

Et voilà, c'était terminé. Bill prit la pose devant les photographes, d'abord seul, puis avec ses confrères et enfin avec ses proches. La cérémonie d'investiture, qui le verrait s'installer en grande pompe dans son fauteuil de juge pour la première fois, se tiendrait quelques mois plus tard. Meredith n'avait jamais rien vécu de si exaltant de toute sa vie.

Pendant le déjeuner, au Mayflower Hotel, elle étudia attentivement les amis de ses grands-parents ainsi que les autres convives. Et la folle journée s'acheva. Le lendemain, déjà, il faudrait reprendre le train pour New York. Meredith avait engrangé dans sa mémoire chaque détail du grand événement et, avant le départ, elle serra son grand-père dans ses bras.

— Je suis tellement fière, Grand-père ! lui chuchota-t-elle, fougueuse.

Une flamme brillait dans son regard, et Bill McKenzie la tint un moment à bout de bras pour mieux la contempler.

— Tu me rendras fier un jour, toi aussi, lui dit-il avec assurance.

Meredith résolut de lui donner raison. Comment s'y prendrait-elle ? Elle l'ignorait encore. Mais elle y mettrait toute son âme.

La vie reprit son cours et la fin de l'été parut interminable. Ses parents louèrent comme chaque année une maison sur l'île de Martha's Vineyard et Merrie s'amusa à la plage avec Alex et des vacanciers de son âge. Ce cadre, cependant, lui semblait étriqué en comparaison des étés qu'elle avait passés en Italie, en Provence ou encore sur la Côte d'Azur.

La rentrée approchait, plongeant l'adolescente dans de nouveaux tourments. Ses parents l'avaient inscrite au lycée de Marymount, l'établissement pour jeunes filles qu'elle avait fréquenté enfant. Merrie s'y était plu, à l'époque, mais, en Allemagne, elle avait découvert les joies de l'enseignement mixte. En ce mois de septembre, elle avait l'impression d'opérer un retour en arrière – tout le contraire de ce à quoi elle aspirait. La veille de la rentrée, elle compta les années qui la séparaient de son entrée à l'université et soupira.

Marymount se révéla conforme aux inquiétudes de l'adolescente. Les enseignants étaient nouveaux, mais c'étaient les mêmes salles de classe, la même atmosphère poussiéreuse que dans ses souvenirs, et personne à l'école ne parlait allemand. Pour tuer l'ennui, Merrie se jeta à corps perdu dans le travail scolaire, ce que ne tardèrent pas à refléter ses notes. Elle fit quelques rencontres, renoua avec d'anciennes camarades, mais leurs rapports restaient superficiels. Aucune ne possédait son expérience de la vie ni sa maturité. L'intérêt que Merrie portait à la politique et aux affaires sociales achevait de creuser le fossé qui les séparait, et l'adolescente en souffrait. Ravis de ses bons résultats, toutefois, ses parents ne se doutaient de rien. Un an après leur retour à New York, on aurait cru, à les voir, qu'ils n'en étaient jamais partis. Pour eux, l'Allemagne avait été reléguée dans le passé et ils pensaient Merrie aussi épanouie qu'eux.

Il n'en était rien. La jeune fille se cramponnait en vain à sa vie d'avant, désespérée de la voir lui échapper irrémédiablement. En l'espace de quelques mois, le petit Alex avait oublié tout son allemand. Quant à Fräulein Anna, si elle avait envoyé à ses anciens employeurs quelques photos de son mariage ainsi qu'une lettre au ton joyeux dans laquelle elle leur annonçait attendre un heureux événement, elle n'occupait plus de place dans l'existence des McKenzie.

Meredith avait une joie, cependant : ses visites à ses grands-parents à Washington. Son grand-père la reçut dans son bureau, ce qui l'impressionna beaucoup. La journée lui inspira une rédaction qu'elle lut à voix haute devant sa classe. Plus tard, écrivait-elle, elle deviendrait avocate, comme son père et son grand-père avant elle. Quelques moqueries fusèrent. Les filles de son âge ne rêvaient que d'une chose : se marier et faire des bébés. Rares étaient celles qui envisageaient d'aller un jour à l'université, et encore, uniquement sur l'insistance de leurs parents, une minorité éclairée. Dans l'échelle des valeurs des autres, le mariage primait l'instruction… pour ces demoiselles, du moins. Robert et Janet ne faisaient pas exception à la règle. Quand Meredith évoquait ses projets d'avenir, des étoiles plein les yeux, ils grimaçaient et se taisaient. Pour Robert, cela ne faisait pas un pli : sa fille allait se raviser. S'il avait su ! Selon Merrie, une vie au foyer, c'était une vie gâchée. Elle tira toutefois les leçons de l'épisode de la rédaction. Afin de s'épargner remontrances et quolibets, à compter de ce jour, elle garderait ses ambitions pour elle.

Son lycée proposait une gamme d'activités de bénévolat et Meredith souscrivit au programme, malgré la désapprobation de ses parents. Du bout des lèvres, ils consentirent à ce qu'elle donne des cours de soutien aux élèves des classes inférieures. Meredith s'acquitta de la tâche sans plaisir. Elle aurait préféré distribuer la soupe populaire ou accomplir quelque autre mission de terrain, mais Robert et Janet y mirent leur veto : ils craignaient qu'elle n'attrape des maladies au contact des nécessiteux. Pour Meredith, ces années de lycée si pleines d'ennui semblaient comme un désert à traverser, avant de pouvoir enfin entrer à l'université. Hélas ! Sur ce sujet également, les McKenzie avaient des idées très arrêtées. Vassar ou Wellesley, telles étaient les deux options qu'ils lui proposaient : deux universités exclusivement féminines. Janet avait étudié à Vassar College et Merrie était vivement incitée à suivre son exemple. La jeune fille aurait aimé se mesurer aux candidates à l'entrée à l'université de Radcliffe, la sœur jumelle de Harvard, pour ainsi dire, mais son père lui ordonnait de penser à sa mère. « Elle rêve de te transmettre le flambeau ! » Pour avoir la paix, le moment venu, Meredith postula donc à Vassar, fut admise et, ainsi, son sort fut scellé : elle étudierait dans l'ancienne université de sa mère.

Cette vie à l'emporte-pièce la frustrait. Ses parents se figuraient-ils qu'elle allait reproduire indéfiniment le modèle qu'ils lui brandissaient ? Changer des langes entre deux parties de bridge, très peu pour elle ! Meredith McKenzie rêvait de briser le moule. Dans l'immédiat, pour ne pas les peiner, elle coopérait. Mais viendrait le jour où elle s'émanciperait du poids des traditions.

Deux semaines avant la remise des diplômes du secondaire, un événement historique interrompit la monotonie de son quotidien. Par l'arrêt *Brown vs Board of Education*, la Cour suprême déclara inconstitutionnelle la ségrégation raciale dans les écoles publiques. Meredith téléphona aussitôt à son grand-père pour le féliciter.

— Cela s'imposait, lui dit-il, modeste, comme sa petite-fille le couvrait d'éloges.

L'affaire avait été présentée en appel à la Cour suprême trois ans d'affilée et Thurgood Marshall, directeur du service juridique de l'Organisation de défense des droits civiques à Washington, avait délivré devant les juges un plaidoyer éloquent. Le juge en chef, Earl Warren, avait rendu l'opinion de la Cour. Meredith avait même entraperçu son grand-père au journal télévisé, ce soir-là. Elle exultait.

Les grands-parents de Meredith firent le déplacement pour assister à la cérémonie de fin d'année de sa promotion. En guise de récompense, ils lui offrirent un voyage d'un mois en Europe. Ce fut une parenthèse enchantée. À Paris, ils descendirent au Ritz et passèrent leurs journées dans les musées. Bill emmena Meredith faire les boutiques et lui offrit un béret. Entre deux visites de monuments, ils déjeunaient sur le pouce aux terrasses des cafés. La suite du voyage les emmena à Londres, où la jeune fille et ses grands-parents partagèrent leur temps entre les hauts lieux touristiques et les théâtres et galeries d'art. Enfin, ils prirent l'avion pour l'Italie et se repurent d'art, de beauté et de gastronomie à Rome, Florence et Venise. Meredith voulait aller saluer ses anciens amis à Nuremberg, rendre visite à Anna et rencontrer ses filles (deux adorables blondinettes hirsutes, à en juger par les photos), mais le temps manquait. Meredith, éperdue de reconnaissance pour cet extravagant cadeau, n'insista pas. Elle se sentait cosmopolite, et c'était euphorisant.

Quand elle fut de retour aux États-Unis, l'été fila en un rien de temps. La rentrée approchait et, pour une fois, Merrie l'attendait avec impatience. Vassar en soi ne revêtait pas d'attrait particulier à ses yeux, mais c'était là qu'elle ferait ses premiers pas dans sa vie d'adulte. En plus, l'établissement prétendait encourager chez ses ambassadrices le travail et la pensée critique, des valeurs dans lesquelles Meredith se reconnaissait. Elle n'avait qu'un regret : son départ allait fendre le cœur du petit Alex, qui l'idolâtrait. Il lui faisait régulièrement promettre de revenir le voir souvent et de l'inviter sur le « campuche ».

Pour préparer ses bagages, Meredith reçut l'aide d'Addie. Elle avait reçu une lettre de présentation et un portrait photo de sa future compagne de chambre. Betty (tel était son nom) était une jolie blonde à cheveux longs et à la prose polie, quoiqu'un peu plate. Originaire de Caroline du Nord, elle descendait selon ses dires d'une « longue lignée » d'étudiantes de Vassar (sa mère et sa grand-mère) et se réjouissait de leur prochaine rencontre.

C'était la veille du départ. Tout était fin prêt. Il n'y avait pas la moindre ombre au tableau... jusqu'à ce que Janet, pendant le dîner, aborde la question du bal des débutantes.

— Je sais bien que c'est dans longtemps, mais nous avons du pain sur la planche si tu dois être prête à faire tes débuts dans le monde aux vacances de Noël, babilla-t-elle. Il y aura des essayages, des répétitions... Tu devras rentrer souvent à New York.

Meredith toisa sa mère, médusée. Un sentiment de révolte montait en elle.

— Il n'en est pas question, rétorqua-t-elle, les poings sur les hanches.

La tradition voulait qu'on « présente » les débutantes l'année de leurs 18 ans, la jeune femme ne l'ignorait pas, mais elle dénonçait cette coutume à cor et à cri depuis qu'elle en avait découvert l'existence. Le bal des débutantes était pour elle une mascarade aussi snob et dégradante que dépassée, et ses parents connaissaient pertinemment son avis sur la question. S'apprêter, parader en robe blanche aux côtés de jeunes filles de bonne famille en quête d'un mari, sur fond de gloussements... Plutôt mourir !

— Allons, ma chérie, ne fais pas ta tête de mule, la rabroua gentiment sa mère, visiblement nerveuse. Les jeunes filles de ton âge raffolent de ce genre de festivités ! Tu vas beaucoup t'amuser, tu verras. Voyons, à quelle date pourrait-on faire la tournée des magasins…

— Puisque je te dis que je n'irai pas ! C'est une pratique stupide et anachronique. Nous ne sommes plus au XIXe siècle ! Je te rappelle que la fonction de ce bal était à l'origine de caser les filles bonnes à marier. Vous croyez vraiment que je cherche un mari ?

Défiant ses parents du regard, elle poursuivit :

— Je ne cautionnerai pas ce bal grotesque par ma présence. Surtout pas à l'heure actuelle, quand il se trame tant de choses importantes dans le monde. La Cour suprême vient d'interdire la ségrégation raciale à l'école et vous vous figurez que je vais aller minauder au bal des débutantes ?

Au cours des mois passés, elle n'avait pas manqué une occasion de débattre avec son grand-père des tenants et aboutissants de l'affaire ; ce jugement allait provoquer un séisme à travers le pays, surtout dans les États du Sud.

— Pourquoi pas ? protesta Robert, ignorant délibérément l'allusion au mouvement des droits civiques. Ta mère y a participé quand elle avait ton âge. Elle était ravissante.

— Tu étais son cavalier ? s'enquit Meredith, si étonnée par cette révélation qu'elle en oublia momentanément sa révolte.

— Non, la détrompa sa mère. Mais c'est là que nous nous sommes rencontrés. Tu l'aurais vu ! Il était renversant avec son smoking. Ce fut une soirée enchantée. À propos, sais-tu qui tu souhaiterais avoir pour escorte ?

Le visage de Merrie se durcit aussitôt. Sa mère n'en démordait pas !

— Je n'irai pas, répéta la jeune fille d'un ton qui frisait l'insolence.

— Tu bouderais le bal où ta mère a fait ses débuts dans le monde ? demanda Robert avec douceur.

— C'était digne d'un conte de fées, murmura Janet, perdue dans ses souvenirs.

— Un conte de fées qui se termine devant M. le maire, non merci, maugréa Meredith. Je ne veux pas me marier. Je veux étudier le droit.

— Mais enfin, l'un n'empêche pas l'autre...

— Vous ne ferez pas de moi une débutante, décréta Meredith pour la énième fois.

Son petit frère, perplexe, s'en mêla :

— Une débutante en quoi ? De quoi vous parlez ?

— De rien ! aboya Meredith.

Sur ce, elle quitta la table et alla s'enfermer dans sa chambre pour le restant de la soirée.

— Elle est angoissée par la rentrée, supposa Janet une fois seule avec son mari. Elle a le temps de changer d'avis.

Quand Merrie descendit prendre son petit déjeuner le lendemain matin, toute la famille l'attendait pour l'accompagner à sa résidence, à Poughkeepsie. Le sujet du bal des débutantes ne revint pas sur le tapis.

Son père alla chercher au garage, quelques pâtés de maisons plus loin, le break qu'il avait loué pour l'occasion et le portier l'aida à charger dans le coffre la lourde malle de Merrie. On empila par-dessus la valise le tapis aux teintes flamboyantes et les deux coussins. La jeune fille emportait en outre la machine à écrire dont sa grand-mère lui avait fait cadeau, plus quelques affiches pour égayer les murs de sa future chambre. D'après la brochure, les chambres n'étaient pas bien grandes ; ce serait amplement suffisant. Quant au mobilier, il lui serait fourni. Toutes les étudiantes avaient droit à un petit placard, une commode, un bureau, une chaise et un lit. À la dernière minute, sur les conseils de son père, Meredith attrapa sa raquette de tennis ; sur place, elle prévoyait de s'acheter un vélo.

Sur le seuil de l'appartement, Merrie se retourna, la gorge nouée. Sa vie s'apprêtait à changer à tout jamais. L'heure était venue de tourner le dos à l'insouciance de l'enfance.

Un peu moins de trois heures plus tard, la famille McKenzie atteignit sa destination. Le voyage avait été agréable ; la vallée de l'Hudson regorgeait de beaux paysages. Quant au campus, Meredith l'avait visité un an plus tôt, peu avant d'envoyer sa candidature : il était resplendissant.

Vassar avait pour voisine l'académie militaire de West Point et pour jumelle la prestigieuse université de Yale ; des soirées mixtes étaient régulièrement organisées afin de permettre à ces demoiselles et à ces jeunes gens de lier connaissance. Contrairement à d'autres établissements, Vassar ne proposait pas de sororités, de sociétés privées, ni de clubs du même acabit. On y prônait l'inclusion et l'équité, et toutes les étudiantes y étaient traitées sur un pied d'égalité, indépendamment de leur milieu d'origine. Ces vertus compensaient quelque peu l'élitisme dont Vassar se rendait coupable par ailleurs et la rachetaient en partie aux yeux de Meredith.

Lorsque Robert gara le break de location, la jeune fille était perdue dans ses pensées. Elle songeait à l'Allemagne. Elle avait exprimé le souhait d'aller y étudier, mais Janet et Robert s'y étaient vivement opposés. Ils l'estimaient encore trop jeune pour partir vivre seule à l'autre bout du monde. De plus, ils souhaitaient qu'elle bénéficie de ce que le système éducatif américain avait de meilleur à offrir. Merrie n'avait pas enterré son rêve pour autant. En deuxième année, peut-être, elle partirait. Pour l'heure, il lui faudrait se contenter de l'Introduction à la littérature allemande, un cours facultatif qu'elle avait choisi de suivre pour le plaisir au premier semestre.

Le bâtiment central se dressait devant elle, un édifice majestueux d'inspiration Second Empire flanqué des résidences, d'apparence plus modeste. Le parking était encombré de voitures et de familles. Alex contemplait la scène, les yeux écarquillés.

— Ça en fait, des filles ! commenta-t-il, hilare.

Outre les quelques bénévoles occupés à distribuer étiquettes et livrets de bienvenue, les seuls hommes présents étaient en effet les pères et frères des étudiantes. Meredith se sentit soudain abattue. Elle aurait été plus à son aise dans un environnement mixte. Les filles qui déambulaient sur l'esplanade arboraient des ensembles coquets, des chaussures chics dernier cri, voire des sautoirs de perles, et leurs mises en plis étaient impeccables même en descendant de voiture. Meredith considéra d'un œil critique sa propre tenue : kilt, pull marine et ballerines. Même sa mère, en tailleur rose flambant neuf, et son père, en costume-cravate, détonnaient moins qu'elle dans ce paysage ! La main sur la poignée de la portière, elle hésita. Elle avait envie de rentrer à la maison.

Robert et Alex vidèrent la voiture pendant que Meredith et sa mère allaient récupérer les clés de la chambre auprès d'une étudiante souriante. Puis toute la famille s'achemina vers la résidence. Gravir deux étages à pied avec tous les bagages fut une gageure, mais Alex était volontaire et, avec son aide, l'affaire fut rondement menée. Meredith pénétra dans son nouveau chez-soi. Des ornements divers déclinés dans un camaïeu de rose strident envahissaient déjà la moitié de la chambre ; un ours en peluche trônait sur le couvre-lit. L'autre moitié de la chambre était nue. Une angoisse étreignit Meredith. Et si elle ne s'entendait pas avec Betty, sa coturne ?

Pendant que Janet s'employait à déverrouiller la malle, l'étudiante s'assit sur son lit et examina la pièce. Par la fenêtre, elle distinguait le campus, dont il se dégageait une aura vénérable. Même les arbres, vieux et majestueux, inspiraient le respect. Partout résonnaient des voix féminines, dans les couloirs, dans les chambres voisines, dans la cage d'escalier, et soudain Meredith se prit à douter de tout ce qu'elle avait apporté. Ses coussins, son dessus-de-lit, même sa machine à écrire étaient d'un rouge éclatant qui jurait avec la décoration enfantine de Betty.

Meredith se ressaisit et entreprit de prendre possession des lieux. Elle commença par déballer ses photos de famille : ses parents, Alex, son grand-père dans sa robe de juge, et même Anna et ses fillettes, tous encadrés de rouge. Puis, secondée par sa mère, elle suspendit ses vêtements dans le placard tandis que Robert s'occupait du tourne-disque, des vinyles, du tapis et du couvre-lit. Ensuite, Meredith s'arma d'adhésif et fixa ses affiches au-dessus de son lit. L'une représentait un château en Allemagne ; l'autre, une scène du film *Sabrina*. Bientôt, Audrey Hepburn faisait face aux idoles de Betty : Frank Sinatra, Judy Garland et Doris Day.

Une heure plus tard, l'installation de Meredith touchait à sa fin et Betty ne s'était toujours pas manifestée. Les McKenzie s'apprêtaient à repartir quand elle fit son entrée, un peu échevelée après avoir gravi les marches quatre à quatre. Elle décocha à Meredith un sourire ravageur. Jolie en photo, elle était spectaculaire en chair et en os.

— Bonjour, la compagnie ! lança la belle du Sud d'une voix à l'accent prononcé. Pardon pour mon absence, je disais au revoir à mes parents.

Avisant le tourne-disque, elle applaudit gaiement.

— Alors ça, c'est sensass ! Je ne pensais pas qu'on aurait la place d'en mettre un.

Remarquant le regard fasciné dont la couvait le jeune Alex (elle portait un pull-over rose et une jupe crayon grise qui moulaient ses formes généreuses), elle le gratifia d'un sourire enjôleur que rehaussait un maquillage soigné. Merrie, qui n'avait emporté en tout et pour tout qu'un bâton de rouge à lèvres, déglutit. L'espace d'un instant, elle se fustigea pour ne pas être allée faire les boutiques avec sa mère comme celle-ci le lui avait proposé. Outre quelques chandails neufs, elle n'avait apporté dans sa malle que de vieux habits confortables.

— Nous sortions nous promener, dit-elle, un peu intimidée. Ma mère est nostalgique de sa jeunesse et...

— La mienne, c'est pareil : elle a voulu tout revoir ! la coupa Betty. Normal : c'est ici qu'elle a connu Daddy. Un an après, ils étaient mariés ! Et puis j'ai pointé le bout de mon nez...

Elle rayonnait. Meredith devait se concentrer pour ne pas la dévisager. Betty ressemblait davantage aux vedettes de cinéma qu'aux filles qu'elle avait fréquentées à Marymount. Au reste, quand bien même elles auraient possédé sa plastique, les sœurs leur auraient défendu de s'accoutrer ainsi.

— À tout à l'heure ! lança Betty à Meredith. On écoutera un disque, si tu veux bien.

Betty dégaina un paquet de cigarettes.

— La fumée ne te gêne pas, j'espère ?

D'un geste que Merrie trouva follement sophistiqué, elle alluma sa cigarette.

— Absolument pas, murmura Meredith.

La jeune fille suivit ses parents au rez-de-chaussée, tout étourdie par les effusions de Betty. Elle survolait en cheminant les scènes qui se jouaient alentour : des paires de jeunes filles allaient et venaient, dans les couloirs et les escaliers, mais toujours deux par deux. Serait-elle bientôt inséparable de Betty ? Merrie en doutait. Elle ne savait jamais quoi dire aux filles comme ça et se sentait gauche lorsqu'elle se comparait à elles. Du reste, Betty devait plaire aux garçons. Elle serait fiancée d'ici les vacances de Noël ou en tout cas avant la fin de l'année universitaire, et Merrie n'en entendrait plus parler.

Les McKenzie sillonnèrent le campus jusqu'à ce que Janet, repue de réminiscences, décrète qu'il était temps de s'en aller. Après les embrassades, Meredith contempla en agitant la main le break qui s'éloignait, puis elle reprit la direction de sa chambre, un peu perdue.

Une jeune fille blonde à longue tresse, pâle et maigrichonne, était assise sur un banc près de l'entrée de la résidence, seule. Son regard croisa celui de Merrie et la blonde lui sourit. Elle était vêtue simplement, jupe plissée, pull sombre, chaussettes montantes et mocassins, et il émanait d'elle une attitude de réserve et de sérieux qui rappelait obscurément à Meredith ses anciennes amies allemandes.

Dans la chambre, Betty s'était approprié le tourne-disque. De la musique emplissait la pièce et trois inconnues gloussaient sur son lit, entourées de pochettes de vinyles : Nat King Cole, Buddy Holly…

— On s'est permis. Tu ne nous en veux pas, j'espère ? roucoula Betty, de trois quarts.

Meredith répondit que non et s'assit en face, sur son propre lit. Hélas ! Malgré ses efforts pour s'intégrer, elle se faisait l'effet du vilain petit canard au milieu d'une nichée de cygnes. Ponctuant leur échange de piaillements ravis, les filles parlaient de la soirée dansante de bienvenue qui devait rassembler ce week-end-là les filles de Vassar et les étudiants de West Point, et

Merrie se sentait de trop. De fait, Betty et sa clique vaquèrent à d'autres occupations, mais aucune ne lui proposa de se joindre à elles.

Merrie sauta le dîner afin de profiter du calme qui régnait enfin dans la chambre. Betty ne réapparut que quelques minutes avant le couvre-feu. Elle empoigna un peignoir et un vanity case, s'enferma dans le cabinet de toilette et en émergea bien plus tard coiffée d'une montagne de bigoudis. Meredith alla se brosser les dents et, quand elle revint, parée de sa chemise de nuit préférée (un modèle en flanelle grise qu'elle portait depuis l'Allemagne et qui était beaucoup trop petit pour elle), Betty épluchait un magazine en couverture duquel figurait Grace Kelly, la vedette de *Fenêtre sur cour*. Pour meubler le silence, Merrie affirma que le film lui avait beaucoup plu, sur quoi Betty lui proposa de lui prêter sa revue. Merrie accepta volontiers. Tout en parcourant l'article (l'actrice tournait apparemment un nouveau film avec Cary Grant sur la Côte d'Azur), elle résolut de ne pas se laisser intimider.

Lissant d'une main son déshabillé à froufrous, celle-ci s'alluma une cigarette.

— Tu en veux une ? proposa-t-elle à Meredith en lui tendant son paquet de Lucky Strike et son briquet rose.

Meredith secoua la tête. Elle n'avait jamais fumé de sa vie et craignait de vomir. Elle avait beau essayer, elle ne savait pas quoi dire à Betty. La blonde lui évoquait une héroïne de roman à l'eau de rose, de celles pour qui seule importe l'attention des garçons. Or, les garçons, Meredith s'en moquait.

— Si j'en crois maman, on va bien s'amuser, ici, lui glissa Betty avant d'éteindre sa lampe de chevet.

Meredith acquiesça vaguement.

Le silence tomba sur la chambre, mais Meredith tarda à trouver le sommeil. Se trouvait-elle à l'aube d'une étrange amitié ? Ou bien Betty et elle étaient-elles vouées à se côtoyer sans jamais se rencontrer, tels deux paquebots dans la nuit ? Merrie parviendrait-elle à trouver sa place au milieu de toutes ces jeunes filles délurées, ou ses ambitions feraient-elles d'elle une marginale, même ici, à l'université ? Autant de questions sans réponse… Mais la journée avait été longue et riche en émotions, et Meredith finit par s'endormir.

3

Le lendemain, Meredith enfila une jupe, des chaussettes montantes et un twin-set noir que lui avait acheté sa mère, elle chaussa ses mocassins, attacha ses cheveux à la va-vite et sortit braver sa première journée de cours.

Betty, de son côté, s'était apprêtée comme pour un rendez-vous galant. Elle arborait un chandail en cachemire rose et une jupe corolle assortie, des socquettes blanches dépassaient de ses élégantes chaussures vernies, et sa chevelure se déployait en une cascade de boucles blondes. Un trait de rouge à lèvres rose poudré parachevait le tout. Les étudiantes de Vassar étaient libres de s'habiller comme bon leur semblait, mais le magazine *Vogue* avait récemment encensé « l'élégance des jeunes filles de Vassar », aussi la plupart des nouvelles recrues se sentaient-elles investies d'une mission : faire honneur à leur réputation.

Betty n'eut pas plus tôt fait un pas dans le couloir qu'elle tomba sur deux camarades et faussa aussitôt compagnie à Merrie, qui se rendait pourtant à la même réunion de bienvenue. Meredith consulta son plan du campus. Au rez-de-chaussée, elle reconnut la blonde croisée la veille devant l'entrée de la résidence. Parvenues à l'auditorium, elles se retrouvèrent par hasard assises au même rang. Puis Merrie se concentra sur les discours d'accueil et, ceux-ci terminés, elle perdit de vue la jeune fille. En revanche, elle repéra Betty et sa cour à l'autre bout du bâtiment. Elle leur tourna le dos.

Pour se rendre à son cours de littérature allemande, Merrie dut à nouveau étudier le plan des lieux, car celui-ci se tenait dans une annexe reculée du campus. En chemin, elle fut surprise de revoir la même jeune fille à tresse blonde marcher quelques pas devant elle. Cette fois-ci, lorsqu'elles s'installèrent dans la petite salle de classe, elles se sourirent avec chaleur.

Il n'y avait que dix élèves. L'enseignante, une femme d'une bonne trentaine d'années à l'accent allemand marqué, se révéla captivante. Ensemble, promit-elle aux jeunes filles, elles étudieraient Franz Kafka, Gustav Freytag, Rainer Maria Rilke, Hermann Hesse, Thomas Mann, Irmgard Keun, les contes d'Hoffmann... Meredith en avait l'eau à la bouche. Son seul regret était de ne pouvoir étudier les œuvres dans le texte. Sa correspondance suivie avec Anna lui avait en effet permis d'entretenir son allemand.

Au terme de ces quatre-vingt-dix premières minutes d'enseignement supérieur, Merrie flottait sur un nuage. Elle fut presque déçue d'entendre la cloche sonner. Conquise, elle alla remercier l'enseignante en allemand. Surprise, mais touchée, celle-ci lui répondit dans sa langue natale. La jeune fille à la tresse sortit alors et Meredith crut déceler dans son regard une pointe d'envie, comme si elle hésitait à se joindre à la conversation sans toutefois oser sauter le pas.

Dans le couloir, la blonde attendait Merrie.

— Tes parents sont allemands ? lui demanda-t-elle dans la langue de Goethe, un sourire timide aux lèvres.

Meredith la détrompa.

— Non, mais j'ai vécu quatre ans à Nuremberg quand j'étais petite. Ce fut une époque bénie ! Et les tiens ?

La jeune fille marqua une hésitation.

— Euh... Non. Ils sont américains. Mais moi, je suis née à Berlin. Ton allemand est excellent.

— Merci. J'étais bilingue à mon retour aux États-Unis, il y a cinq ans, mais j'ai beaucoup perdu... L'Allemagne te manque, à toi aussi ?

La fille se troubla de nouveau.

— Un peu, répondit-elle. Je suis arrivée ici il y a neuf ans.

À la fin de la guerre, donc, ou peu auparavant, calcula rapidement Merrie. Elle sortit son emploi du temps.

— Tu as quoi, maintenant ?

— Maths, lâcha la jeune fille à la tresse dans un soupir.

— Moi, anglais. Je crois que c'est dans le même bâtiment. Au fait, je m'appelle Meredith McKenzie.

— Claudia Steinberg. Enchantée.

Spontanément, les deux jeunes filles se serrèrent la main à la mode allemande.

Meredith jubilait. La rencontre semblait providentielle.

— Mes parents n'aiment pas beaucoup que je parle allemand, lui avoua tristement Claudia. Ils me serinent que je suis américaine et que je dois me conduire comme telle. Mais ma langue natale me manque.

— Parler allemand me manque à moi aussi, renchérit Meredith. Entre nous, on ne va pas se priver, si ?

Elles eurent un petit rire complice.

— Toi aussi, tu viens d'une famille d'expatriés ? s'enquit Merrie, en allemand toujours.

Claudia secoua la tête.

— Pas exactement.

Elle n'ajouta rien et Meredith, percevant une réticence, reporta la conversation sur le campus et les résidences. Claudia logeait dans le même bâtiment qu'elle, un étage au-dessus.

— Elle est sympa, ta coturne ? lui demanda Merrie.

Claudia haussa les épaules.

— C'est difficile à dire. On n'a pas encore eu l'occasion de discuter. Mes parents étaient là hier et je crois qu'elle était occupée de son côté...

— Moi, je vis avec une vraie pin up, confia Merrie à sa nouvelle amie. Elle n'est pas méchante, mais elle fume, elle se maquille, elle lit des magazines de mode... Je crois qu'elle est venue ici dans le but de rencontrer des garçons.

— Elle est au courant que Vassar est un établissement pour femmes ? s'étonna Claudia.

Merrie pouffa.

— Pas sur le campus ! Aux soirées mixtes. Sa mère a rencontré son père pendant qu'elle étudiait à Vassar, alors tu comprends...

— À vrai dire, ça ne m'aurait pas déplu d'étudier avec des garçons, reconnut Claudia. Mais ma mère tenait à ce que j'intègre Vassar. C'est là qu'elle a fait ses études...

— La tienne aussi ? Décidément ! En tout cas, je te comprends. Je ne recherche pas particulièrement la compagnie des hommes, mais je trouve important de s'exposer à des points de vue variés. Et puis, il n'y a pas que l'amour dans la vie ! Pourquoi est-ce qu'on ne pourrait pas être amies avec des garçons, pour changer ? Je viens d'un lycée de bonnes sœurs, alors les jeunes filles, crois-moi, j'en ai soupé ! En Allemagne, c'était différent...

Un silence s'installa. Elles étaient parvenues à leur destination et il était temps de se séparer.

— Ça te dirait qu'on déjeune ensemble ? suggéra Claudia avant de s'éloigner.

Merrie accepta sans hésiter.

Si le cours de littérature allemande l'avait éblouie, le cours d'anglais, en revanche, la laissa sur sa faim. L'enseignante débitait son topo d'un ton si monocorde que, vers le milieu de la leçon, Merrie décrocha et faillit même s'assoupir ! À la fin de l'heure, elle sortit précipitamment rejoindre Claudia au réfectoire.

Celle-ci y était déjà.

— La prof nous a lâchées en avance, expliqua-t-elle à Meredith.

Les jeunes filles se servirent et s'attablèrent. Tout en mangeant, Claudia interrogea Merrie sur sa vie dans l'Allemagne de l'immédiat après-guerre.

— On y a vécu jusqu'en 1949, commença Merrie. Je me souviens qu'il y avait beaucoup de chantiers dans les rues de Nuremberg. La ville avait été ravagée par les bombardements alliés, comme tu le sais, mais les travaux de reconstruction avançaient vite. Les Allemands sont travailleurs...

— Ça dépend, intervint Claudia, les lèvres un peu pincées. Que faisait ton père ?

— Il était avocat dans l'armée américaine. Sa candidature a été retenue par la commission chargée de juger les criminels de guerre.

— Tu dois être fière de lui, supposa Claudia avec ardeur.

— Oh ! oui. Il prenait sa mission très au sérieux, même s'il n'en parlait pas beaucoup à la maison. Je crois qu'il voulait épargner mon frère. Il est né en Allemagne, il était trop petit pour comprendre. Dis-moi, tu as encore de la famille, là-bas ?

Claudia fixa sur Merrie un regard hanté. Quand, enfin, elle rompit le silence, ce fut d'une voix douce et mesurée.

— J'ai été déportée à Auschwitz. Par miracle, j'ai survécu. Mais ma famille... Mon frère, mes deux sœurs et mes parents... Ils sont tous morts au camp. Pourquoi pas moi, je ne le saurai jamais. Mais le fait est qu'on m'a épargnée. J'avais 10 ans à la libération. On m'a placée dans une institution qui se chargeait de trouver des familles d'accueil en Amérique pour les Juifs orphelins. J'ai eu de la chance : ma famille d'adoption m'a toujours très bien traitée. Tout ce qu'on me demandait, c'était de renier mes racines allemandes, au prétexte que c'est le passé et qu'il faut oublier. Mais je ne peux pas ! Ce serait profaner la mémoire des miens.

Meredith en resta sans voix. Elle fixa longuement Claudia, estomaquée. Enfin, elle reprit la parole.

— Mon père a participé à la libération du camp de Dachau. Il dit que ce qu'il y a vu... dépasse l'entendement.

Claudia se contenta d'acquiescer.

— Tu sais le plus étrange ? murmura-t-elle. Aujourd'hui, j'ai l'impression que ce n'est pas vraiment moi qui ai vécu cet enfer. C'est comme si je portais en moi les souvenirs de quelqu'un d'autre. Et pourtant...

Elle retroussa sa manche et lui montra le numéro tatoué sur son avant-bras. Muette de stupeur et d'effroi, Meredith refoula ses larmes.

Son silence parut délier la langue de Claudia. Elle se promenait avec sa gouvernante quand sa famille avait été embarquée. Des voisins l'avaient cachée sous leur toit pendant presque un an. Puis, pour plus de sécurité, ils l'avaient changée de cachette. La Gestapo avait malgré tout retrouvé sa piste. Claudia avait alors été envoyée dans le même camp que sa famille. Sa mère, ses jeunes sœurs et ses grands-parents étaient déjà morts, gazés dès leur arrivée. Restaient son père et son frère aîné. Mis aux travaux forcés, ils avaient succombé au typhus peu avant la libération. De la période qui avait précédé son adoption, Claudia ne conservait que des souvenirs confus. Le couple avait deux filles un peu plus jeunes qu'elle qui la considéraient comme leur sœur. Bien qu'éperdue de gratitude envers ceux qui l'avaient accueillie à bras ouverts, Claudia n'avait jamais fait le deuil de ceux qu'elle avait perdus à la guerre.

— Je me sens coupable envers eux, conclut-elle. Ici, par exemple, parmi cette opulence… Nous avons une chance inouïe et, la plupart du temps, nous ne nous en rendons même pas compte. Un jour, j'écrirai mon histoire. Mes mémoires livreront au monde la vérité nue. Je veux devenir journaliste…

Meredith hocha la tête, sidérée par cette jeune fille en qui se conjuguaient la franchise et l'humilité, la douceur et la force. Elle ne semblait nullement aigrie, nullement en colère, et Merrie avait l'impression que, en dépit de tout, elle avait réussi à préserver son intégrité. Elle devait être indestructible après ce qu'elle avait traversé ! Claudia était la preuve vivante de l'extraordinaire résilience de l'être humain et des ressources insoupçonnées qu'il recelait. Meredith se sentait grandie du seul fait d'avoir entendu son récit. Depuis que cette jeune fille maigrichonne et réservée lui avait confié son secret, le monde alentour devenait dérisoire : les magazines, les bigoudis, même les cours de littérature comparée. Claudia avait tout vécu, tout perdu ; pourtant, elle avait continué d'avancer.

— Je n'en parle jamais, d'habitude, bredouilla Claudia, soudain gênée. Excuse-moi. Parfois, c'est plus fort que moi. Les crimes des nazis ne doivent pas sombrer dans l'oubli. Nous avons un devoir de mémoire envers leurs victimes, juives ou non, jeunes ou vieilles.

— Tu as raison, lui répondit Merrie, solennelle.

— Un jour, j'écrirai tout, répéta Claudia, pensive.

De nouveau, Meredith hocha la tête, sensible aux enjeux du projet.

— Mon grand-père m'a toujours encouragée à me battre pour une noble cause, affirma-t-elle. D'après lui, nous détenons le pouvoir de changer le monde. Il est juge à la Cour suprême, alors le pouvoir, ça le connaît ! C'est pour ça que je m'oriente vers une carrière dans le droit : pour contribuer, à ma façon, à protéger les démunis, dénoncer l'injustice, redresser les torts.

Claudia salua cette déclaration d'un signe du menton.

— Tu le feras avec la loi et moi, avec les mots.

Il y eut un silence.

— Je dois passer à la bibliothèque emprunter des livres pour mon cours d'anglais, reprit Meredith. Tu m'accompagnes ?

Elles se mirent en route. Ensuite, Merrie fit visiter sa chambre à sa nouvelle amie, puis elles se séparèrent, mais pas avant d'être convenues de se retrouver au réfectoire pour le dîner. Restée seule, Merrie médita les événements de la journée. Rêvait-elle, ou venait-elle de se faire une amie ? Cela ne lui était pas arrivé depuis l'Allemagne ! Et voici que, le jour même de son entrée à l'université, elle se liait avec une jeune fille remarquable, une survivante des camps de la mort, douce, volontaire et déterminée à changer le monde, tout comme elle ! Meredith n'en revenait pas.

Au dîner, elles parlèrent de leurs parents et des attentes qu'ils faisaient peser sur elles. D'après Claudia, les Steinberg étaient des notables, très en vue au sein de la congrégation Emanu-El, la première communauté juive new-yorkaise. Ils espéraient que Claudia épouserait un bon parti, un Juif, évidemment, idéalement médecin, banquier ou avocat, et l'avaient copieusement mise en garde contre les jeunes chrétiens qu'elle risquait de côtoyer durant ses études. Ils ne portaient pas non plus dans leur cœur les « artistes », appellation vague qui recouvrait toute une population d'individus bohèmes, mal peignés et globalement infréquentables.

— Ils sont bourrés de préjugés, mais ils ne pensent pas à mal, conclut Claudia cependant.

— Je compatis. Mes parents, c'est pareil. Pour eux, on a le choix : se marier ou étudier. Pourtant, l'un n'empêche pas l'autre ! Mon grand-père, lui, me soutient. Franchement, Claudia, tu me vois tricoter de la layette entre deux parties de bridge ?

Claudia rit.

— Ma mère est folle de bridge. C'est sa passion ! Enfin, ça et faire les boutiques. Comme mes sœurs. Ça les désole que je préfère les bouquins aux vêtements. Alors quand je me suis essayée à la poésie, je ne te raconte pas leur réaction ! Bon, il faut reconnaître que je n'étais pas très douée.

Ce fut au tour de Merrie de pouffer.

— Une fois, lui confia Claudia, je suis allée assister à des lectures à Greenwich Village. La scène que mes parents m'ont faite ! Pour eux, la seule chose plus dangereuse que la poésie, c'est le jazz. Tu comprends, les musiciens sont tous des drogués, forcément. Les Noirs, n'en parlons pas ! J'imagine que c'est pour cette raison qu'ils ont choisi Vassar. Entourée de filles, je ne risque pas de finir dévoyée.

— Va dire ça à Betty et à ses copines ! Je te jure, pour elles, la fac est un vaste rallye.

Soudain, le bal des débutantes lui revint à l'esprit. Ses parents n'avaient pas renoncé à l'y envoyer. Meredith se plaignit auprès de sa nouvelle amie.

— Au fond, ce ne sera peut-être pas si terrible que ça, la consola Claudia. Ce doit être amusant de se déguiser en princesse le temps d'une soirée. Et puis c'est agréable de danser, tu ne trouves pas ?

— Les contes de fées, ce n'est pas ma tasse de thé, s'obstina Merrie. Ce genre d'événement, c'est le grand marché du mariage, et je n'ai aucune envie qu'on m'examine comme un bout de viande. Tes parents à toi, ils ne t'obligent pas à y aller ?

Claudia parut surprise.

— Les Juives n'ont pas le droit d'être des débutantes, Meredith. Aussi riches que soient leurs parents ! Sinon, je te garantis que ma mère m'y enverrait, moi aussi.

La mâchoire de Merrie faillit se décrocher.

— Pas le droit ? Vraiment ?

Pour les Noires, elle était au courant. Mais les Juives ?

Claudia opina du chef en silence.

— C'est scandaleux ! s'indigna Meredith. Mais... pourquoi ?

— C'est comme ça. Les Juifs ne peuvent pas intégrer certains clubs ni habiter certains quartiers. Par exemple, quand mes parents ont voulu acheter un appartement sur la Cinquième Avenue, ça leur a été refusé ; ils ont dû se rabattre sur le West End. Oh ! Nous y sommes très confortablement installés, rassure-toi. Mon père était tellement furibond qu'il a acquis l'immeuble entier ! Tu sais que les Noirs et les gens du spectacle ne peuvent pas non plus vivre dans les quartiers chics, n'est-ce pas ? C'est pour ça que nous avons pour voisin Harry Belafonte, le chanteur. Il possède tout un immeuble, lui aussi.

Meredith peinait à assimiler l'information.

— Mais on se croirait dans l'Allemagne nazie !

Très grave, Claudia secoua la tête.

— Tu te trompes, ça n'a rien à voir. Ici, certains clubs et quartiers nous sont certes interdits, mais on peut exercer le droit ou encore la médecine. Nous ne sommes pas expropriés, dépossédés de nos biens, déportés dans des camps en fourgon à bestiaux. Nous avons nos propres clubs, nos propres immeubles. Qui sait ? Peut-être que ce n'est pas si grave, dans le fond. Ici, les Juifs ne se font pas assassiner en plein jour dans la rue dans une parfaite impunité.

Une ombre voila son regard.

— Certes, lui concéda Merrie, mais ce n'en est pas moins de la discrimination. C'est injuste ! Si je peux faire mes débuts dans le monde en robe blanche à falbalas, pourquoi pas toi ?

— Fais-toi une raison, Meredith. Il n'y a pas mort d'homme.

Son expression s'était durcie.

— Pardon, murmura Meredith. Je sais que ce n'est rien par rapport à ce que tu as enduré. Mais si c'était comme cela que tout commençait ? Si d'autres droits vous étaient ensuite retirés ? Les Juifs n'ont pas à être traités comme une caste à part...

— Tel a pourtant toujours été leur lot. C'est pour ça qu'on a créé l'État d'Israël.

Depuis qu'il l'avait reconnu six ans auparavant, le président Truman était célébré comme un héros par toute la communauté juive.

— Mes parents donnent beaucoup d'argent à Israël, précisa Claudia. D'après eux, c'est notre devoir.

Meredith était curieuse de connaître l'opinion de ses propres parents à ce sujet. Les McKenzie ne l'abordaient jamais. Mais après ce que son père avait entendu à Nuremberg, il ne pouvait que soutenir la cause des Juifs. Il avait vu de ses propres yeux l'enfer des camps. Nul ne pouvait y rester indifférent, pas même un conservateur comme Robert McKenzie.

— Ils y sont allés l'an dernier, poursuivait Claudia. Pas moi. J'aurais bien aimé, mais ils ne voulaient pas me faire manquer l'école.

Meredith posa sur son amie un regard empreint de respect. Claudia semblait très au fait de la politique et de l'actualité. Cela lui donnait encore plus envie de se rapprocher d'elle.

La première semaine de cours passa à vive allure. Tandis que Merrie et Claudia disputaient à chaque repas un nouveau débat d'idées, tout Vassar était en effervescence à l'approche de la première soirée mixte. Betty et ses copines ne parlaient que chiffons et coiffures et, entre leurs chambres, c'était la grande valse des robes, escarpins et bigoudis. L'excitation était à son comble.

Meredith assistait aux allers-retours de ses camarades avec un mélange d'amusement et de consternation. À plusieurs reprises, elle redit à Claudia son intention de bouder la soirée. Pourtant, plus l'échéance approchait, plus elle se surprenait à étudier d'un œil critique sa propre garde-robe... pour finalement se raviser. Quand bien même elle aurait changé d'avis, elle n'avait rien à se mettre.

Une solide amitié était en train d'éclore entre Meredith et Claudia. Souvent, pour échapper aux amies de Betty qui gloussaient dans sa chambre tout en prenant leurs aises avec son tourne-disque, Merrie se réfugiait chez son amie, dont la coturne était souvent absente. Claudia prétendait que celle-ci la fuyait en raison de sa judéité ; les étudiantes de Vassar étaient dans leur majorité de confession chrétienne. Au début, Merrie avait balayé ces soupçons d'un revers de main, mais ensuite elle avait surpris quelques persiflages à propos de « la Juive du troisième » et elle avait déchanté.

Un soir, Claudia ébahit son amie en déclarant :

— On devrait y aller.

— Où ça ? lui demanda distraitement Merrie.

Lovée dans l'unique fauteuil de la chambre, elle songeait à sa dissertation d'allemand.

— À la soirée, précisa timidement Claudia, assise sur son lit.

— Pour quoi faire ? Tu te cherches un mari, finalement ?

— Non, mais j'ai envie de rencontrer des garçons.

— C'est vrai que notre environnement est sacrément féminin, lui accorda Merrie en levant les yeux au ciel.

À la longue, les frivolités de ses camarades finissaient par lui donner le tournis. Ne se calmeraient-elles donc qu'une fois fiancées ?

— Mais vraiment, Claudia, je ne te suis pas, reprit Merrie. Les étudiants de West Point sont des snobinards, et aspirants militaires, avec ça !

À choisir, Merrie leur aurait préféré la compagnie d'un intellectuel atypique... Quelqu'un qui se démarque un peu de ses semblables.

— Je pense que ce serait bon pour notre intégration, lui expliqua Claudia. Et ça nous changerait les idées.

Merrie n'était toujours pas convaincue, mais elle ne voulait pas décevoir Claudia.

— Tu y tiens vraiment ? lui demanda-t-elle.

— C'est amusant de se pomponner, une fois de temps en temps.

— Je n'ai rien à me mettre...

— Je te prêterai une de mes robes. Ma mère m'a forcée à en apporter, au cas où.

Merrie éclata de rire. Décidément, juives ou chrétiennes, les mères étaient toutes les mêmes !

Claudia vint à bout des réserves de Meredith et, le lendemain soir, en habit de fête, elles montèrent avec les autres à bord du bus qui devait les conduire jusqu'à West Point. Claudia portait un boléro de soie ivoire sur une robe marine à manches longues qui mettait en valeur sa taille de guêpe ; des gants et un petit chapeau complétaient sa tenue. Sa longue tresse enroulée sur elle-même formait sur sa nuque un chignon compact et, en un mot comme en cent, elle était ravissante. Meredith avait finalement revêtu l'une des trois robes noires très sobres qu'elle avait emportées sur les conseils de Janet, des ballerines à talons plats (ses jambes étaient suffisamment longues et fuselées comme ça !), et un petit manteau de fourrure qui avait appartenu à sa mère et qui la vieillissait. Mais ni elle ni Claudia n'auraient pu rivaliser avec la débauche de couleurs, de bijoux et d'accessoires qui caractérisait Betty et ses amies. Elles avaient dû passer un temps fou à s'apprêter ; leurs coiffures seules avaient dû nécessiter des heures d'élaboration. En robe de soie bleu roi à la coupe suggestive, juchée sur des talons vertigineux, Betty était particulièrement renversante.

Les cadets de West Point n'étaient pas en reste : ils avaient fière allure, en haie d'honneur, avec leur uniforme de cérémonie. Il faut dire qu'ils recevaient ce soir-là la fine fleur de Vassar : trois bus pleins de jeunes filles qui s'étaient mises sur leur trente et un rien que pour leurs beaux yeux ! Les étudiantes s'avancèrent parmi eux en échangeant des chuchotis ponctués de rires étouffés ; dans leur sillage cheminaient les chaperons chargés de veiller à ce que chacun se comporte avec bienséance pendant la soirée.

— Je ne me sens pas à ma place, glissa Merrie à Claudia.

Pourtant, les cadets se montraient avenants ; ils tendaient galamment un bras aux étudiantes pour les escorter jusqu'à la salle de bal où boissons et collation les attendaient. L'orchestre était déjà à pied d'œuvre, prêt à entraîner ces jeunes gens sur la piste de danse jusqu'aux douze coups de minuit. Les chaperons de West Point saluèrent ces demoiselles avec un sourire entendu ; sous la panoplie militaire se cachaient des adolescents de 18 ans aux hormones en ébullition et ils ne se leurraient nullement : ce soir, chacun allait tenter sa chance et il appartiendrait aux garants de l'ordre moral d'ouvrir l'œil, et le bon !

— Qu'ils sont beaux ! s'extasia Claudia en sirotant le verre de punch qu'un cadet lui avait servi. Toi aussi, tu es très élégante, Merrie.

— Ce sont des tueurs en puissance, lui répliqua Meredith. Ils se forment à l'art de la guerre.

— Ils n'ont encore tué personne. Rentre les dents, Merrie.

Un blond aux yeux bleus les accosta. Il s'appelait Seth Ballard et dévorait Claudia du regard. Quand celle-ci se présenta à son tour, Meredith la vit rougir et s'en attendrit. La conversation porta sur les lycées que chacun avait fréquentés. Seth, cela s'entendait à son accent, avait grandi en Virginie ; son grand-père était un général à la retraite et son père, un ancien colonel, possédait un ranch. Chez lui, raconta-t-il, on était « West-pointard » de père en fils.

— Chez nous, on est « vassarienne » de mère en fille, renchérit Claudia en englobant d'un geste son amie.

Ils échangèrent quelques banalités puis le cadet s'éclipsa en quête d'un cavalier à présenter à Meredith. Dès qu'elles furent à nouveau seules, Claudia demanda en allemand à son amie ce qu'elle pensait de ce garçon.

— Il est bel homme et plutôt sympathique, lui répondit Meredith. Mais pas juif pour deux sous !

— Je croirais entendre ma mère ! C'est un détail, la rabroua Claudia.

— Je te préviens, si tu te fiances avant la fin de l'année, je te renie ! la taquina Meredith.

— Pff ! Ne dis pas n'importe quoi.

Seth reparut flanqué d'un grand jeune homme roux au visage constellé de taches de rousseur, un certain Christian, originaire de Boston, aux manières irréprochables. Lorsque l'orchestre entama le morceau suivant, ces messieurs entraînèrent leurs cavalières sur la piste et ne les lâchèrent plus jusqu'à la fin de la soirée.

Contre toute attente, Meredith passa un bon moment en compagnie de Christian. Il ne l'attirait nullement, mais du moins avait-il de la conversation, et la jeune fille put l'interroger à loisir sur la nature des enseignements dispensés à West Point ainsi que sur la discipline qui rythmait le quotidien des cadets. En comparaison, Vassar lui semblait un centre aéré ! Quand vint le moment de prendre congé, Christian exprima l'espoir de la revoir, mais plus par politesse que par réel intérêt : les jeunes gens en resteraient là, et Merrie le savait. Seth, de son côté, était manifestement tombé sous le charme de Claudia. Non seulement il la raccompagna jusqu'au bus, mais il lui adressa de grands signes jusqu'à ce que le convoi ait disparu de son champ de vision.

Merrie ne put s'empêcher de taquiner son amie.

— Quel succès, ma chère !

— Je crois qu'il me plaît, Merrie. Il est tellement doux, tellement prévenant… Il a promis de venir me rendre visite au campus un de ces jours.

Son regard pétillait. Meredith intervint :

— Ta mère va te tuer. Je parie qu'il est épiscopalien !

— Oh, ne fais pas ta rabat-joie ! Ce n'est qu'une visite, pas une demande en mariage.

— Pour le moment ! Donne-lui une semaine…

Un sourire malicieux éclaira le visage de Claudia. Avachies sur la banquette du fond, les deux amies bavardèrent de la sorte pendant tout le trajet. De retour à la résidence, Meredith regagna sa chambre, où elle fut prestement rejointe par une Betty triomphante. Pas moins de trois garçons avaient demandé à la revoir et, pendant la pause de l'orchestre, elle avait même flirté avec l'un des musiciens, un étudiant en dernière année. Pour sa première soirée, elle avait fait carton plein.

— J'aurai un petit ami avant Noël, et nous serons fiancés en juin. Tu verras ! prédit-elle à Meredith.

Le week-end suivant, Meredith reçut la visite de sa famille. Elle présenta fièrement Claudia à ses parents. « Mon amie allemande », annonça-t-elle sans toutefois s'étendre sur la question ni évoquer son adoption. Les McKenzie flânèrent dans la douceur automnale, emmenèrent leur fille dîner au restaurant et repartirent rassurés : Merrie s'adaptait à merveille à sa nouvelle vie.

— La prochaine fois, c'est toi qui viens nous voir, lui rappela Janet. Tu n'oublieras pas ?

Elle n'avait pas renoncé à l'emmener faire les boutiques et Meredith, de guerre lasse, avait promis. Au moins, Alex se réjouirait de la revoir.

Trois semaines plus tard, elle prit donc le train pour New York. Elle avait eu quelques scrupules à abandonner Claudia, mais celle-ci lui avait confié attendre la visite de Seth Ballard. Il lui téléphonait régulièrement depuis leur rencontre et semblait sincèrement entiché d'elle. Pour l'occasion, Claudia avait obtenu une permission de sortie. Elle devait être rentrée à 21 heures. Les règles étaient strictes et la moindre infraction passible de sanctions. Quoi qu'il en soit, Merrie partit le cœur léger : son amie s'apprêtait à passer un week-end exaltant.

Les retrouvailles des McKenzie furent chaleureuses. Alex était aux anges. Merrie aussi – il lui avait manqué. Quant à leurs parents, ils ne revinrent à la charge qu'après le dîner, quand le garçon se fut levé de table. Le bal des débutantes approchait à grands pas et Janet avait composé une liste exhaustive de boutiques de mode…

— Je te l'ai déjà dit, maman, l'interrompit Meredith, intraitable. Je n'irai pas. C'est contraire à mes principes.

— Tes principes ? Merrie, qu'est-ce que tu me chantes ? balbutia sa mère. Je ne comprends pas...

— Tu savais que ce bal est interdit aux Juives ?

— Je ne vois pas où est le problème. Tu n'es pas juive, que je sache !

— Aux Juives et aux Noires, poursuivit Meredith. C'est de la discrimination. Je ne cautionnerai pas de telles pratiques.

Robert fulminait.

— Ton grand-père t'a encore bourré le crâne...

— Grand-père ? Nous n'en avons même pas parlé ! le détrompa Merrie. Je le tiens de... certaines camarades. D'ailleurs, quand bien même le bal serait ouvert à tout le monde, je n'irais pas m'exhiber à cette espèce de foire aux bestiaux !

— Pour l'amour du ciel, Meredith ! s'écria son père, excédé. Tout ce que tu as à faire, c'est mettre une belle robe blanche, exécuter une jolie révérence et le tour sera joué ! C'est vraiment trop te demander ? Et de quoi nous accuses-tu, au juste ? Ce n'est pas notre faute si les Juives ne sont pas admises ! Je ne vois pas pourquoi tu en fais tout un foin. Ce n'est qu'une fête, enfin !

— Une fête dont le but est de trouver un bon parti pour les jeunes filles à marier. Moi, je ne veux pas me marier. Je veux étudier le droit.

— Mais, ma chérie, tu peux très bien faire les deux, insista Robert. Aller au bal et poursuivre tes études...

— Quel intérêt ? Ce bal est une honte. Entendons-nous bien : je ne vous accuse pas de discrimination. Après ce que papa a fait pour les victimes du nazisme, ce serait le comble ! Mais c'est justement ce que je ne comprends pas. Comment pouvez-vous soutenir un événement aussi douteux ?

— Je suis sûr qu'il y a des Juifs au bal des débutantes...

— Puisque je vous dis que les Juives n'ont pas le droit d'en être ! Franchement, vous trouvez ça normal ?

La mère de Meredith se taisait, comme toujours en cas de débat. Elle avait horreur du conflit et, terrifiée à l'idée de proférer une sottise, préférait céder la parole à son mari.

— Ma foi, présenté comme ça, non, cela ne me semble pas normal, reconnut calmement Robert. Mais il y a un tas de clubs qui refusent les Juifs, tu sais. Il en a toujours été ainsi.

— Et c'est une raison pour l'accepter ? s'indigna Merrie. Dis-moi, si des Juifs voulaient acheter un appartement dans notre immeuble, y seraient-ils autorisés ?

— Je n'en ai aucune idée, avoua son père en se détournant.

Il mentait. Dans le quartier, les Juifs n'avaient pas le droit de se porter acquéreurs de biens immobiliers, et Robert le savait. Seulement, à ses yeux, la question était sans rapport avec le bal des débutantes. Il était presque aussi attaché que sa femme à cette tradition et n'entendait pas renoncer.

— Depuis quand défends-tu ce genre de cause ? demanda-t-il à Meredith. Qui t'a monté la tête ?

— Personne. Si : Claudia. Ma meilleure amie. Vous savez, celle que je vous ai présentée il y a trois semaines. Figurez-vous qu'elle est juive et que toute sa famille a péri à Auschwitz. Quand elle parlait de ses parents, l'autre jour, c'est à ses parents adoptifs qu'elle faisait allusion.

Robert se tut, assailli par des visions qui n'en finiraient sans doute jamais de le hanter.

— C'est terrible, Merrie, murmura-t-il enfin après un long silence. Je suis navré pour ton amie. Mais le bal des débutantes n'a rien à voir là-dedans. Le Cotilion est un club ancien qui ne vit pas tout à fait avec son temps. Un jour, à n'en pas douter, il ouvrira l'événement aux jeunes Juives telles que ton amie. En attendant, par respect envers ta mère et moi, je te prie de mettre tes convictions de côté. Je ne te demande pas la lune ! Tu peux bien faire ce plaisir à ta mère.

Il s'efforçait de garder son sang-froid afin de mener à bien la négociation, Merrie le voyait bien. Elle vit aussi le regard implorant que lui jetait sa mère. Que diraient ses amies en apprenant que la petite Meredith boycottait le bal des débutantes ? Janet McKenzie deviendrait-elle la risée de sa clique ?

Merrie reporta son attention sur son père et tendit le menton.

— Tu m'en demandes beaucoup. Tu me demandes de m'asseoir sur mes principes le temps d'un événement mondain. Je trouve cela immoral.

— Je te demande d'avoir quelques égards pour tes parents. Même ton grand-père, cet indécrottable gauchiste, attend avec impatience de te voir faire tes premiers pas dans le monde. Il a beau s'en défendre, il fait partie de l'establishment, lui aussi ! Il assiste au bal des débutantes chaque année. Si tu n'y vas pas, tu lui fendras le cœur.

Meredith serra les dents et médita cette affirmation. Sa mère avait les larmes aux yeux. Il était inutile de s'obstiner : elle n'y couperait pas. Visiblement, les enjeux de l'affaire étaient trop importants pour ses parents.

La mort dans l'âme, un sentiment de déshonneur chevillé au corps, Meredith se leva et, du haut de ses 18 ans, décréta :

— Soit. J'irai. Mais ne me demandez plus jamais de trahir mes principes, à l'avenir. C'est la dernière fois que j'y consens. Mon intégrité m'est trop chère ; je ne la sacrifierai pas deux fois. Même pour vous.

Son père hocha gravement la tête et Meredith se retira sans prononcer un mot de plus.

Quand ses parents entendirent se fermer doucement la porte de sa chambre, Robert laissa échapper un soupir et se tourna vers son épouse.

— Tout ça, c'est la faute de mon père. Merrie est trop jeune, trop malléable ; il l'a influencée. Si on n'y prend pas garde, il finira par en faire une révolutionnaire !

Janet ne l'écoutait qu'à peine.

— Merci, Robert, murmura-t-elle simplement.

Il venait de la sauver de l'humiliation. Éperdue de reconnaissance, elle se leva et entreprit de débarrasser la table en pensant à la robe qu'elle et Meredith achèteraient le lendemain.

4

Meredith et sa mère se rendirent chez Bergdorf Goodman dès l'ouverture et mirent aussitôt le cap sur le rayon des robes de soirée. Janet jubilait. Elle avait établi tout un programme de boutiques et de magasins, à explorer un par un. Meredith, résignée, s'efforçait de prendre son mal en patience.

Elle choisit la deuxième robe qu'on lui présenta, un modèle sans chichis, en taffetas blanc à mancherons avec une jupe cloche et un décolleté pudique. Janet aurait préféré quelque chose de plus sophistiqué, avec des broderies, une ceinture de satin, peut-être, ou au moins des dentelles, mais force lui était de reconnaître que le modèle choisi mettait Meredith en valeur. Avec ses cheveux sombres relevés en chignon, elle ressemblait à Blanche-Neige. Meredith serait peut-être une débutante malgré elle, mais cela ne l'empêcherait pas de briller – ce qui n'était pas donné à toutes les candidates. Il ne suffisait pas de s'apprêter pour être belle. Certaines avaient la taille épaisse ou la peau grêlée de boutons ! En contemplant sa fille, Janet se rengorgeait de fierté. Meredith était la grâce incarnée. La robe tombait si bien qu'elle n'aurait même pas besoin d'être retouchée. On l'aurait crue faite sur mesure.

Au rayon chaussures, Merrie arrêta son choix sur une paire d'escarpins, puis il fallut choisir les gants. Il était 13 heures quand la panoplie fut fin prête.

Soulagée, Janet emmena sa fille déjeuner au Palm Court et, à 15 heures, elles étaient de retour à l'appartement. Meredith avait le tournis. Sa mère était en verve ce jour-là. Pendant tout le repas, elle l'avait abreuvée de considérations diverses concernant la robe et le bal à venir. Lorsque Meredith lui avait appris qu'elle avait assisté à une soirée estudiantine à West Point, sa mère lui avait avoué avoir fréquenté un cadet, en son temps, avant de rencontrer Robert, puis elle s'était laissé emporter par ses souvenirs : le bal des débutantes, la rencontre avec Robert, le coup de foudre, les trois années de fiançailles, la noce, la première grossesse... Son récit sans surprise rappelait à la jeune fille que, comme pour la plupart des femmes de ces générations, la vie de sa mère avait été placée sur des rails depuis le jour de sa naissance, et qu'elle n'avait jamais dévié de sa trajectoire préétablie. Vingt années s'étaient écoulées depuis son mariage et, à l'écouter, Janet McKenzie n'avait aucun regret : elle était heureuse avec Robert et avait rempli sa part du contrat. Pourquoi, alors, à 45 ans, en paraissait-elle dix de plus ? D'où lui venait sa rigidité de mère supérieure, et pourquoi ne remettait-elle jamais en cause les valeurs conservatrices que ses propres parents lui avaient léguées en héritage ? Se pouvait-il que son rôle d'épouse exemplaire suffise à son épanouissement ? Par un accord tacite, Robert prenait toutes les décisions la concernant, et Janet répétait à qui voulait l'entendre que cela lui convenait très bien ainsi, mais Meredith voyait d'un œil critique cet arrangement. La seule idée de choisir à 20 ans à peine l'homme qui allait partager le restant de sa vie l'emplissait d'une angoisse sourde. Celle de vivre dans l'ombre d'un éventuel mari la faisait frémir. Il n'était pas question pour Meredith de reproduire un jour le modèle parental.

Par chance, elle pouvait compter sur un autre McKenzie pour lui servir de boussole : son grand-père Bill, l'excentrique de la famille. Sa tendance naturelle à nager à contre-courant, alliée à son goût du défi, lui avait permis de voir du pays et d'accomplir de grandes choses ; il avait mené une vie aussi riche qu'exemplaire, le tout en servant la patrie. Merrie eût-elle été un homme, elle l'aurait élu pour mentor. Hélas ! Elle était née femme et il eût été malvenu pour elle de chercher à l'imiter. À renier son sexe, on se mettait au ban de la société, même Merrie le savait.

Au fond, Meredith McKenzie ne désirait être l'émule de personne. Elle souhaitait être elle-même, un point c'est tout. Vivre au diapason de ses propres valeurs, mener ses propres combats, prendre ses propres décisions. Pourquoi criait-on au scandale lorsque les femmes osaient tracer seules leur chemin ? Pourquoi fallait-il constamment semer leur parcours d'embûches ? Merrie ne se l'expliquait pas. Les femmes n'avaient-elles pas un cerveau comme les hommes ? Au nom de quoi autorisait-on leurs époux à régenter leur vie jusque dans ses moindres détails ?

Parfois, la jeune fille se demandait si elle était la seule à se poser ces questions. Chaque fois que ses parents avaient à faire un choix, c'était son père qui s'en chargeait. Janet attendait de Robert qu'il la protège et assure son entretien, et s'en remettait à lui pour tout. Vivre ainsi n'avait aucun sens pour Merrie. Elle voulait gouverner son existence, la piloter, et non pas demeurer une éternelle passagère !

Mais quel homme accepterait son indépendance, ses opinions, son franc-parler ? Quel homme respecterait son besoin de liberté et saurait rivaliser d'intégrité avec elle pour, peut-être, conquérir son estime ? Quiconque chercherait à la brider la perdrait aussitôt. Car Meredith n'avait jamais oublié le discours de son grand-père. Elle voulait faire partie des justes, dût-elle en mourir. Or, plus elle mûrissait, plus la ferveur qui l'animait lui semblait incompatible avec le mariage.

Du reste, c'était le cadet de ses soucis. Meredith se tenait au seuil d'une grande aventure. Les hommes ? Ils attendraient !

Comme tous les dimanches matin, Robert jouait au golf. Alex avait passé la nuit chez un copain, et Janet disputait un match de tennis avec une amie et ne serait pas de retour avant midi. Merrie devait rentrer à Poughkeepsie. Seule et désœuvrée, elle s'attarda dans la cuisine. Addie s'affairait. Pour le petit déjeuner, elle avait mitonné des pancakes et la vaisselle s'amoncelait dans l'évier. Tout en récurant, elle interrogea Merrie.

— Dis-moi, jeune fille, tu as le temps d'aller à la messe, là-bas, à l'université ?

Les McKenzie se définissaient comme croyants, mais, en pratique, ils passaient plus de temps sur le green et les courts de tennis qu'à l'église. Merrie confessa n'y avoir pas mis les pieds depuis son installation à Vassar.

— Et toi, Addie ? s'enquit-elle, curieuse.

— Quand je suis de congé, je ne raterais le service du dimanche pour rien au monde ! lui assura la gouvernante, béate. Notre chorale est épatante. On croirait entendre chanter les anges.

Meredith ne put réprimer un sourire.

— J'aimerais bien t'accompagner, un de ces jours.

— Oh ! Cela me ferait très plaisir, s'enthousiasma Addie. Quand tu voudras, Merrie chérie.

Meredith consulta sa montre. Il n'était que 9 h 30 et les autres ne seraient pas de retour à la maison avant longtemps.

— Pourquoi pas maintenant ? lança-t-elle sur un coup de tête. La messe commence à quelle heure, dans ta paroisse ?

— À 10 h 30. Mais je ne suis pas habillée comme il faut.

— Allons, tu es très bien ! Et personne ne verra rien sous ton manteau.

— Mais... ton papa et ta maman... Ils seraient d'accord ?

— Pourquoi pas ? s'étonna Meredith.

Sans laisser à Addie le temps de lui expliquer, elle fonça s'habiller, attrapa son manteau, son sac et son chapeau, et elle se chaussa.

— Allez, vite ! pressa-t-elle sa gentille gouvernante.

Addie lui montra le chemin. Il fallut prendre le métro. L'église baptiste abyssinienne de la 138e Rue, la principale église noire de l'État de New York, se situait à Harlem, autant dire au bout du monde. Le parvis était bondé ; partout, les fidèles en habit du dimanche se saluaient et s'embrassaient avec chaleur. Addie fut prise d'assaut par ses connaissances, à qui elle s'empressa de présenter Merrie. Celle-ci, cela ne lui avait pas échappé, était la seule Blanche parmi toute la congrégation, mais elle n'en ressentait pas de gêne. Les amis d'Addie, si intrigués soient-ils par sa présence, s'efforçaient de la mettre à l'aise.

Addie l'entraîna dans l'église et le service commença. Le sermon respirait la vitalité. Les fidèles renchérissaient sur les propos du pasteur avec enthousiasme et spontanéité, et il régnait dans la nef un climat de vigueur et de joie comme Merrie n'en avait jamais vu. Vers la moitié du service, les chants commencèrent, un chœur de voix si puissantes et belles que l'édifice entier en semblait ébranlé. L'émotion s'empara de Meredith. Une soprano entonna un solo saisissant, puis ce fut au tour d'un baryton digne des chanteurs du Metropolitan Opera de faire entendre sa voix. On aurait dit qu'il s'adressait directement à l'âme des fidèles. Meredith aurait voulu que ce moment ne s'arrête jamais. Addie, à ses côtés, était ravie. Une heure plus tard, de retour sur le parvis, la jeune fille chancelait, rayonnante, mais bouleversée par l'expérience ; le gospel résonnait encore à ses oreilles et il lui semblait avoir eu un aperçu du paradis. Elle remercia abondamment Addie.

— Je n'avais jamais rien entendu de si beau de ma vie.

Elle enlaça son ancienne nounou, puis, ayant pris congé des amis d'Addie, toutes deux s'engouffrèrent à nouveau dans le métro. Merrie avait encore des étoiles dans les yeux quand elle poussa la porte de l'appartement à 11 h 55. Sa mère rentra peu de temps après, suivie de son frère. Robert arriva sur le coup de12 h 30 et l'on passa à table.

— Qu'as-tu fait, ce matin, ma puce ? demanda Janet à Merrie en lui tendant la salade de pommes de terre. Tu parais de bonne humeur.

— Je suis allée à la messe avec Addie, répondit Merrie, un sourire extatique aux lèvres.

— C'est gentil, ça, répliqua machinalement sa mère. J'ignorais qu'Addie était pratiquante.

Janet établissait les menus de la semaine avec la gouvernante et lui donnait ses instructions, mais leurs interactions se limitaient à cela. Jamais elle ne s'enquérait de sa vie ou de ses habitudes.

— Nous avons pris le métro jusqu'à Harlem, reprit Merrie, et…

Sa mère poussa un petit cri.

— Tu as fait *quoi* ?! s'exclama son père.

Il n'aurait pas réagi autrement si elle lui avait annoncé s'être promenée toute nue le long de Park Avenue.

— Je suis allée à l'église avec Addie, répéta Meredith sans comprendre. Vous auriez vu la chorale ! C'était spectaculaire…

— Tu étais la seule Blanche de l'assemblée, je suppose ? présuma Robert.

Meredith acquiesça et mordit dans son morceau de poulet froid.

— Oui. J'ai été très bien reçue…

— Tu as perdu la tête ? lui murmura son père.

Sa mère affichait une mine horrifiée.

— Tu aurais pu te faire tuer ! poursuivit Robert à mi-voix pour ne pas qu'Addie surprenne son propos. Une jeune Blanche de bonne famille ne s'aventure pas comme ça dans une église fréquentée par des gens de couleur ! C'est dangereux.

Meredith se redressa sur sa chaise, choquée par la réaction de ses parents et bien décidée à leur tenir tête.

— Dangereux ? Au contraire, c'était bouleversant de beauté. Rien à voir avec les sermons soporifiques du père Johnson.

Le malaise s'abattit sur la salle à manger. Addie entra pour débarrasser les plats et les McKenzie n'échangèrent plus un mot jusqu'à la fin du déjeuner. Plus tard, Robert fit signe à Merrie de le suivre dans son bureau. Sur son visage, la fureur le disputait à l'effroi.

— Meredith, écoute-moi bien. Je t'interdis formellement de remettre les pieds à Harlem. Je suis sûr qu'Addie ne pensait pas à mal, mais elle a mis tes jours en danger en t'emmenant là-bas. N'y retourne jamais, tu m'entends ?

Meredith était tellement abasourdie qu'elle n'en trouvait plus ses mots.

— Je… je ne veux pas qu'Addie ait des ennuis à cause de moi, bredouilla-t-elle. C'est moi qui ai insisté pour l'accompagner…

Si son père renvoyait Addie, s'il la houspillait seulement, elle ne se le pardonnerait jamais !

— Ne t'inquiète pas, lui rétorqua son père. Elle n'a rien à craindre… tant que je ne vous y reprends pas.

— Mais je ne comprends pas, protesta Merrie, sincèrement désarçonnée. C'est Harlem, le problème, ou bien la couleur de la peau d'Addie et ses amis ? Moi qui te croyais ouvert d'esprit ! Pas autant que Grand-père, bien sûr, mais… je ne sais pas, moi, dans la moyenne ! Or je m'aperçois qu'il n'en est rien. D'abord, tu cautionnes un événement fermé aux Juifs et maintenant, tu veux m'interdire de fréquenter une église de Noirs ? Explique-moi, papa. Est-ce là le genre de personnes que nous sommes ?

Des larmes lui brûlaient les paupières.

— Tu n'as rien à faire à Harlem, Meredith, gronda son père pour toute réponse. Chacun dans son pré et les vaches seront bien gardées.

— Mais nous ne sommes pas des vaches, papa ! Nous sommes des êtres humains, tous autant que nous sommes. Tu as déjà oublié les malheureux que tu as sauvés à Dachau ? C'est eux que tu voudrais exclure des fêtes que je fréquente ? Et les amis d'Addie ne sont pas des assassins ! Nous étions à l'église, pas dans un repaire de drogués ! Je ne craignais rien…

— N'en sois pas si sûre. Jure-moi que tu n'y retourneras pas.

— Je te le jure, lâcha Merrie du bout des lèvres.

Il ne servait à rien d'argumenter.

Elle monta dans sa chambre pour y faire ses bagages. Au moment de partir à la gare, elle embrassa Alex, et ses parents aussi, quoique avec moins de chaleur. Un gouffre s'était ouvert entre eux. Robert et Janet McKenzie semblaient à Meredith d'illustres inconnus aux croyances et aux principes farouchement étrangers aux siens. Ses yeux se dessillaient, et c'était douloureux.

Pendant le voyage, elle ressassa les événements du week-end. Quand Claudia passa la voir dans sa chambre, ce soir-là, elle remarqua tout de suite que quelque chose n'allait pas.

— Oh, non… Ça s'est mal passé ? Ta mère t'a forcé la main, pour la robe ?

— C'est moi qui ai cédé. Mais si tu savais ce que je m'en fiche ! Mes parents ne sont pas ceux que je croyais.

Elle renifla. Inquiète, Claudia vint s'asseoir auprès d'elle et Merrie lui raconta tout.

— C'est normal, lui assura doucement Claudia quand elle eut fini son récit. C'est le fossé des générations. Mes parents sont comme les tiens : les Noirs, ils les aiment aux fourneaux, point. C'est parce qu'ils en ont peur…

— Alors quoi ? Je devrais ne fréquenter que des chrétiens de race blanche jusqu'à ma mort ? Et toi, tu vas repousser tes prétendants s'ils ont le malheur de ne pas être juifs ? C'est tellement bête ! Noir ou Blanc, juif ou chrétien, quelle différence ?

— Pour nos parents, on ne se mélange pas. C'est comme ça. Je comprends ta révolte, et elle t'honore. Mais les préjugés ont la peau dure. Si tu veux en venir à bout, ne te braque pas. Cela ne te mènera à rien. La prochaine fois, essaie de mettre un peu d'eau dans ton vin. D'accord ?

Mais Meredith n'était prête à aucune concession.

— Le pire, c'est leur hypocrisie. Mes parents se targuent d'être tolérants alors qu'en réalité il n'en est rien ! Oh, mais j'y pense : et ton rencart ? Raconte !

Un sourire éclaira le visage de Claudia.

— C'était formidable. Seth est charmant. Je n'ai jamais rencontré d'aussi gentil garçon que lui. On doit remettre ça prochainement...

— Tu l'as prévenu qu'il allait devoir se convertir au judaïsme ?

— Pas encore. Je réserve ce genre de surprise pour le deuxième rendez-vous !

Claudia poursuivit son récit pendant le dîner. Meredith l'écouta d'une oreille distraite. Elle venait de découvrir le vrai visage de ses parents et sa déception était à la mesure des illusions dont elle s'était bercée à leur sujet. Le prix de la lucidité était élevé : tout en elle s'insurgeait contre les valeurs de Robert et Janet McKenzie.

Au même moment, à New York, son père broyait du noir. Sa fille unique menaçait de lui échapper.

— Mon père l'a corrompue jusqu'à la moelle ! se plaignit-il à son épouse une fois Alex couché. Elle veut renverser l'ordre établi, réécrire les règles du jeu, ou que sais-je. Mais sans règles, sans ordre, ce serait la débandade ! Je tremble pour elle, Janet. Merrie va sacrifier ses chances de bonheur au nom de combats futiles. Mon père n'a rien à perdre, lui ! Mais une jeune fille pleine d'avenir…

Janet se contenta de secouer la tête, désolée.

— Ça lui passera, murmura-t-elle sans conviction. Tôt ou tard, elle rencontrera un homme qui lui mettra du plomb dans la cervelle, et elle s'assagira.

— Espérons-le. Elle est trop téméraire, trop franche. Cela va lui jouer des tours. Harlem ! s'écria Robert, qui n'y avait jamais mis les pieds de sa vie. Elle ne mesure pas le danger…

— Peut-être que si, se hasarda à répondre Janet. Peut-être… peut-être que le monde a besoin de femmes comme elle. De toute façon, ça ne durera pas. Quand Merrie aura des enfants, elle n'aura plus le temps ni l'envie de réformer la société.

Robert haussa un sourcil perplexe. Rêvait-il, ou sa femme venait-elle d'encenser les agitatrices ? La société se portait très bien comme elle était ! Meredith allait devoir rentrer dans le rang et le plus tôt serait le mieux.

5

Tout Vassar était en émoi : une nouvelle soirée mixte se profilait. Il s'agissait cette fois d'une rencontre avec les étudiants de Yale. Claudia et Merrie décidèrent de renouveler l'expérience.

Claudia et Seth continuaient de se fréquenter. Entre eux, tout allait très vite, un peu trop selon Meredith. Non qu'elle se méfiât du jeune homme, car Seth semblait sincèrement épris. Quand Claudia lui avait montré son tatouage, il avait pleuré et, depuis, il étudiait assidûment l'allemand. Mais l'idylle était condamnée d'avance et, d'après Merrie, il aurait mieux valu couper court à l'affaire. Hélas ! L'amour faisait déjà son œuvre et ni Seth ni Claudia n'envisageaient plus de faire machine arrière.

— Est-ce qu'au moins Seth est au courant, pour tes parents ? lui demanda un jour Meredith.

Claudia opina du chef.

— Il prétend qu'on trouvera une solution. Peut-être que s'il se convertit au judaïsme… Nous verrons bien. Je n'ai tout de même pas besoin d'une autorisation parentale pour dîner avec un garçon ! Nous ne faisons rien de mal.

Elle soupira.

— En fait, ce sont les parents de Seth qui m'inquiètent le plus, ajouta-t-elle. Ils sont épiscopaliens et... pas très ouverts d'esprit, si j'en crois Seth. Mais ce sont des gens bien. Ils ont de l'instruction. Seth a bon espoir d'arriver à les raisonner, le moment venu. Chaque chose en son temps.

— Donc, les présentations ne sont pas à l'ordre du jour, devina Meredith.

— Pas dans l'immédiat, non. Dans un an, peut-être. Si ça dure entre nous. Rien ne presse. Ce n'est pas comme si nous avions prévu de nous marier dans l'année ! Les études avant tout.

Claudia et Meredith se rendirent ensemble à la soirée. Le cœur de Claudia n'y était pas ; elle ne pensait qu'à son rendez-vous du lendemain avec Seth. Quant à Meredith, devant la haie de garçons peu avenants qui semblaient tenir un siège devant le saladier de punch, elle regretta d'être venue. Claudia et elle discutaient d'un livre au programme de leur cours d'allemand quand un blond bien de sa personne s'immisça dans la conversation.

— Hé, les filles, ça vous dit qu'on corse un peu le jus de fruits ? leur glissa-t-il comme s'il les connaissait depuis toujours. J'ai du gin.

Merrie et Claudia pouffèrent. Certaines personnes ne doutaient décidément de rien !

— C'est tentant, mais j'ai un diplôme à décrocher, répondit Claudia d'un ton léger. Si je me fais exclure avant la fin du premier semestre, ça risque d'être compliqué.

— Je suis allergique à l'alcool, renchérit Meredith en affectant la contrition.

— Allez, quoi ! On va picoler dehors, personne ne nous verra, insista le jeune homme. J'ai planqué ma flasque dans les buissons.

Voilà qui expliquait son costume froissé et sa cravate de travers. Claudia leva les yeux au ciel. Meredith éclata de rire.

— Je vois. Ces demoiselles ne souhaitent pas s'imbiber en ma compagnie. Ah, triste sort ! Mais je ne me suis pas présenté ! Mille excuses. Ted Jones, quatre centième du nom à fouler les couloirs de ce noble établissement. Tradition oblige. Je crois qu'une aile du campus porte mon nom. Ou alors mes parents m'ont baptisé en hommage au bâtiment ? Je ne sais plus.

Meredith esquissa un sourire en coin.

— Dites-moi tout, poursuivit Ted Jones. Que cherchez-vous à Vassar : le savoir, ou un mari ?

— Le savoir, répliquèrent les deux camarades à l'unisson.

— Ah ! Mauvaise nouvelle pour moi. Je ne plais pas aux intellectuelles : elles voient clair dans mon jeu.

Il était frivole et sot, mais il divertissait beaucoup Meredith et Claudia.

— Depuis des années, je m'efforce de devenir le mouton noir de ma famille. Je me donne du mal, vous savez ! L'an dernier, par exemple, je me suis débrouillé pour me faire arrêter. Pas mal, non ? Manque de pot, le flic connaissait mon père, il m'a laissé filer… La prochaine fois sera la bonne ! Mais parlez-moi de vous, plutôt. D'où venez-vous, charmantes intellectuelles ?

— De New York, l'informa Claudia.

— Merveilleux ! Je viens du Connecticut : nous sommes voisins ! Et ça tombe bien : les filles sont terriblement pète-sec en Nouvelle-Angleterre. J'ai peur des Californiennes, et les filles du Sud, n'en parlons pas ! Ah ! La fortune me sourit enfin ! Laquelle d'entre vous daignera bien vouloir de moi ?

— Je crains de n'être déjà prise, l'informa Claudia en riant.

— Tu le crains ? Ce n'est donc pas certain ! J'ai toutes mes chances, affirma Ted.

Il se tourna vers Meredith, qui le jaugeait d'un œil critique et amusé à la fois. Ted n'était manifestement pas un garçon sérieux, mais il dégageait un charme touchant. Derrière ses simagrées, on détectait une candeur désarmante.

— Gente dame, vous êtes mon unique espoir, déclama-t-il. Que faites-vous ces cinquante prochaines années ?

— J'ai prévu d'éviter les hommes, riposta Meredith sur le ton de la plaisanterie.

— Voilà qui est sans doute judicieux. Mais ne me rejetez pas trop vite ! On me dit très attachant. Au lycée, j'étais capitaine de l'équipe de natation, et j'espère intégrer l'équipe de basket-ball de Yale. J'ai assez d'argent de poche pour payer la note au restau et, pour mes 18 ans, mes parents m'ont offert une très jolie voiture. Elle m'attend sagement à Greenwich avec Butch, mon labrador. Je ferais un petit ami bien sous tous rapports. En plus, les parents m'adorent ! Leurs filles… moins. Dommage pour moi.

— L'offre est alléchante, lui dit Merrie, mais je tiens à mon célibat. Que vaux-tu comme ami ?

— Comme ami ? Je suis ce qu'il se fait de mieux en la matière ! Je donne d'excellents conseils. Je sais écouter. Vous pourrez me confier vos peines de cœur pendant des heures : je ne m'endormirai pas. En plus, je suis capable de changer une roue. Si l'envie vous prend de vous éclipser dans les buissons avec un garçon et qu'il vous faut quelqu'un pour détourner l'attention des chaperons, je suis votre homme. Parfait sous tous rapports, je vous dis ! J'irais jusqu'à mentir à vos parents pour vous permettre de vous payer du bon temps avec un amant dans un hôtel miteux...

— Formidable, je te prends à l'essai ! décréta Meredith. Tu admettras qu'un ami, c'est nettement plus utile qu'un fiancé. D'ailleurs, j'ai une première mission à te confier. Tu es fort en maths ? Ce n'est pas vraiment mon rayon...

Une grimace désolée tordit les traits de Ted.

— Hélas ! Je suis un cancre. Même que ça a bien failli me coûter mon entrée à Yale. Heureusement que mon père a des relations et qu'il a pu me filer un coup de piston. Le chèque qu'il a signé à l'université devrait me permettre de glandouiller ici quatre ans sans être enquiquiné par les autorités. Mais pour les maths, navré, mesdames. Il va falloir vous trouver un autre Einstein.

Meredith fit mine de s'assombrir.

— C'est un sérieux bémol. Je vais devoir retirer mon offre d'embauche. Nous allons réfléchir, nous vous recontacterons.

— Flûte ! Et moi qui croyais avoir fait un carton.

— Désolée, mais le poste requiert des compétences en mathématiques. C'est non négociable.

— Merde !

Ted paraissait tellement dépité que tous éclatèrent de rire. Un garçon que Merrie dépassait d'une tête l'invita à danser. Remarquant les réticences de la jeune fille, Ted intervint :

— Pas de veine, mon vieux : on s'est fiancés il y a une demi-heure. On se marie à Noël. Pour nous deux, c'était dans les astres.

Ted jouait tellement bien son rôle que l'importun se figea, désarçonné, bredouilla quelques mots de félicitations et battit en retraite.

— Bien joué, dit Merrie quand il fut parti.

— Quand je te disais que j'étais un bon ami. Alors ? Tu m'embauches, oui ou non ?

— Ma foi… tes talents de garde du corps ont achevé de me convaincre. C'est oui ! Si tu passes à Vassar, un de ces jours, je te présenterai ma coturne. Je pense qu'elle pourrait t'intéresser : elle se cherche un mari. Regarde, c'est elle, là-bas.

Elle tendit l'index vers le bar. Ted observa la blonde pulpeuse en décolleté et sa foule d'adorateurs et marqua une hésitation.

— Elle ne fait pas les choses à moitié, commenta-t-il. Je me méfie. Ma mère m'a mis en garde contre les filles de son espèce. Je parie qu'elle me réclamerait une bague et tout le tralala.

— Oh, que oui ! lui confirma Meredith.

— Je ne sais pas si je suis prêt à me faire passer la corde au cou.

— Nous ne te jetons pas la pierre, répliqua Meredith en lui décochant un sourire complice.

Ted l'entraîna sur la piste. Il dansait bien et une demi-heure s'écoula avant que Merrie, épuisée, lui réclame un peu de répit.

— Alors comme ça, tu veux être avocate ? lui lança Ted. Mon père me destine à la banque. Moi, ça ne me dit trop rien. Je préférerais me consacrer à quelque chose de plus amusant. Champion de patin à roulettes, par exemple. Ou de parachutisme. Ou de voile, pourquoi pas ? Tout plutôt que de reproduire le modèle de mon paternel. Il est banquier d'affaires et sa vie est triste à pleurer. Et tes parents, ils sont dans quelle branche ?

— Le mien est avocat fiscaliste spécialisé en droit des successions, récita Meredith.

— Le mien est banquier d'affaires, dit Claudia, que les deux autres avaient retrouvée sur le bord de la piste.

— Plus rasoir, tu meurs ! estima Ted Jones. Moi, quand je serai grand, je veux que mon métier soit une passion. Encore faudrait-il que je me résolve à grandir, ce qui est une autre histoire. Je me donne encore un minimum de trois ans et demi. La vingtaine, c'est le moment de s'amuser !

Ce garçon dissolu n'en finissait pas d'intriguer Merrie et Claudia. Celles-ci n'avaient aucune intention de dilapider en frivolités leurs précieuses années d'études ainsi qu'il se proposait de le faire, mais au moins il était amusant.

Meredith lui accorda encore quelques danses avant la fin de la soirée puis, la veste sous le bras et la cravate négligemment jetée par-dessus l'épaule, il raccompagna les jeunes filles jusqu'à leur bus, où il leur arracha la permission de passer leur rendre visite prochainement. Elles lui adressèrent de grands signes par la fenêtre en s'éloignant, puis Claudia haussa un sourcil.

— Il est mignon, et quel boute-en-train ! Tu es sûre qu'il ne te plaît pas un peu ?

— Certaine. Comme copain, passe encore… Mais comment le prendre au sérieux ?

Claudia acquiesça. Seth possédait une maturité dont Ted Jones paraissait entièrement dépourvu, et il savait être grave lorsque les circonstances l'exigeaient.

— Et si tu lui demandais de t'accompagner au bal des débutantes ? souffla-t-elle à Merrie.

Celle-ci pouffa.

— Mes parents me tueraient ! Ils m'ont déjà dégoté un cavalier. Je le connais depuis toujours, c'est le fils d'amis à eux. Un type ennuyeux comme la pluie, mais qui présente bien et sait se tenir. Franchement, tu imagines Ted en smoking à un événement mondain ? Il ferait le pitre, il enchaînerait les bourdes… Ah ! On ne s'ennuierait pas, ça, c'est sûr !

Thanksgiving arriva et les filles rentrèrent passer les fêtes dans leurs familles respectives. Claudia invita Meredith à rencontrer ses sœurs et ses parents, lesquels l'accueillirent avec beaucoup de chaleur. Les Steinberg se révélèrent aussi conservateurs et attachés aux valeurs traditionnelles que les McKenzie. Quoi qu'il en soit, Meredith se réjouit de voir Claudia dans son élément. Retranchées dans sa chambre d'écolière, elles s'épanchèrent longuement. Claudia était amoureuse. Seth lui téléphonait tous les jours et les jeunes gens se voyaient dès que l'occasion se présentait. Comment allait-elle annoncer la nouvelle à ses parents ? Et Seth aux siens ? Ils ne pourraient pas éternellement repousser l'échéance ! Meredith ne savait que conseiller à son amie. La vérité, c'était qu'elle se rongeait les sangs pour elle. Cette histoire était vouée à l'échec.

Le temps filait beaucoup trop vite au goût de Meredith ; le bal des débutantes approchait. Le premier jour des vacances de Noël, les McKenzie donnèrent une petite réception dans leur appartement. Parmi la douzaine de convives se trouvait Josiah Appleton, le futur cavalier de Merrie. Il était en tout point conforme au souvenir qu'en gardait la jeune fille : dénué de conversation et rasoir à souhait.

Le grand soir arriva. Merrie, resplendissante, bien que morte d'ennui, exécuta devant les quatre cents invités du Waldorf Astoria une révérence impeccable, descendit les marches avec grâce, son petit bouquet de roses blanches à la main, et passa la soirée à bavarder poliment avec les amis de ses parents et d'anciennes camarades de lycée. Josiah, pour sa part, abusa du champagne avec ses amis et il fallut le renvoyer chez lui en taxi. Les McKenzie rentrèrent chez eux vers 2 heures du matin, au soulagement de Merrie. Elle avait rempli sa part du contrat, c'était fini, bon débarras !

Seule une conversation avait rompu la monotonie de la fastidieuse cérémonie. Son grand-père avait déclaré qu'il était fier d'elle.

— Pourquoi, Grand-père ? s'était étonnée la jeune fille. Toute cette pompe, c'est grotesque !

— Les traditions ne sont pas inutiles, Merrie. Elles servent de balises dans un monde en pleine métamorphose. Accessoirement, tu as fait très plaisir à tes parents, ce soir. Il faut savoir choisir ses combats, ma chérie. Certains n'en valent pas la peine. Réserve tes forces pour des causes plus importantes.

Des causes plus importantes... Mais lesquelles ? Meredith attendait toujours que sa vocation se dessine plus précisément. Elle constatait chaque jour de nouvelles injustices qu'il eût fallu redresser, mais comment s'y prendre ? Et par où commencer ? Meredith espérait y voir plus clair d'ici à la fin de ses études. Pour l'heure, elle avait l'impression d'avancer à tâtons dans un épais brouillard.

Le lendemain du bal, Meredith téléphona à Claudia pour lui en faire un résumé et elles se donnèrent rendez-vous après les festivités de Noël. Puis, à la stupéfaction de Merrie, Ted se manifesta : de passage à New York pour la journée, il souhaitait l'inviter à déjeuner. Elle accepta. Après un repas exquis au Carlyle, le jeune homme la raccompagna à pied chez ses parents. Une réelle amitié était en train d'éclore entre les deux étudiants. Non seulement Ted faisait beaucoup rire Meredith, mais, en terrain neutre, le jeune homme se révélait moins superficiel qu'il ne le paraissait. Il avoua avoir eu à Greenwich une petite amie officielle, la fille d'amis de sa famille. Après l'avoir fréquentée tout au long de ses années de lycée, il avait mis un terme à leur relation : elle voulait qu'il l'épouse, or Ted n'était pas prêt à s'engager. Il avait envie d'aventure, de rencontres, d'autres filles aussi, pourquoi pas ! S'il avait épousé celle-ci, il serait devenu une copie carbone de son père, coincé à tout jamais dans sa ville natale, sans aucune perspective un tant soit peu exaltante. Meredith écouta attentivement son récit. Elle s'y reconnaissait. Elle aussi aspirait à s'affranchir du moule parental et, accessoirement, du carcan de la féminité. Elle voulait se démarquer. Ted l'embrassa sur la joue et lui donna rendez-vous à la rentrée. Après son départ, Meredith trouva dans la poche de son manteau une grenouille de farces et attrapes, et elle éclata de rire.

Le second semestre passa encore plus vite que le premier. Devenues inséparables, Merrie et Claudia suivaient les mêmes cours et s'exprimaient exclusivement en allemand, sauf en présence de Seth ou de Ted, évidemment. Tandis que le second enchaînait les conquêtes à un rythme étourdissant, le premier, au contraire, s'engageait de plus en plus sérieusement : Seth avait en effet promis à Claudia de l'épouser, coûte que coûte. En conséquence, la jeune fille peinait de plus en plus à résister aux avances du jeune homme. Meredith lui déconseilla de céder. Si elle tombait enceinte, elle pourrait dire adieu à son diplôme, et ses parents en feraient une syncope ! Quant à un avortement, il ne pouvait en être question : c'était illégal et terriblement dangereux.

Claudia connaissait les risques aussi bien qu'elle, mais le désir croissait.

L'année universitaire s'acheva et les deux jeunes femmes durent renoncer à leur indépendance le temps d'un été. Meredith allait passer les vacances avec ses parents entre Nantucket et Martha's Vineyard, comme chaque année. Les Steinberg possédaient quant à eux une résidence secondaire à Long Island. Claudia, particulièrement, appréhendait l'été : Seth rentrait chez lui, en Virginie, et elle ne le reverrait pas avant la rentrée. Pour ne rien arranger, les Steinberg avancèrent la date du départ et les amoureux ne purent même pas se dire au revoir à New York ainsi qu'ils l'avaient prévu.

Meredith effectua un bref séjour chez ses grands-parents à Washington. Elle ne se lassait pas d'arpenter les couloirs de la Cour suprême ; l'atmosphère de pouvoir qui y régnait la grisait. Le soir, Bill lui parlait des affaires sur lesquelles il travaillait ; il lui présenta également quelques confrères. Meredith buvait du petit-lait.

De retour dans sa famille, Meredith reprit ses habitudes de jeune fille. Elle avait l'impression de régresser. L'été s'enlisait. Heureusement que Claudia l'avait invitée à Long Island au mois d'août ! Merrie n'était pas toujours d'accord avec les Steinberg, mais elle appréciait leur convivialité et, plus encore, leur façon de traiter Claudia. Pour autant qu'elle puisse en juger, ils ne faisaient aucune différence entre elle et leurs filles biologiques.

Au mois de juillet se produisit un événement inédit. Sur la plage, Merrie rencontra un garçon. Étudiant à Harvard, il entrait en troisième année et, incroyable mais vrai, il trouva grâce aux yeux de la jeune fille. Après deux ou trois rendez-vous, elle le laissa l'embrasser dans le sable, au clair de lune. Le jeune homme parlait déjà de la revoir à la rentrée, mais l'étudiante savait que leur histoire n'était qu'une amourette. Quand Alex les surprit en train de s'embrasser, il fit le dégoûté puis taquina inlassablement sa sœur à propos de son « fiancé », si bien que Meredith dut lui mettre les points sur les i : il ne s'était rien passé de sérieux entre elle et son ami, et d'ailleurs c'était déjà de l'histoire ancienne.

Une lettre de Betty attendait Merrie à New York. La plantureuse blonde ne reviendrait pas à Vassar. Elle avait accompli sa mission : durant l'été, elle avait rencontré quelqu'un, un homme de six ans son aîné qui travaillait dans la banque de son père, et elle s'était fiancée. Dorénavant, elle allait se consacrer aux préparatifs du mariage, qui devait se tenir en décembre. « Il me tarde de m'installer à Savannah ! » confiait-elle à son ancienne coturne avant de lui souhaiter une bonne continuation et de la remercier pour les bons moments qu'elles avaient partagés. Merrie ne perdit pas de temps : elle téléphona à Claudia, qui pria aussitôt la scolarité de Vassar de lui assigner l'ancien lit de Betty.

— Abandonner ses études à 19 ans pour fonder un foyer, quelle erreur ! se désola Claudia. Peut-être qu'elle est enceinte ?

Betty n'aurait pas été la première à se marier pour sauvegarder les apparences.

— Non, la détrompa Merrie. Le mariage a lieu dans quatre mois. Une grossesse se verrait d'ici là. Et ne la plains pas : elle est ravie !

— Mais que va-t-elle faire, désormais ? S'occuper de sa marmaille entre deux parties de bridge ? Ce n'est pas une vie.

— C'est celle dont rêvent la plupart des femmes de notre entourage.

Meredith disait vrai. La majorité de leurs comparses se destinaient à devenir mères au foyer. Rares étaient celles qui, comme Claudia et elle, cherchaient à sortir des sentiers battus.

La rentrée fut douce. Les deux amies eurent plaisir à retrouver Ted et ses tirades de dandy blasé (à l'en croire, il s'était ennuyé comme un rat mort dans la banque de son père) et, surtout, Claudia revit enfin Seth. Pendant les vacances, il lui avait téléphoné en cachette aussi souvent que possible, mais ces trop rares appels n'avaient pas suffi à combler le manque. Le soir des retrouvailles, Claudia dépassa l'horaire du couvre-feu, prétextant (sans originalité) une crevaison. Elle reçut un avertissement et dut promettre que cela ne se reproduirait pas. Meredith ne posa pas de questions, mais espérait de tout cœur que les choses n'avaient pas dérapé sur la banquette arrière de la voiture de Seth. Son inquiétude devait se lire sur son visage, car, spontanément, Claudia la rassura : elle n'avait pas fauté.

Les cours reprirent, tout comme les soirées. La charge de travail était plus importante, cependant, et les jeunes filles firent moins la noce qu'en première année. Claudia réservait l'essentiel de son temps libre à Seth ; quant à Meredith, il ne lui déplaisait pas d'écouter le sémillant Ted lui conter ses incessantes intrigues amoureuses. « Je suis bon en sprint, mais je n'ai pas d'endurance », plaisantait-il quand Merrie lui faisait remarquer qu'aucune de ses conquêtes ne semblait le supporter plus de deux semaines d'affilée. En réalité, c'était lui qui prenait le large et courait se réfugier dans les jupes de Merrie dès lors qu'une malheureuse avait le mauvais goût de lui demander de s'engager.

— Franchement, je ne comprends pas pourquoi tu ne veux pas de moi, se plaignait-il régulièrement à son amie. On s'entend comme larrons en foire, on passe de bons moments ensemble...

— Parce que nous sommes amis ! C'est là l'intérêt de la chose, lui signalait Merrie. Le sexe et les sentiments gâchent tout. Et puis, je te connais trop bien. Tu es inconstant et volage, et tu ne sais pas ce que tu veux.

Ted ne le niait pas. Il n'avait aucune idée de ce qu'il comptait faire de sa vie. Or Merrie n'avait aucune envie de s'encombrer d'un fiancé dissipé.

Il venait de quitter la salle commune de la résidence des filles pour regagner son campus quand un bulletin d'information captiva l'attention de Claudia. Le silence tomba sur la petite salle. Dans un bus de Montgomery, dans l'Alabama, une femme noire de

43 ans du nom de Rosa Parks avait refusé de céder son siège à un passager blanc, enfreignant les lois de la ségrégation raciale, et avait de ce fait été arrêtée. L'affaire faisait un tollé dans la communauté noire, qui avait immédiatement appelé au boycott des bus de Montgomery. Rosa Parks s'était révélée appartenir à la NAACP, l'organisation de défense des droits civiques qui militait pour l'égalité des races. Un jeune pasteur baptiste du nom de Martin Luther King dirigeait le boycott et quelque chose disait à Meredith qu'il n'avait pas fini de faire parler de lui. Elle regarda le reportage jusqu'à la fin et en parla avec ferveur avec Claudia tandis qu'elles regagnaient leur chambre. À en croire les infos, Rosa Parks n'était pas la première à refuser sa place à un Blanc et à en assumer les conséquences, mais jamais encore arrestation n'avait trouvé un tel écho dans la population.

— Il est grand temps que les États du Sud abrogent la ségrégation raciale, déclara Meredith.

À peine un mois plus tôt, la Cour suprême avait jugé anticonstitutionnelle la ségrégation dans les lieux publics.

— Nous en avons parlé, mon grand-père et moi, affirma Merrie. Il dit que les Noirs vont obtenir l'équité citoyenne, mais que ça ne se fera pas sans mal. Partisans et opposants vont s'affronter en refusant de céder un pouce de terrain. Tu te rends compte que ce pasteur n'a que six ans de plus que toi, Claudia ? Et cette Rosa Parks, quel courage !

Son procès devait commencer quatre jours plus tard. Meredith y pensa toute la nuit. Cette semaine-là, entre ses cours, elle campa devant la télé de la salle commune. Le boycott des bus de Montgomery se poursuivait. Leurs passagers, noirs à 75 %, manquaient fortement à la compagnie, dont les finances commençaient à accuser le coup. Le boycott était une arme puissante.

Le 5 décembre, Rosa Parks fut déclarée coupable d'infraction aux lois relatives à la ségrégation dans les transports publics et condamnée à payer une amende de 15 dollars. Les manifestations redoublèrent d'ampleur. Bientôt, il n'était plus un foyer américain où l'on ignorât le nom de Rosa Parks ou le combat qu'elle menait aux côtés du jeune pasteur de couleur, fer de lance pacifiste, mais déterminé, du combat contre la discrimination raciale. Meredith n'avait qu'une hâte : parler des événements avec son grand-père.

De fait, Merrie et Bill passèrent le plus clair des fêtes de fin d'année à en discuter, au grand dam de Robert, qui tentait en vain de réorienter la conversation vers des sujets plus consensuels.

— À ton avis, Grand-père, que va-t-il se passer ? voulait savoir Meredith. Tu crois que la loi va changer ?

— Pas tout de suite. Cela prendra du temps. Le sang aura coulé avant que les choses bougent, j'en ai bien peur. Mais, tôt ou tard, la décision nous sera soumise, à mes confrères et à moi-même.

L'intérêt de Merrie redoubla le jour où elle vit Martin Luther King s'exprimer à la télévision. Il était si charismatique, si brillant orateur qu'elle regretta de ne pas se trouver parmi ses ouailles à Montgomery afin d'assister en direct à la marche de l'Histoire. Les manifestants gagnaient du terrain. On parlait désormais de l'affaire au-delà des frontières du pays. C'était du jamais-vu.

Les prédictions de Bill McKenzie s'avérèrent. Un an plus tard, en novembre 1956, une affaire de ségrégation similaire à celle de Rosa Parks fut portée devant la Cour suprême, qui statua que la ségrégation dans les bus était anticonstitutionnelle, confirmant le verdict préalable d'une cour de district de Montgomery, hélas annulé en appel. Le jugement fit rapidement boule de neige. Les lois en vigueur dans le Sud furent abrogées les unes après les autres. Quant au boycott, il dura trois cent quatre-vingt-un jours. Rosa Parks devint une icône encensée dans tout le pays pour son courage ; dans la communauté noire, on la célébrait en véritable héroïne.

Pendant une année entière, Meredith suivit les rebondissements de l'affaire avec avidité. Claudia, devenue rédactrice pour le journal de Vassar, y consacra plusieurs articles. La Cour suprême venait de rendre son jugement quand la famille McKenzie se réunit pour Thanksgiving. Bill et Merrie ne parlèrent que de ça. Il s'agissait d'un sujet extrêmement polémique. Dans les États du Nord, la majorité des sondés se déclaraient favorables à la déségrégation, mais, dans le Sud, la résistance était farouche.

Merrie se passionnait d'autant plus pour l'actualité qu'au demeurant son quotidien à Vassar était devenu quelque peu routinier. Elle étudiait, révisait, discutait avec Claudia, participait à quelques soirées. Mais sa vie manquait de sens. Elle avait bien rencontré un garçon, avec qui elle était sortie à deux ou trois reprises ; malheureusement, leurs divergences d'opinions avaient rapidement jeté un froid entre eux. Claudia s'absentait souvent. Seth et elle avaient fini par sauter le pas ; le week-end, ils se retrouvaient dans des motels où ils se faisaient passer pour un couple de jeunes mariés. Meredith se faisait un sang d'encre pour son amie, sur qui planait le spectre d'une grossesse non désirée. Seth lui répétait qu'il allait bientôt officialiser leur relation, mais force était de constater qu'il n'en prenait pas le chemin. Claudia s'en accommodait. Certes, elle aurait aimé vivre son amour au grand jour, mais elle redoutait la réaction des Steinberg autant que celle des Ballard et savourait donc ce sursis.

Contre toute attente, Ted était devenu pour Merrie un ami précieux. Ses projets d'avenir demeuraient aussi flous qu'au premier jour, comme ses affaires de cœur. Il fréquentait encore, en pointillés, sa petite amie du lycée, bien qu'il se défendît de vouloir l'épouser. Et il avait beau soutenir mordicus qu'il ne finirait pas comme son père, cela ne l'empêchait pas de passer tous ses étés à travailler comme stagiaire à ses côtés. Ted avait bien des qualités, mais il était velléitaire ; il choisissait toujours la solution de facilité.

L'été se profila, identique au précédent. Meredith retrouva ses parents, Alex et les plages de Martha's Vineyard ; Claudia fut à nouveau séparée de Seth pour deux longs mois. Puis, en septembre, quelques jours après la rentrée universitaire, un nouvel incident fit la une : neuf élèves noirs inscrits au lycée de Little Rock, dans l'Arkansas, s'y virent refuser l'admission.

Le gouverneur Orval Faubus était allé jusqu'à mobiliser la garde nationale pour les empêcher de pénétrer dans l'établissement et une foule de Blancs en colère s'était attroupée pour les huer. Dix-neuf jours plus tard, l'avocat noir Thurgood Marshall obtint une injonction du tribunal fédéral et la garde nationale fut contrainte de se retirer. La police de Little Rock escorta les lycéens au sein de l'établissement. Puis, grâce à une intervention de Martin Luther King, le président Eisenhower en personne ordonna la déségrégation des écoles de Little Rock et exigea qu'on fournisse des gardes du corps aux neuf garçons et filles concernés pour toute la durée de l'année scolaire.

Ce fut un nouveau point d'orgue dans le bras de fer qui opposait les pro et les anti dans le combat pour les droits civiques. Une fois de plus, Meredith brûlait d'être sur place pour vivre les événements. Claudia se montrait plus mesurée. Elle redoutait les violences.

— Ce n'est pas ta bataille, rappela-t-elle à son amie. Un de ces jours, ça va mal tourner. Quelqu'un va se faire tuer, que ce soit à Little Rock ou bien ailleurs.

Le climat était volatil dans tout le pays mais, là-bas, c'était une véritable poudrière.

— Pas ma bataille ? s'insurgea Meredith, des larmes dans la voix. Mais, Claudia, ce combat nous concerne tous ! Je ne veux pas me contenter de soutenir les manifestants depuis la salle commune de ma résidence universitaire. Je veux en être ! Quand on croit en quelque chose, il faut se mobiliser. Il faut se battre !

À l'écran, les neuf de Little Rock, comme on les appelait, pénétraient dans l'établissement sous escorte policière. Un jour, Meredith s'en fit le serment, elle ne serait plus le témoin passif de ces événements historiques : elle y participerait. On aurait dit que l'univers lui adressait un signe. Depuis sa plus tendre enfance, Meredith se cherchait une cause. Enfin, elle l'avait trouvée.

Elle s'engagea corps et âme. Sur le campus, elle se lança dans des débats enflammés sur la ségrégation avec des camarades, envisageant la question sous tous les angles : juridique, moral, pratique... Rentrée chez elle pour Noël, elle se fit le chantre du changement auprès de ses parents, arguant que l'heure n'était plus aux atermoiements, mais à l'action, serinant à qui voulait l'entendre qu'il était grand temps d'abolir cette pratique cruelle, barbare, qu'était la ségrégation, aussi bien dans les établissements scolaires que dans les hôpitaux, aussi bien dans les transports que dans les toilettes publiques ! C'était, selon elle, un vestige honteux du passé esclavagiste des États-Unis. Entre deux plaidoyers, elle dévorait les discours de Martin Luther King ou le regardait à la télé. C'était un brillant orateur et elle adhérait totalement à ses propos. De retour à Vassar, elle se priva de sorties et d'autres menus plaisirs, préférant reverser tout son argent de poche à l'ACLU[1]. Claudia lui dit un jour que si l'Europe avait mis la même ferveur à défendre les Juifs en 1933, Hitler n'aurait pas réussi à en exterminer six millions.

1. L'ACLU – American Civil Liberties Union – est l'Union américaine pour la défense des libertés civiles.

Pendant les vacances de printemps, deux mois avant la remise des diplômes de premier cycle, Meredith se rendit en personne au siège de l'ACLU afin de déposer une candidature spontanée. Elle se déclara prête à s'acquitter de n'importe quelle tâche, même servir le café, pourvu que cela serve la cause ! Elle avait décidé de s'offrir une année de césure avant de commencer ses études de droit et entendait mettre son temps à profit. On lui fit remplir un formulaire et on lui promit de la recontacter.

Informée de sa démarche, Claudia n'en fut pas surprise. Pour sa part, elle cherchait encore sa voie. Il était convenu qu'elle entrerait dans la vie active après des vacances bien méritées, mais dans quelle branche ? Les Steinberg tentaient de la dissuader de travailler (« Ou alors bénévolement, dans les œuvres de charité »), mais Claudia n'avait pas enterré l'idée de devenir journaliste, que ce soit de façon indépendante ou au sein d'un journal, ni celle de rédiger ses mémoires de guerre.

— Si je reste à me tourner les pouces, je mourrai à petit feu, déclara-t-elle à Meredith. Le bridge et les galas de charité, pitié !

Son ton léger cachait de réelles inquiétudes. Elle tremblait pour Merrie, qui, par son engagement politique, risquait de se faire beaucoup d'ennemis. « Tout combat qui en vaut la peine comporte une part de risque », se défendait Merrie. Elle ne mit pas ses parents dans la confidence, jugeant inutile de les alarmer tant qu'elle n'était pas embauchée.

Claudia l'admirait. Son propre combat, toutefois, ne s'annonçait pas moins rude : en juin, Seth allait enfin annoncer leurs fiançailles à ses parents. Par la même occasion, il leur ferait part de sa décision d'abandonner une carrière militaire qui ne l'avait jamais réellement tenté. Ce serait un double coup dur pour les Ballard. Tout cadet de West Point était redevable à l'U.S. Army de huit ans de service : cinq dans l'armée et trois comme réserviste. On pouvait obtenir des dispenses, mais celles-ci étaient onéreuses ; au reste, dans la famille de Seth, un tel choix serait vécu comme un déshonneur. L'avenir de Claudia était donc incertain. Suivrait-elle le jeune homme en Virginie ? Le couple s'installerait-il à New York ? Si les Ballard refusaient de financer le rachat des années de Seth, faudrait-il que Claudia aille vivre dans quelque base militaire ? Elle ne pouvait pas chercher du travail avant d'en savoir davantage. Mais ce n'était pas le plus important. L'essentiel était qu'ils se marient ! La jeune femme ignorait comment réagiraient les parents de Seth, au juste, mais les siens s'inclineraient devant la force de leur amour, elle en était persuadée.

Deux semaines plus tard, Meredith fut recontactée par l'ACLU : sa candidature avait été retenue. Elle résolut d'en parler à son grand-père le jour de la cérémonie de remise des diplômes. Il allait être si fier d'elle !

Le jour J arriva. Meredith avait décroché son diplôme avec les honneurs ; dans une université aussi élitiste que Vassar, ce n'était pas rien. Pourtant, elle n'en menait pas large. Claudia non plus. Les deux amies s'apprêtaient à quitter le nid pour voler de leurs propres ailes, et c'était effrayant. En outre, Merrie appréhendait le moment où il lui faudrait annoncer ses intentions à ses parents. Ils allaient pousser les hauts cris ! Claudia aussi se laissait gagner par la nervosité. Sitôt son diplôme de premier cycle en poche, Seth rentrerait tout avouer à ses parents : ses envies de démission, sa relation avec une Juive et son intention de l'épouser. Il avait beau soutenir à Claudia qu'il plaiderait leur cause, elle doutait de son succès.

— Tout se passera bien, tu verras, lui assurait le jeune homme. Mes parents comprendront que tu mérites d'être heureuse, après ce que tu as enduré. Et j'honorerai mes engagements militaires, s'il le faut. Mon contrat ne me lie pas à vie. Nous nous marierons, tu travailleras pour un grand quotidien, puis nous déménagerons en Virginie, nous aurons de beaux enfants… Nous y arriverons. Tu verras.

Cela faisait quatre ans qu'ils s'aimaient. Cela ne pouvait pas compter pour du beurre aux yeux de leurs parents ! Bien sûr, il leur faudrait du temps pour faire tomber les réticences, mais avec un peu de patience ils y parviendraient.

— Quand ils te connaîtront, ils comprendront, répétait Seth à l'envi.

Leurs diplômes à la main, Meredith et Claudia s'étreignirent, émues. Les dernières années les avaient transformées. Elles avaient changé, mûri, et elles l'avaient fait ensemble. À l'heure de la séparation, l'émotion les submergeait.

— Alors ? demanda Claudia à voix basse. Tu leur as dit, pour l'ACLU ?

Meredith fit non de la tête.

— Ce soir, au dîner. Et Seth ? Du nouveau ?

— Pareil : il leur dira ce soir, une fois de retour en Virginie. J'ai les nerfs en pelote. Vivement qu'il me téléphone pour tout me raconter !

Sur la pelouse, les étudiantes échangeaient adresses et petits cadeaux. Les pères remplissaient les coffres de malles et de valises et, les unes après les autres, les jeunes diplômées de Vassar dirent adieu au campus qui les avait vues émerger de leur chrysalide. Il était temps pour elles de se replier, le temps d'un été, au sein du foyer parental.

Il était 18 heures quand les McKenzie regagnèrent leur appartement. Ils avaient une réservation pour le dîner au très sélect restaurant 21, que Robert et son père affectionnaient tout particulièrement. Meredith chancelait, éberluée. Ainsi, Vassar, c'était terminé. Elle était adulte, pour de vrai. La vie allait pouvoir commencer. Merrie avait tant attendu ce moment qu'elle peinait à le croire arrivé.

Chez les Steinberg, on ne fit rien de particulier ce soir-là (la petite réception prévue en l'honneur de leur fille aînée n'aurait lieu que le lendemain). Claudia monta donc s'allonger un moment dans sa chambre avant le repas. Que faisait Seth en cet instant ? Avait-il déjà affronté ses parents ? La jeune femme imaginait la scène en boucle malgré elle. Une fois les Ballard informés des desseins de leur fils, il faudrait les rencontrer. Et présenter Seth aux Steinberg. Cette perspective, au moins, réjouissait Claudia : Seth ferait l'unanimité. Il n'était pas juif, et alors ? Il avait toutes les qualités ! En outre, les Steinberg adoraient Meredith. C'était bien la preuve que la judéité n'était pas un critère indispensable pour entrer dans leurs bonnes grâces.

Les McKenzie longèrent la rangée de statues de jockeys qui menait à l'entrée du restaurant. Ils avaient réservé pour leurs proches une salle privée, un élégant salon orné de boiseries, et tout le monde était là, des grands-parents de Meredith aux amis de la famille. Pour la fête, on n'avait pas regardé à la dépense : de bonnes bouteilles et d'élégants bouquets garnissaient la table et, pour conclure un dîner fameux, le serveur plaça devant Meredith un gâteau en forme de toque qui portait, tracé au glaçage doré, son prénom assorti du mot « Félicitations ! ». C'était si réussi que Robert pria Merrie de poser à côté du gâteau pour l'immortaliser sur la pellicule.

Quand tous eurent fini de manger, Meredith saisit son couteau et fit tinter sa coupe de champagne. Toute l'attention convergea vers elle.

— J'ai quelque chose à vous annoncer, déclara la jeune femme, radieuse.

Les convives étaient suspendus à ses lèvres. La petite n'avait pas de fiancé (Janet le déplorait assez !). Alors de quoi s'agissait-il ?

— Je tenais à vous informer que je n'ai pas l'intention de me reposer sur mes lauriers, lança Meredith à la cantonade. Je compte bien faire mon droit, comme Grand-père et papa. Mais d'abord, je m'offre une année de césure. Et j'ai trouvé du travail.

Des exclamations enthousiastes saluèrent cette révélation. Le silence retomba. Alors, fière comme un paon, Meredith précisa :

— Je prends mes fonctions lundi à l'ACLU !

Dans le salon, on aurait entendu une mouche voler. Janet semblait en état de choc. Robert était pâle comme un linge. Les proches des McKenzie, ne sachant sur quel pied danser, jetaient de petits coups d'œil anxieux aux parents de la jeune diplômée. Seul Bill McKenzie leva son verre et s'écria :

— Bravo, Merrie ! Et bon vent à toi. Nous sommes tous très fiers de toi. Tu les auras !

Le sourire de Meredith vacilla. Elle ne s'était pas préparée à cette réaction. Sortant de sa torpeur, son père fit signe au serveur de lui apporter la note, sur quoi, d'un accord tacite, les convives se levèrent pour partir. Meredith vit son père houspiller son grand-père. Sa mère pleurait ; sa grand-mère s'efforçait de la consoler.

— Comment as-tu pu ? s'écria Robert une fois les invités partis.

Alex assistait à l'échange, interloqué. Il avait désormais 12 ans et tout ce qu'il savait de l'ACLU, c'était que ses membres se battaient contre la ségrégation « en organisant des manifs, ou quelque chose comme ça ». Le rapport avec sa grande sœur ? Mystère !

— Qu'est-ce qui t'a pris d'aller postuler chez… chez ces gens-là ? Tu vas faire quoi, défiler dans la rue en brandissant des pancartes ? Tu veux être arrêtée, c'est ça ?

Janet s'était mise à sangloter. Meredith ne se démonta pas.

— Je ferai ce que mes supérieurs me diront de faire, répliqua-t-elle avec calme. D'après ce que je sais, je travaillerai dans un bureau, ici même, à New York. Sauf si l'on a besoin de moi ailleurs. Le travail ne manque pas. Papa, les temps changent, et c'est une bonne chose ! La ségrégation est une relique du passé qui entache l'histoire de notre pays, nous devons l'abolir, tous ensemble...

— C'est le boulot du gouvernement et des pasteurs noirs des États du Sud ! protesta Robert. Tu ne pouvais pas te dégoter un emploi respectable ? Regarde dans quel état tu mets ta mère !

Janet hoquetait.

— J'ai envie de travailler pour l'ACLU, maintint Meredith. C'est important pour moi de m'engager contre l'injustice et la discrimination. Je veux apporter ma pierre à l'édifice...

— Mais tout ça ne te concerne pas, Merrie ! Tu viens d'une famille aisée, comme il faut, tu n'es pas une Noire assise au fond d'un bus !

— Justement ! Si les gens comme nous ne soutiennent pas les opprimés, rien ne changera ! On ne peut pas les plaindre puis s'en laver les mains. La loi doit changer, papa, et ce sont les gens comme nous qui ont le pouvoir de faire bouger les choses. N'est-ce pas, Grand-père ?

Bill avait assisté à la scène sans s'en mêler.

— Toi, reste en dehors de ça, lui lança Robert. Merrie, tu te mets en danger.

— Je me mets en danger chaque jour en traversant Park Avenue, lui rétorqua la jeune femme, qui s'impatientait. Je ne comprends pas. Tu étais si courageux, papa ! Que t'est-il arrivé ? Tu t'es battu pour les rescapés des camps de la mort, pour que justice leur soit rendue… Ne me dis pas que tu es contre la déségrégation ! Ne me dis pas que tu voudrais que les choses restent telles qu'elles sont !

— Et pourquoi pas ? Ça vaudrait mieux que tout ce chambardement ! Le système fonctionne très bien…

— Pour qui ? Pas pour les Noirs. Tu te mets à leur place, parfois ? Tu as déjà réfléchi à ce qu'on éprouve quand on est victime de discrimination toute sa vie ?

— Non, Meredith, jamais. La vérité, c'est que tu es une agitatrice. Tu ne comprends pas les tenants et les aboutissants de la cause que tu défends. Tu t'exposes naïvement à des risques considérables. Tu veux faire carrière en montant sur les barricades, en créant des esclandres… Ta mère et moi ne t'avons pas élevée comme ça !

Meredith médita cette phrase pendant quelques instants, puis elle hocha la tête.

— Je sais, papa, affirma-t-elle sans hargne. Tu as raison. Je veux dénoncer à grand bruit les pratiques abjectes des ségrégationnistes : persécutions, inégalités salariales… Je veux que ça fasse un scandale, pour que ça cesse ! Cela ne peut plus durer. Il faut qu'on se rebiffe. Et pas seulement les pasteurs noirs, comme tu dis, mais tout le monde. Les Blancs aussi. Le moment est venu de s'engager au nom de ce qui est juste, et ce combat, j'en serai, que cela vous plaise ou non. Je regrette de vous décevoir, maman et toi, mais je suis comme je suis, je n'y peux rien. Tu as été à ma place, autrefois. D'où crois-tu que je tienne mon idéalisme ? Oh ! Je sais, tu y vois l'œuvre de Grand-père, mais il n'a pas été mon seul modèle. Toi aussi, tu as œuvré au nom de la justice. Aujourd'hui, mon tour est venu. Je suis navrée que cela te déplaise. Merci beaucoup pour le dîner.

Sur ce, Meredith tourna les talons et sortit.

Elle rentra seule, à pied. Il lui fallut presque une heure, mais il faisait doux et elle avait besoin de se calmer. Chemin faisant, elle ressassa son discours et conclut que, si ç'avait été à refaire, elle n'en aurait pas retiré un mot.

À l'appartement, il n'y avait personne pour l'accueillir. Ses parents s'étaient claquemurés dans leur chambre. Merrie savait que sa décision leur fendait le cœur, mais elle était déterminée. C'était son heure. La jeune femme n'allait pas renoncer pour ménager ses parents. Janet et Robert McKenzie devaient se rendre à l'évidence : ils avaient enfanté une militante. Et ils auraient beau s'évertuer à la changer, ils n'y arriveraient jamais. Le destin de Merrie l'appelait.

6

Le lendemain, à 6 h 30, Claudia était déjà debout. Elle attendait l'appel de Seth. Toute la matinée, elle rôda près du combiné, tentée de prendre les devants et de lui téléphoner. Elle se réfréna cependant : il se pouvait qu'il soit encore en pleine conversation avec ses parents. Elle était si nerveuse qu'elle en tremblait et, quand ses sœurs lui demandèrent pourquoi elle tournait comme un lion en cage sur le palier, elle aboya une réplique cinglante. À midi, alors que Claudia se sentait à deux doigts de défaillir, enfin, Seth l'appela.

— J'étais folle d'inquiétude, lui dit-elle aussitôt.

Elle déroula le cordon et emporta l'appareil dans sa chambre.

— Alors ? s'enquit-elle une fois la porte refermée. Comment ont-ils pris la nouvelle ?

Il y eut un silence.

— Mal, lâcha Seth. Ils ne se doutaient de rien. Ils sont tombés de haut.

Un nouveau silence.

— Mais tu as réussi à leur faire surmonter leurs préjugés, n'est-ce pas ? insista Claudia, malade d'angoisse.

Le ton de Seth l'alarmait.

— Claudia… Je ne sais pas comment te l'annoncer. Et au téléphone, en plus… J'aurais préféré qu'on se voie. Nous n'avons pas fermé l'œil de la nuit. Ma mère n'arrêtait pas de pleurer… Elle n'est plus toute jeune. Nous avons dû appeler le médecin. Pas pour elle. Pour mon père. Il a fait un malaise. Il est cardiaque, comme tu le sais. Si je t'épouse, je… Ma mère dit que ça va le tuer. Elle a appelé mes grands frères et nous avons bien failli en venir aux mains. Je t'aime, Claudia. De tout mon cœur. Je t'aime, mais je ne peux pas t'épouser. Ma famille entière s'y oppose. Notre union la détruirait.

Seth pleurait à présent.

— Mes frères… Ils disent que si je fais ça à papa et maman, ils me roueront de coups. Mes parents menacent de me déshériter et de me renier. Je ne peux pas leur faire ça. À quoi bon ? Ils ne t'accepteraient jamais ! Tu mérites mieux que leur haine. Je ne pensais pas qu'ils en feraient une affaire d'État, sinon je… je n'aurais pas attendu aussi longtemps avant de rompre, conclut le jeune homme éploré.

Des larmes silencieuses dévalaient les joues de Claudia. Pourquoi Seth lui parlait-il de rupture ? Ils allaient se marier, ils se l'étaient promis ! Pourquoi laissait-il ses parents lui dicter leur loi ?

— C'est parce que je suis juive ?

— Juive, allemande, adoptée, survivante des camps de la mort… C'est trop pour eux.

— Mais s'ils me rencontraient…

— Ils ne veulent même pas en entendre parler. La religion est essentielle pour mes parents. Ma mère dit que si ses petits-enfants sont juifs, elle… elle en mourra.

Claudia ne pouvait abjurer sa foi. Ni elle ni les Steinberg ne l'auraient toléré, pas après ce qu'il s'était passé en Europe. Seth et elle se trouvaient dans une impasse.

— Quand j'ai dit à mon père que je comptais quitter l'armée, par-dessus le marché, j'ai cru… j'ai vraiment cru que je l'avais tué, murmura Seth. Claudia, tu sais que je t'aime, mais je ne peux pas faire ça à ma famille.

Claudia chancelait, en proie à une violente nausée.

— Alors c'est terminé ? Comme ça, du jour au lendemain ? Parce que je suis juive et que… que ça chiffonne tes parents, tu t'autorises à rompre nos fiançailles et à me quitter par téléphone ?

Elle s'exhortait à se fâcher, mais le cœur n'y était pas. Le combat était perdu d'avance. L'emprise du Sud et des conventions sur Seth était trop puissante ; Claudia n'était pas de taille à lutter.

— Je n'avais pas la force de revenir à New York, avoua le jeune homme. Nous nous sommes écharpés toute la nuit, mes parents, mes frères et moi, et à l'idée de te revoir…

Il déglutit.

— C'est fini, Claudia, affirma-t-il, désespéré, mais résigné. Nous allons devoir apprendre à vivre l'un sans l'autre. Nous n'avons pas le choix.

Claudia eut alors un sursaut de révolte.

— Si ! Nous pourrions nous battre ! Pour notre amour, pour nos convictions !

— C'est trop me demander. Mes parents...

— Et moi ? explosa Claudia.

Seth accusa le coup.

— Nous sommes encore jeunes, murmura-t-il. Nous nous en remettrons. Eux, non. Je leur dois ma vie, mes études... Je ne peux pas leur claquer la porte au nez.

— Alors quoi ? Toi, tu vas te marier avec une chrétienne, une gentille fille du Sud qui ne fera pas de vagues... Grand bien te fasse ! Mais moi, qu'est-ce que je vais devenir ?

Elle se mit à sangloter. Jamais elle n'aurait cru Seth capable de la blesser de la sorte. Et s'il l'avait mise enceinte, l'aurait-il reniée avec la même lâcheté ? L'aurait-il acculée aux extrémités d'un avortement clandestin ? Les pleurs de la jeune femme redoublèrent. L'homme qu'elle aimait était soudain devenu un inconnu.

— Je t'aime, lui assura-t-il. Je ne veux pas en épouser une autre. Mais je suis coincé. Je dois préserver mes parents.

Claudia reprit son souffle.

— Et maintenant ? dit-elle doucement. On fait quoi ?

— On continue de vivre. L'un sans l'autre, répéta Seth avec fermeté.

— Est-ce qu'on pourra encore se parler ? s'enquit Claudia d'une voix suppliante.

— Je crois qu'il vaudrait mieux éviter, lui répondit Seth. Cela n'en serait que plus douloureux. Il ne nous reste plus qu'à nous dire… adieu.

Claudia s'affaissa sur elle-même, vidée, et éloigna le combiné de son oreille comme s'il s'agissait d'une bombe. Sans prononcer un mot de plus, elle raccrocha. Elle fixa le téléphone, au désespoir, attendant malgré elle qu'il sonne, mais en vain. Alors, à la manière d'un automate, elle composa le numéro de Meredith.

— Je te dérange ? demanda-t-elle.

Merrie comprit tout de suite que quelque chose n'allait pas.

— Non. Que s'est-il passé ?

— On peut se voir ?

— Bien sûr. Tu veux venir chez moi ?

— Non. Retrouvons-nous au parc.

— Tu as eu des nouvelles de Seth ?

Meredith avait un mauvais pressentiment.

— Je te raconterai.

Un quart d'heure plus tard, près du lac, Meredith vit accourir Claudia, en larmes. On aurait dit qu'elle fuyait un terrible danger, et elle se jeta dans les bras de son amie avec tant d'abandon que Meredith faillit tomber à la renverse.

— Mon Dieu, Claudia, mais que t'arrive-t-il ?

Les deux amies s'assirent sur un banc et Claudia vida son sac. Meredith n'en revenait pas. Comment Seth avait-il pu balayer de la main, en une nuit, quatre ans d'amour ?

— Et pourquoi ? s'indigna-t-elle. Parce que tu es juive ? C'est honteux !

Mais sa colère était vaine.

— Je lui ai raccroché au nez, se désola Claudia, enfouissant le visage dans l'épaule de son amie. Tu crois que j'ai eu tort ? Il n'aurait pas changé d'avis, si ?

— Tu plaisantes ? J'aurais fait pareil à ta place. Mais d'abord, je l'aurais envoyé se faire voir chez les Grecs !

Elle fulminait. Merrie aurait volontiers collé sa main dans la figure de Seth. Le salaud ! Si au moins il avait prévenu Claudia. Mais non, il lui avait promis que tout irait bien, qu'il tiendrait tête à ses parents... L'ordure !

Elles restèrent assises sur leur banc pendant deux heures. Merrie enlaçait Claudia, qui sanglotait. Puis, à tout petits pas, épaulée par son amie, celle-ci rentra chez ses parents. Bon gré, mal gré, elle allait devoir faire bonne figure à la réception. Meredith l'embrassa et la vit disparaître d'un pas chancelant dans le hall de l'immeuble.

Mme Steinberg entendit sa fille entrer et monta la trouver dans sa chambre. Claudia était assise dans un fauteuil, hagarde, décomposée. Mme Steinberg ne lui avait pas revu cette expression depuis ses 10 ans, à son arrivée aux États-Unis.

— Où étais-tu passée ? On te cherche partout depuis une heure ! Je voulais te montrer les compositions florales...

— J'étais au parc avec Merrie, dit Claudia en se détournant.

— Quelque chose ne va pas ? demanda sa mère avec délicatesse.

Claudia ne pouvait pas lui dire. Pas maintenant que Seth l'avait quittée. À quoi bon lui avouer des années de mensonges et de cachotteries maintenant que l'idylle était finie ? Cela resterait à jamais sa blessure secrète.

La jeune femme s'arma de courage.

— Tout va bien, affirma-t-elle. Alors, ces fleurs ? Où sont-elles ?

La perspective d'échanger des platitudes avec les proches des Steinberg, un sourire factice aux lèvres, lui faisait horreur, mais Claudia avait de la ressource. Elle avait survécu à l'enfer. Elle surmonterait également cette nouvelle épreuve.

Elle félicita sa mère sur le choix des bouquets. Quand Meredith lui téléphona pour voir si elle tenait le coup, Claudia s'enferma dans sa chambre pour laisser libre cours à son chagrin. Le soir venu, bien que pâle comme la mort, elle se montra souriante. Un peu taciturne, certes. Et elle boudait le buffet, si bien que sa mère insista pour qu'elle prenne sa température. La vérité, c'était que Claudia se sentait constamment sur le point de s'évanouir. Elle tint bon, cependant. Elle endura vaillamment les félicitations des convives en se raccrochant à l'idée que, bientôt, elle pourrait enfin se recroqueviller sous sa couette et pleurer tout son soûl. Et la soirée prit fin.

Elle remercia ses parents et téléphona à Meredith une dernière fois.

— Qu'est-ce que je vais devenir ? se lamenta-t-elle.

Tous ses projets d'avenir s'étaient volatilisés.

— Tu pourrais chercher du travail, lui suggéra Merrie. Devenir pigiste pour un journal.

Claudia hocha la tête. Cela lui ferait sans doute du bien d'être occupée.

— Je vais y réfléchir, promit-elle avant de raccrocher.

Elle alla s'observer dans le miroir de la salle de bains. Elle avait les traits tirés comme une femme en deuil. Plus tard, dans son lit, elle s'autorisa à revisiter une dernière fois ses souvenirs de Seth. Plus jamais elle ne verrait son visage. Plus jamais elle n'entendrait sa voix. Autrefois, elle avait pleuré ses parents disparus. Elle aurait voulu haïr Seth de lui faire revivre ce cauchemar, mais elle n'y parvenait même pas. Elle ferma les yeux et s'efforça de se vider la tête. Peine perdue. Toute son enfance affluait. La tendresse de ses vrais parents, les rires de ses frères et sœurs, morts il y avait si longtemps. Leurs visages étaient flous. Le temps les avait effacés. Voilà : il fallait oublier. Gommer de sa mémoire quatre années de bonheur comme si Seth était mort, lui aussi. Parce que, envers et contre tout, elle irait de l'avant. Elle ne laisserait personne l'annihiler, pas même l'homme de sa vie. Elle chérissait trop sa vie, justement.

Enveloppée dans sa couette comme dans un linceul, les joues baignées de larmes, elle s'endormit.

Quand elle se réveilla, une charge invisible lui comprimait la poitrine. Avant même d'avoir pleinement émergé de ses rêves agités, elle dut se débattre contre un sentiment écrasant d'affliction et de perte.

Elle se leva péniblement, enfila une robe de chambre et se rendit à la cuisine. Blafarde, elle s'empara du journal et parcourut la une tout en préparant du café. Mais elle lisait et relisait les mêmes lignes sans en percevoir le sens. Son désarroi était total. Comment diable allait-elle tromper la peine et l'ennui durant l'été ? Et Seth, qu'allait-il faire ? Sa formation d'officier ne devait débuter qu'à la rentrée... Mais il ne servait à rien d'y penser.

Elle rappela Meredith.

— Alors ? lui demanda celle-ci. Tu y vois un peu plus clair ?

— Je crois, lui répondit Claudia. Je vais chercher du travail, comme tu me l'as conseillé. Je ne crois pas que j'aurai la force de me lancer dans la rédaction de mon livre...

— Ça attendra. Tu as besoin de récupérer.

— Je vais aller me reposer un peu à Long Island avec ma famille et j'enverrai des candidatures en septembre.

Rien ne pressait. Ses parents, toujours réticents à l'idée de la voir travailler, ne seraient que trop heureux de l'entretenir.

— Tu passeras me voir, dis ? implora Claudia d'une petite voix.

— Bien sûr, lui répondit Meredith. Je dois te laisser. Prends soin de toi.

Merrie aurait tout fait pour alléger le fardeau de son amie. Il lui semblait que le sort s'acharnait contre elle. Pourtant, une petite voix lui soufflait que cette nouvelle épreuve cachait peut-être une bénédiction.

Merrie n'avait jamais réussi à se représenter Claudia en simple mère de famille, satisfaite de servir son mari et de tenir le foyer. Avait-elle échappé au pire ? L'avenir le dirait.

Claudia déambula comme une âme en peine dans l'appartement des Steinberg pendant toute la journée. Le soir venu, abrutie par l'ennui, elle changea ses plans et entreprit de rédiger des lettres de motivation. Elle envoya aux plus grands journaux new-yorkais son CV accompagné de quelques articles de sa plume, sans omettre de préciser qu'elle parlait couramment l'allemand. Il ne restait plus qu'à croiser les doigts.

Trois jours plus tard, peu avant de partir pour Long Island, elle déjeuna avec Meredith.

— Tu viendras me voir, hein ? C'est promis ?

Merrie était la seule à qui elle pouvait parler du mal qui la rongeait. Elles avaient brièvement envisagé de s'installer ensemble pour l'année à venir, avant de se raviser : cela ne se faisait pas. Les jeunes filles de bonne famille ne quittaient pas le domicile parental avant de se marier.

Dans le break surchargé de ses parents, Claudia laissa divaguer ses pensées en regardant distraitement défiler le paysage. Une semaine auparavant, elle se croyait à l'aube d'une vie de félicité avec l'homme qu'elle aimait. Le rêve avait volé en éclats. Sans doute rencontrerait-elle un jour un autre homme, mais le temps n'effaçait jamais tout à fait les amours perdues, Claudia le savait d'expérience. Une larme solitaire roula sur sa joue.

Adieu, Seth, songea-t-elle.

Un cœur brisé, ce n'était pas la fin du monde. Même terrassée par le chagrin, Claudia en avait conscience. Un jour, sa peine refluerait et sa joie renaîtrait.

7

Une fois les McKenzie partis pour Martha's Vineyard, Meredith se retrouva seule à New York. Quand l'excitation des premiers jours fut retombée, la solitude l'accabla. Son travail à l'ACLU se révélait rébarbatif. Cantonnée à un rôle de factotum, pour ne pas dire de bonniche, elle abattait au cours d'une journée quantité de tâches ingrates : classement, ménage, préparation du café, achat de fournitures et de viennoiseries, nettoyage de la cafetière. Parfois, on l'envoyait acheter le déjeuner des employés. Merrie ne se décourageait pas pour autant. Un jour, on finirait par lui confier une mission digne de ce nom. Du moins l'espérait-elle. Dans le cas contraire, l'année promettait d'être longue ! La jeune femme ne possédait encore ni les compétences d'une juriste, ni même celles d'une secrétaire, mais elle se sentait néanmoins sous-exploitée. Sa frustration ne fit qu'accroître son impatience : quand elle connaîtrait le droit, elle aussi pourrait mettre son cerveau au service de tâches utiles !

Un jour qu'elle se trouvait désœuvrée, elle téléphona à Ted pour l'inviter à déjeuner. Il était pris, mais promit de l'inviter à dîner un soir prochain.

Quand elle le vit franchir le seuil de P. J. Clarkes le jeudi suivant, en costume-cravate sans un faux pli, une lueur de malice dans le regard, Meredith retrouva sa bonne humeur. Ted s'assit auprès d'elle au bar du restaurant (décourageant les hommes d'affaires d'un certain âge qui s'intéressaient à Merrie) et se commanda un gin tonic.

— Alors, ce travail ? lui lança-t-il.

— En toute franchise, je m'ennuie à mourir. Je trie de la paperasse et je mouds le café. C'était à prévoir, j'imagine. N'empêche que je suis déçue. J'espérais me rendre utile...

Ted écouta sa tirade en sifflant son cocktail. Il y avait quelque chose de fuyant dans son attitude, et Meredith le trouvait un peu éteint.

— Justement, dit-il d'un ton qui se voulait désinvolte. Moi aussi, j'ai trouvé un travail.

— Non, pour de vrai ? Formidable ! Mais où ?

Ted détourna le regard.

— Dans la banque de mon père.

Merrie en resta bouche bée. Pendant les quatre dernières années, Ted n'avait eu de cesse de pester contre son père qui voulait prétendument l'embrigader contre son gré. « Tout, mais pas ça ! », telle était la devise de Ted Jones depuis que Meredith le connaissait.

— C'est une belle situation qu'il me propose, se défendit le jeune homme. Et je serai grassement payé.

Son sourire, toutefois, était crispé, et il buvait encore plus vite qu'à l'accoutumée. Son attitude bravache manquait de naturel. Il commanda une tequila et, à la consternation de Merrie, entreprit de se soûler.

— Alors c'est décidé ? Tu vas devenir banquier ? Tu es sûr de ne pas le regretter ? se risqua à lui demander la jeune femme.

— Non, évidemment. Est-on jamais sûr de rien ? Mais j'y ai bien réfléchi. Comme je suis le fils du patron, je vais pouvoir gravir les échelons beaucoup plus vite qu'ailleurs. Avec mon salaire, j'aurai de quoi entretenir une famille, si je m'engage sur cette voie. Et puis, il y a la sécurité de l'emploi...

— Depuis quand est-ce que tu envisages de fonder une famille ? éructa Meredith, les yeux ronds. J'ai raté quelque chose, ou quoi ? Tu as rencontré quelqu'un ?

Ted avait toujours prétendu que la seule idée de se marier lui faisait froid dans le dos !

Il toussota.

— Je revois Emily, avoua-t-il en contemplant le fond de son verre.

— Emily ?! Je croyais que tu avais enfin rompu avec elle l'été dernier ? Ou celui d'avant, je ne sais plus.

Encouragée par ses parents ainsi que par ceux de Ted, Emily, la première petite amie du jeune homme, avait continué à graviter autour de lui et Ted, dans sa grande faiblesse, n'avait jamais réussi à couper complètement les ponts avec elle. Elle était gentille, bien disposée à son égard, toujours disponible pour lui... Il n'en était pas amoureux, mais elle présentait bien, sa famille avait de l'argent et une bonne réputation.

— C'est une chic fille, dans le fond, affirmait-il à présent. Elle est raide dingue de moi ! Mes parents sont d'avis qu'elle ferait une épouse en or. On forme un chouette couple, tu sais…

Il avait bien appris son texte, mais Meredith n'y croyait pas.

— Et depuis quand as-tu besoin d'une épouse ? Tu as 23 ans ! Rien ne presse.

Elle tenait le même discours à sa mère lorsque celle-ci l'encourageait à se trouver un fiancé. Il n'y avait pas le feu au lac ! Il serait bien temps de songer à rencontrer l'âme sœur dans cinq ou dix ans, lorsqu'elle aurait profité de sa jeunesse.

— À mon âge, mes parents étaient mariés, dit Ted, comme si cela réglait la question.

— Les miens aussi, mais je ne vois pas le rapport. Personnellement, j'aime mieux rester vieille fille que de devenir ma mère. Ma mère, c'est… On dirait une extension de mon père. Elle ne pense pas par elle-même. À croire qu'elle a oublié la personne qu'elle était avant de le rencontrer. Je tiens à mon indépendance ! Pas toi ?

— Mes parents sont d'avis que me marier favoriserait mon avancement dans la société. Les clients font plus confiance aux banquiers bien rangés qu'aux éternels célibataires. Les statistiques le prouvent.

— Mais tu méprises les banquiers ! s'insurgea Meredith.

— Oh, je n'en suis plus certain. Nous avons longuement discuté, mon père et moi, et je commence à penser qu'il a raison. Je serai mieux dans notre affaire familiale à Greenwich qu'à New York, dans un monde de requins.

Merrie voyait clair dans son jeu. Une fois de plus, Ted Jones obéissait à la loi du moindre effort. Il allait mener une petite vie sans prétention dans sa banlieue tranquille sans jamais s'affranchir de la tutelle de son père. Le tout avec pour compagne une gosse de riches dont les parents jouaient au golf avec les siens ! Emily n'avait pas fait d'études. De quoi allaient-ils parler ensemble ?

— Tu l'aimes ? demanda Meredith à Ted, qui se recommandait à boire.

— Ma foi... Oui, je crois bien. Elle est mignonne comme un cœur et elle m'idolâtre.

— Mignonne ? C'est tout ? Combien de temps vas-tu tenir avant de te lasser ?

Elle avait haussé le ton malgré elle. Elle en voulait aux Jones d'avoir endoctriné leur fils, à Ted de s'être laissé faire, et elle était aussi catastrophée que s'il en allait de son propre avenir.

— Le temps qu'il faudra, répliqua sèchement ce dernier. Mes parents n'ont pas divorcé, que je sache. Je ne vois pas pourquoi il en irait autrement pour moi !

— Ted, je t'en conjure, ne te précipite pas. Donne-toi le temps de la réflexion. Travailler pour ton père, c'est une chose. Tu pourras toujours démissionner si tu en as assez. Mais n'épouse pas une fille dont tu n'es pas amoureux pour... pour entrer dans le moule ! Tu mérites mieux. Moi, je te souhaite de connaître la passion ! Et de mener une vie trépidante ! Ton Emily va te rendre fou d'ennui. Si ce n'est dans cinq ans, alors dans dix. Et que feras-tu à ce moment-là ?

— Nous voulons des enfants, lui rétorqua Ted, catégorique.

Cette fois, Meredith en était certaine : des Martiens avaient enlevé son ami et lui avaient infligé un lavage de cerveau.

— Des enfants ? s'écria-t-elle. Mais nous sortons à peine de l'enfance nous-mêmes ! C'est ridicule, enfin !

— Mes parents avaient mon âge quand ils m'ont eu, s'obstina Ted.

Merrie dut se retenir de hurler.

— Ils ont fait leurs choix, tu es libre de faire les tiens ! Le monde a changé depuis la guerre. On est en 1958, pas en 1935 !

— Le changement, ce n'est pas forcément la panacée. Finalement, il y a pas mal de choses qui étaient mieux avant…

— Pitié, arrête, geignit Merrie. Je croirais entendre mon père.

Elle était si exaspérée qu'elle vida son verre d'un trait. C'était son deuxième, et elle commençait à être un peu éméchée. Mais Ted était sur le point de piétiner son potentiel et cela la consternait.

— Tout le monde n'a pas ta témérité, Merrie, répliqua Ted d'un ton amer. Il te faut sans cesse de nouveaux défis à relever, de nouveaux sommets à atteindre. Je ne suis pas alpiniste, moi ! Les sentiers battus, ça me convient très bien.

— Je ne te le reproche pas, mais ne vends pas ton âme pour ces fameux sentiers. C'est trop cher payé. La solution de facilité n'est pas toujours si facile qu'on le prétend.

— Tu es mal placée pour me donner des leçons, riposta Ted. Et tes idéaux, tu ne crois pas qu'ils te coûteront cher ?

— Si, sans doute. Mais je ne me détourne pas de la voie qui est la mienne. Tandis que toi...

— Moi, c'est pareil ! Emily est ravissante, je serai fier de l'avoir pour épouse.

Des larmes brûlaient les paupières de Meredith. Il lui semblait qu'elle avait perdu son meilleur ami, le boute-en-train à la vie dissolue parfaitement assumée qu'elle avait tant aimé. L'existence à laquelle Ted Jones se destinait ne lui ressemblait pas, et la jeune femme en était désolée.

— N'agis pas dans la précipitation, répéta-t-elle, morose. La vie te tend les bras. Tu as tant de cordes à ton arc...

— C'est là que tu te trompes, lui répondit Ted, lugubre, mais d'un ton plus sincère. Si je ne fais pas ce qu'il souhaite, mon père me coupe les vivres. Emily a son approbation.

Son regard se perdit dans le vague. On aurait dit que la réalité n'avait plus prise sur lui.

— Tes parents apprécient Emily, tant mieux pour eux ! Mais ce n'est pas eux qui vont devoir vivre avec elle jusqu'à leur mort, reprit Meredith. S'il te plaît, Ted. Ne te brade pas. Réfléchis. La vie est longue quand on a des regrets...

— Je te l'ai déjà dit : je n'ai pas ton courage. Parfois, il faut savoir se montrer raisonnable. Nous sommes adultes, désormais. La fête est finie.

Ted se commanda un autre verre. Une tristesse infinie envahit Meredith.

— La raison, d'accord, murmura-t-elle. Mais pas au prix de ton bonheur. Je ne te demande pas d'être téméraire, ni même courageux. Seulement de ne pas te tirer une balle dans le pied.

— Emily saura me rendre heureux, affirma Ted d'une voix que l'alcool rendait pâteuse.

Soudain, il fixa sur son amie un regard parfaitement lucide.

— Si tu avais eu le bon goût de t'éprendre de moi, je n'en serais pas là. Je serais de tous tes combats, si fous soient-ils.

Meredith garda le silence. Plus que jamais, elle se félicitait de n'avoir jamais succombé aux avances discrètes de son ami. Il n'aurait pas été heureux auprès d'elle. Il n'aspirait qu'à la paix et au confort, tandis qu'elle avait constamment soif de nouveaux horizons. Quant à elle, elle se serait fait enterrer vive avant que de choisir l'existence confinée à laquelle Ted se résignait.

— Cela n'aurait pas collé entre nous, lui dit-elle sans détour. Tu détesterais mon mode de vie. Et tes parents ne m'auraient jamais adoptée. Tu le sais aussi bien que moi. En plus, comment aurais-je défendu la veuve et l'orphelin en tant qu'épouse d'un banquier de Greenwich ?

— Tu te moques. Tu prétends n'avoir que mépris pour l'institution du mariage, mais je te vois venir. Un de ces jours, tu épouseras un révolutionnaire ou un poète maudit, un incompris dont toi seule sauras déceler les qualités…

Il avait prononcé sa tirade avec mélancolie.

— Peut-être, admit Merrie. Ou peut-être que je resterai célibataire. On verra bien.

— Au fait, que deviennent ces chers Seth et Claudia ? s'enquit Ted. Leur mariage, c'est pour quand ?

Meredith s'assombrit.

— Jamais. Ils ont rompu. Quand Seth a parlé de Claudia à ses parents, ils sont sortis de leurs gonds, alors il l'a quittée. Elle est à ramasser à la petite cuiller.

La mâchoire de Ted faillit se décrocher.

— Quoi ?! Mais pourquoi ?

— Parce qu'elle est juive, Ted. Les parents de Seth lui ont catégoriquement défendu de la revoir sous peine de le déshériter et il n'a pas eu le courage de renier toute sa famille, alors il a plaqué Claudia.

— La pauvre ! Elle doit être au trente-sixième dessous…

— Oui. Mais elle s'en remettra. C'est une battante.

Cette révélation avait dégrisé Ted. Ils dînèrent en silence et, quand ils eurent fini, Ted fixa Merrie sans ciller.

— Merci. Pour ce que tu m'as dit. Tu es la femme la plus brillante que je connaisse. Seulement… je ne sais pas si j'aurai les tripes de suivre tes conseils. Ce serait tellement plus simple, plus logique de me soumettre à la volonté de mon père…

Comme pour s'excuser, il ajouta :

— Tant que je fais abstraction d'un tas de trucs.

— On ne peut pas faire abstraction de qui on est, lui glissa Meredith.

Sur le trottoir, ils s'étreignirent et se promirent de se revoir bientôt, mais Merrie savait que cette promesse resterait lettre morte. Si Ted cédait sous la pression parentale, il n'oserait plus la regarder en face. Elle le quitta en espérant qu'il réfléchirait à ses mises en garde – elle n'avait pas envie de le perdre. Quelque chose lui disait pourtant que le mal était fait.

Le lendemain, Meredith appela Claudia pour prendre de ses nouvelles. Pour la distraire, elle lui raconta son échange avec Ted. Claudia soupira.

— Ils sont donc tous pareils ! Pour Seth, c'est exactement la même histoire. Tu verras qu'il épousera une jeune femme que ses parents auront sélectionnée pour lui, une fille de général ou bien de colonel, une fidèle de leur paroisse. Je te garantis que ni Ted ni lui n'y trouveront leur compte, à long terme. Que les hommes sont donc veules !

Elle ajouta d'une voix éteinte :

— Tu sais, même si je m'étais convertie, je n'aurais jamais été assez bien pour ses parents.

Meredith s'indigna :

— Tu l'aurais épousé s'il avait exigé que tu te convertisses ?

Claudia y songea un moment avant de reconnaître :

— Non. Je n'aurais pas pu. Pas après ce que ma famille a vécu. Et les Steinberg, qui ont tant fait pour moi... Je n'aurais pas pu leur faire ça.

— C'était sans issue pour vous deux, murmura Meredith.

— Sans doute.

Pendues au téléphone, elles pestèrent encore un moment contre la pression parentale, la faiblesse et les compromissions. Selon elles, quand on trahissait ses principes, on se condamnait à vivre un simulacre. Meredith ne pouvait concevoir de renoncer à ses combats pour entrer dans le rang. Quant à Claudia, l'idée d'épouser quelqu'un qu'elle n'aimait pas lui faisait horreur.

La jeune femme remontait doucement la pente. Elle pensait constamment à Seth (c'était plus fort qu'elle), mais s'efforçait de se tourner vers l'avenir. Elle attendait donc avec impatience qu'un recruteur la recontacte. Oisive, elle ressassait ses regrets. Lorsque le téléphone sonnait, elle espérait malgré elle entendre dans le combiné la voix de son bien-aimé. Elle avait besoin de s'occuper.

Meredith, de son côté, travailla d'arrache-pied tout l'été, accomplissant ses menues corvées comme s'il s'agissait de missions capitales. Lorsque Claudia revint de Long Island vers la fin du mois d'août, elles prirent l'habitude de dîner ensemble quand Merrie sortait du bureau. Claudia avait quelques perspectives d'embauche, dont une particulièrement alléchante. John Hay Whitman, un homme d'affaires multimillionnaire, venait de racheter le *New York Herald*

Tribune, un quotidien conservateur, avec l'intention affichée de le « moderniser » et d'« en finir avec la langue de bois ». Il cherchait pour ce faire des jeunes gens au regard neuf. Claudia devait rencontrer début septembre l'un des rédacteurs en chef du journal ; depuis qu'il l'avait contactée, Claudia préparait assidûment l'entretien. Elle dévorait chaque jour le *Herald Tribune* et, plus elle le lisait, plus sa motivation croissait. La ligne éditoriale, audacieuse, lui plaisait autant que le style innovant des reportages et, en un mot, elle espérait de tout cœur que l'entretien se solderait par une offre concrète. Meredith l'enviait presque. Son amie se tenait sur le seuil de ce qui promettait d'être une aventure exaltante – bien plus, en tout cas, que son petit boulot à l'ACLU. Elle envisagea même d'imiter Claudia et de poser à son tour une candidature spontanée. Elle n'en fit pourtant rien : c'eût été incorrect envers Claudia. Cette dernière avait le feu sacré, alors que Merrie n'avait jamais réellement voulu écrire.

Trois jours après le retour de Claudia, le gouverneur de Little Rock, l'antipathique Orval Faubus, refit parler de lui. Pour contourner la loi sur la déségrégation, il avait fait fermer pour l'année les quatre lycées publics de la ville, dans l'attente d'un référendum populaire invitant les citoyens de Little Rock à prendre position pour ou contre l'intégration des Noirs dans les établissements scolaires, mesure qui privait de facto des centaines d'adolescents d'enseignement secondaire. Ceux qui en avaient les moyens déménagèrent afin d'être scolarisés ailleurs ; d'autres furent contraints de recourir aux cours par correspondance. Le référendum, bâclé, aboutit à un « non », à la suite de quoi le pays tout entier dénonça avec virulence la politique du gouverneur qui était, de fait, contraire aux directives du gouvernement fédéral.

Le *Herald Tribune* ne bruissait que de cet événement quand Claudia s'y rendit pour son entretien. Celui-ci se déroula à merveille. Convaincu de ses qualités, le recruteur l'engagea sur-le-champ. La jeune fille dut se retenir de lui sauter au cou pour l'embrasser. Pour commencer, on lui confia des articles de la rubrique mondanités. C'était sans importance : Claudia avait mis le pied à l'étrier. Meredith, apprenant la bonne nouvelle, se réjouit vivement pour son amie, qui lui semblait revenue d'entre les morts.

— Tu l'as annoncé à tes parents ? lui demanda-t-elle.

— Pas encore. Je viens à peine de rentrer !

Lorsqu'elle le fit, au dîner, les Steinberg se montrèrent réservés dans leur réaction. Le *Herald Tribune* était certes un journal respectable, mais ils ne se faisaient pas à l'idée que leur fille travaille. Ils avaient largement les moyens de subvenir à ses besoins ! Claudia, cependant, se sentait investie d'un devoir moral : contribuer, dans la mesure de ses moyens, à la bonne marche du monde. Au reste, l'expérience lui permettrait de travailler sa plume en vue de son grand projet d'écriture (et l'aiderait à faire son deuil de Seth – mais, cela, elle le garda pour elle). L'enthousiasme de Claudia était tel que ses parents s'inclinèrent. À compter de ce jour, son père la surnomma même « Mademoiselle l'envoyée spéciale ».

Pour tuer l'ennui, Meredith remplit son dossier de candidature à la Columbia Law School en vue d'une admission au mois de septembre de l'année suivante. Son père ronchonna, mais il préférait savoir sa fille étudiante plutôt qu'agitatrice au sein de ce qu'il percevait toujours comme une organisation séditieuse. Il avait constaté à son soulagement que Meredith n'était pas envoyée sur le terrain ainsi qu'il l'avait redouté et, loin de partager la déception de sa fille à ce sujet, il s'en frottait les mains. Il n'était certes pas ravi qu'elle se lance dans des études à rallonge, mais la rentrée était encore loin : la jeune femme avait une année entière pour rencontrer quelqu'un, se fiancer et renoncer à ses lubies.

Robert se berçait d'illusions. En dehors de Claudia, Meredith ne voyait personne, et elle se contrefichait de l'amour. C'était d'une carrière qu'elle rêvait. Or celle-ci n'en était qu'à ses balbutiements.

Claudia, quoiqu'un peu plus avancée qu'elle, déchantait au *Herald Tribune*. Passé l'excitation des débuts, ses yeux s'étaient dessillés : elle n'était guère mieux lotie que Meredith. En effet, pour l'une de ses premières missions, on l'envoya au Colony Club, un club féminin très sélect où se disputait – ironie du sort ! – un tournoi de bridge. Claudia avait été dépêchée sur place faute de volontaires au journal, et elle comprit vite pourquoi ses collègues ne s'étaient pas bousculés au portillon. Snob et soporifique, l'événement n'avait rien pour lui. Pour ajouter à sa morosité, elle lut le soir même dans la rubrique potins du *New York Times* que Ted s'était fiancé à Emily. Quand elle l'apprit à Meredith, celle-ci soupira, abattue. Ainsi, Ted Jones avait vendu son âme au diable.

Quelques jours plus tard, Claudia devait couvrir un nouveau tournoi de bridge quand un journaliste tomba malade et qu'il fallut le remplacer au pied levé pour une mission plus importante. Il s'agissait d'interviewer pour l'édition du dimanche du *Herald Tribune* un jeune cinéaste qui venait de réaliser un documentaire sur l'Allemagne nazie, entrecoupé d'entretiens avec des survivants de la Shoah et d'images originales. Le film, bien que choquant, avait été encensé par la critique, tant pour sa forme innovante que pour sa fonction de témoignage historique, qui gardait vivante la mémoire du drame. Claudia dut remplacer son collègue au débotté, sans avoir eu le temps de visionner le film. De plus, c'était sa première interview et elle ne se sentait pas prête. À seulement 33 ans, Thaddeus Liebowitz avait déjà dix ans de métier et plus d'un prix à son actif. Plus Claudia y songeait, plus elle craignait de ne pas être à la hauteur. D'autant que le sujet du film était sensible, tout particulièrement pour elle.

Elle avait rendez-vous avec le réalisateur au bar de l'Algonquin. Dans l'espoir de compenser son inexpérience, elle avait soigné son apparence. Hélas ! Loin de la mûrir, le manteau noir en laine d'agneau qu'elle avait emprunté à sa mère faisait ressortir sa jeunesse. Avec son tailleur sage, son petit chapeau et son chignon soigné, elle ressemblait davantage à une épouse entretenue de Park Avenue qu'à une apprentie journaliste.

Avec l'aide du maître d'hôtel, Claudia repéra Liebowitz qui l'attendait au bar du célèbre hôtel. Dans un coin de la salle, tout de noir vêtu, il fumait un cigare. La voyant approcher, il haussa les sourcils.

— Je m'attendais à quelqu'un de moins jeune, avoua-t-il sans ambages.

Il lui désigna le siège en face du sien. Avec sa veste en tweed et son pull à col roulé, il avait une allure que les parents de Claudia auraient qualifiée de « bohème » et qu'elle-même associait à l'intelligentsia américaine. Le cigare, notamment, était de bonne facture (Claudia reconnut sur l'anneau la marque préférée de son père).

— Je suis confuse, dit-elle. Un collègue chevronné devait vous rencontrer, mais il est souffrant.

Puis, affectant une aisance qu'elle était loin de ressentir, elle ajouta avec malice :

— Je vous dois une fière chandelle. J'étais censée couvrir un tournoi de bridge !

Cela fit sourire le réalisateur. Il se commanda un whisky ; Claudia, un thé. Ensuite, ils se mirent à l'ouvrage. La jeune femme s'appliquait. Elle aurait été catastrophée s'il avait deviné qu'elle débutait ! Par chance, son intérêt pour le film était tellement sincère que les questions lui venaient naturellement, et Thaddeus se montrait coopératif ; il ne demandait qu'à parler de son œuvre et de ses desseins.

— La libération des camps, c'était il y a treize ans, rappela-t-il avec gravité. Les gens oublient. Je crois qu'il est important de leur rafraîchir la mémoire, de temps en temps. Qui plus est, lorsque l'horreur des crimes nazis a été révélée au grand jour, c'était tellement effarant qu'on a fait œuvre de censure. Je crois le moment venu de tout dire, de tout montrer. Pendant le procès de Nuremberg, de nouvelles informations ont été mises au jour, des informations qu'on ignorait précédemment. Il est essentiel que l'on comprenne qui Hitler était réellement, et quelles étaient ses motivations, afin d'éviter que l'Histoire se répète…

Son thé refroidissant dans sa tasse, Claudia noircissait les pages de son calepin. Elle ne voulait pas rater un seul mot des propos de Thaddeus.

— J'espère ne pas vous avoir choquée, conclut ce dernier. Mon film est violent. Il le fallait. Les gens doivent prendre conscience de l'ampleur des abominations commises. De ce qui a été infligé aux enfants, surtout. Pendant que nous vivions tranquilles, en Europe, on décimait méthodiquement des innocents. Presque tous les enfants juifs de France ont été déportés. Certains ont été cachés par des résistants, c'est vrai, mais l'écrasante majorité d'entre eux a péri dans les camps aux mains des Allemands.

Thaddeus Liebowitz traitait son sujet avec un mélange étonnant de passion et de précision. Claudia se contentait de ponctuer ses affirmations de hochements de tête, penchée au-dessus de ses notes pour dissimuler l'émotion qui s'emparait d'elle.

— Les Juifs d'Allemagne, n'en parlons pas...

— Je sais, se surprit à déclarer Claudia, se redressant et croisant son regard. Les plus jeunes étaient gazés dès leur arrivée au camp. Seuls les plus vaillants étaient épargnés pour servir de main-d'œuvre.

Elle le vit plisser les yeux. Elle était à peu près certaine qu'il n'avait pas retenu son nom, mais elle venait de piquer sa curiosité.

— Le sujet vous intéresse ?

— Oui, admit sobrement Claudia.

Le cinéaste esquissa un geste d'approbation.

— La plupart des gens préfèrent s'enfouir la tête dans le sable. On prétend qu'il faut savoir tourner la page... Pour moi, ce serait courir à la catastrophe.

— Nous n'avons pas le droit d'oublier, acquiesça Claudia.

— C'est la raison d'être du film ! renchérit Thaddeus. Comment êtes-vous au courant, pour les enfants ?

Que dire ?

— Je le suis, voilà tout, lâcha Claudia à mi-voix.

Au bout de deux heures, ils s'estimèrent tous deux satisfaits du travail accompli. Le thé de Claudia était froid. Elle n'y avait pas touché.

— Vous connaissez d'anciens déportés ? se hasarda à lui demander le cinéaste. Des amis ? Des parents, peut-être ?

Elle hocha la tête.

— Oui.

— Moi aussi. Mes cousins ont été tués à Bergen-Belsen. Mon père a tenté de les faire venir en Amérique, mais il s'y est pris trop tard... Ma mère a perdu toute une branche de sa famille dans le ghetto de Varsovie.

L'interview terminée, il se livrait de manière plus personnelle et lui accordait une attention inédite.

— D'où venez-vous ? s'enquit-il, sans doute sensible à la pointe d'accent dont, malgré les années, Claudia ne s'était jamais complètement débarrassée.

— Je suis américaine. Mais je suis née en Allemagne. J'ai grandi à Berlin.

Le cinéaste la dévisagea longuement sans prononcer un mot.

— Votre famille... Quel camp ? murmura-t-il enfin d'une voix à peine audible.

Claudia ne pouvait plus reculer.

— Auschwitz, dit-elle.

Le regard de Thaddeus Liebowitz se voila. Ces deux syllabes renfermaient tant de tragédie.

— Vous aussi ?

— Oui. Trois ans. Jusqu'à l'arrivée des Russes. J'avais alors 10 ans. Moi seule ai survécu.

Le réalisateur se décomposa. D'une voix étranglée, il articula :

— Je vous présente toutes mes excuses, mademoiselle. Je vous parlais d'un film sans me douter qu'il s'agissait de votre vie. J'espère ne pas avoir été trop indélicat. La rédaction était-elle au courant de votre situation ?

Claudia fit non de la tête. Dans sa tenue de dame, elle se sentait soudain redevenue une petite fille.

— J'en parle rarement. Mais... vous avez raison. Il faut libérer la parole. Le monde doit savoir. Quant à nous autres rescapés, puissions-nous un jour oublier.

Thaddeus Liebowitz chancelait, abasourdi par la dignité et la retenue de cette jeune journaliste. Mue par une impulsion, Claudia retroussa furtivement sa manche et lui montra les chiffres tatoués au creux de son bras, ce numéro auquel on avait voulu la réduire.

— Je suis navré, répéta le réalisateur.

Claudia, cependant, avait repris contenance. Le cinéaste ne lui avait rien révélé dont elle n'eût fait l'expérience de première main.

— Ne vous inquiétez pas, je savais ce à quoi je m'exposais, lui assura-t-elle. Vous connaissez bien votre sujet.

— Merci. C'est très important pour moi.

— Cela se sent.

Sans savoir pourquoi, elle ajouta :

— Un jour, j'écrirai mes mémoires de guerre.

— Bien ! Ne tardez pas trop. Les souvenirs s'étiolent…

— Si seulement, dit Claudia avec un pâle sourire.

— Avez-vous commencé ?

— Non. Je ne me sens pas encore prête. Dans quelques années…

— Il faut parfois savoir se faire violence. Le monde a besoin de nos récits, et de témoignages comme le vôtre, surtout. Raconté par un tiers, ça n'a pas le même impact. Mais, dites-moi, comment êtes-vous parvenue jusqu'ici ?

— J'ai été adoptée par un couple de Juifs américains. Des gens formidables.

— Je regrette de ne pas vous avoir connue plus tôt. De nombreux survivants témoignent dans mon film, mais aucun qui ait connu les camps enfant.

— Rares sont ceux qui en ont réchappé. Pour que les nazis nous épargnent, nous devions nous tuer au travail. La première année, je cassais des cailloux avec mon père et mon frère. Ma mère et mes sœurs... Mais je vous ennuie. Vous connaissez tout cela par cœur.

— Au contraire ! Vous devez avoir un mental d'acier pour avoir survécu.

— Je ne crois pas, non. Qui sait quelles forces mystérieuses nous font avancer envers et contre tout ? Qui peut prédire lequel d'entre nous trouvera de la ressource en lui-même, et lequel succombera au désespoir ? J'ai vu de grands gaillards s'écrouler et des gringalets tenir bon. Le physique n'a rien à voir là-dedans. Moi, à mon arrivée, j'avais 7 ans. Dans mon block, j'étais la plus jeune, mais j'étais grande pour mon âge...

Le cinéaste l'écouta dévider l'écheveau de ses souvenirs, sidéré. Claudia était une jeune femme à l'apparence frêle, chétive, même. Pourtant, il se dégageait d'elle une telle force et un tel courage que, sans réfléchir, il effleura sa main.

— Accepteriez-vous de dîner avec moi ?

Claudia hésita.

— Je ne sais pas si cela fait partie de mes attributions...

— L'interview s'est terminée il y a cinq minutes. Nous avons à présent une conversation entre amis. Alors ? Me ferez-vous cet honneur ?

Claudia eut un petit rire.

— D'accord. Merci pour cette invitation.

— C'est moi qui vous remercie. Cela ne vous dérange pas si on reste ici ? Vous verrez, on y mange très bien.

Dehors, un vent glacial soufflait ; les premières neiges de la saison étaient tombées quelques jours plus tôt.

Thaddeus s'occupa de tout. Il pria le maître d'hôtel de leur réserver une table pour deux, chargea une serveuse d'apporter au vestiaire le manteau de Claudia et escorta la jeune femme jusqu'au restaurant de l'hôtel.

Pendant le repas, il lui raconta sa vie et son parcours, sa rivalité avec son père (producteur de renom), ses derniers films... La conversation coulait de source et, s'il remarqua le charme de Claudia, il n'en laissa rien paraître. Ils abordèrent la question des œuvres d'art volées par les nazis pendant la guerre, puis Claudia interrogea longuement Thaddeus sur le documentaire qu'il avait consacré à Martin Luther King : le réalisateur l'avait suivi comme son ombre un mois durant, partageant son quotidien, et son récit était captivant. Lorsque le dîner s'acheva, Claudia en ressentit un pincement au cœur.

— Accepterais-tu qu'on se revoie, un de ces jours ? lui demanda le cinéaste, timide comme un écolier.

Claudia n'eut pas besoin d'y réfléchir.

— Avec plaisir, dit-elle. Pour l'interview, je te tiens au courant. Je t'envoie mon article dès que possible.

Il héla pour elle un taxi et elle s'y engouffra.

Claudia était loin de s'en douter, mais Thaddeus la suivit des yeux jusqu'à ce que son taxi disparaisse au coin de la rue. Seul sur son coin de trottoir battu par les vents, le cinéaste chancelait, tout étourdi par sa rencontre avec la jeune journaliste pleine de grâce.

8

Au mois de janvier, Claudia et Thaddeus se virent régulièrement pour dîner. L'article enchanta aussi bien le principal intéressé que les supérieurs de la jeune femme, qui se vit bientôt confier de nouvelles interviews. Elle possédait de réelles qualités de plume et d'écoute, et elle s'investissait dans ses fonctions. Encouragée par Thaddeus, elle commença à élaborer le plan de son livre. La tâche se révéla plus difficile que prévu, aussi s'y consacrait-elle de façon intermittente. Remuer le passé la bouleversait.

Ses soirées avec Thaddeus opéraient sur elle comme un baume. Elle qui croyait son cœur irrémédiablement brisé se surprit à reprendre goût à la vie. Elle était subjuguée par son œuvre ; il était fasciné par son expérience. Après quelques mois, Claudia l'invita à dîner chez ses parents. Malgré ses efforts de présentation (il arborait pour l'occasion un costume et même une cravate), les Steinberg se montrèrent ambivalents à son égard. Aussi célèbre que soit son père, Thaddeus Liebowitz faisait partie des gens du spectacle, une catégorie d'individus qu'ils désapprouvaient en bloc. Du moins avait-il le bon goût d'être juif. Ses bonnes manières et la prévenance qu'il témoignait à Claudia vinrent à bout de leurs réticences. Peut-être était-il un peu trop vieux pour elle (dix ans les séparaient), mais c'était un détail, et le réalisateur était très intéressant, nul n'aurait pu le nier.

Claudia soutenait devant ses parents que Thaddeus et elle étaient « amis et rien de plus », mais les Steinberg n'étaient pas dupes. En vérité, Thaddeus était très épris de Claudia et ne s'en cachait pas. Or, s'il ne laissait pas la jeune femme indifférente, celle-ci, échaudée, se défiait de l'amour. Il ne fallait pas la brusquer.

Meredith, pour sa part, était ravie. Thaddeus lui avait d'emblée fait une excellente impression. Certes, son amie avait besoin de temps, mais le jeune homme semblait tout disposé à le lui accorder. Au mois d'avril, il partit superviser le montage d'un film à Hollywood et Claudia put en profiter pour mettre au clair ses sentiments. Thaddeus lui téléphona tous les jours. Avant son départ, il l'avait embrassée pour la première fois.

Meredith fut admise à la Columbia Law School. Son père parcourut le courrier officiel en soupirant et lui demanda pour la énième fois si elle était sûre de son choix puis, résigné, lui donna sa bénédiction. À contrecœur, toutefois. S'il se félicitait qu'Alex, du haut de ses 13 ans, se destine au droit, il n'en démordait pas : avocat, ce n'était pas une vocation convenable pour une jeune femme.

Merrie et son père avaient, en outre, un nouveau sujet de discorde : la présence américaine au Vietnam. Robert estimait que les États-Unis étaient dans leur droit et que le conflit profiterait à l'économie, tandis que Meredith s'y opposait farouchement, en jugeant les motivations fallacieuses et les conséquences, potentiellement désastreuses.

— Je te prédis que des jeunes gens vont y laisser la vie, affirmait-elle avec véhémence.

— Tu fais fausse route, Merrie. Nos troupes sont là-bas en qualité de conseillers, pas de combattants…

— C'est bonnet blanc et blanc bonnet ! Ces hommes sont des militaires et la poudre va parler. Nos conseillers, comme tu dis, vont nous revenir les pieds devant.

— Tu ne te fatigues jamais, Meredith ? Avec toi, il faut toujours que tout soit un combat ! Tu ne vois pas que notre but est de maintenir la paix, au contraire ?

— C'est là que tu te trompes, papa. Dès qu'un coup de feu sera tiré, tu sais très bien ce qu'il se passera. Nous allons déclencher la guerre. Et quand elle aura éclaté, je ne veux pas que mon frère en soit !

— Cela n'arrivera pas. Vous autres, les *peaceniks*, les blanches colombes, ou Dieu sait comment vous vous appelez, vous voyez le mal partout. Nous contrôlons la situation.

— C'est ce que disaient les Français, et on voit ce que ça a donné. Tu as vraiment envie que les États-Unis se retrouvent dans le même bourbier ?

La dispute aurait pu se poursuivre indéfiniment : le père et la fille campaient chacun sur ses positions, comme toujours. Bill était du même avis que sa petite-fille. Il suivait avec une inquiétude croissante la situation, craignant qu'elle ne s'embrase à tout instant. Seul Robert semblait aveugle au danger.

Quand Thaddeus rentra de Hollywood au mois de juin, Claudia avait compris qu'elle était amoureuse de lui et cessa de lutter contre ses sentiments. À l'aéroport, ils se tombèrent dans les bras. À compter de ce jour, elle se mit à passer la nuit chez lui aussi souvent que possible, sans éveiller les soupçons de ses parents qui la croyaient chez Meredith. Ces heures volées étaient magiques. Parfois, le couple invitait Meredith à dîner à l'appartement de Thaddeus et ils passaient des heures à refaire le monde.

Meredith travaillait toujours à l'ACLU, où ses fonctions n'évoluaient guère. Son supérieur, qui avait remarqué son zèle, l'invita néanmoins à revenir une fois ses études achevées. En juin, la jeune femme prit congé de ses collègues pour aller passer des vacances au bord de la mer avec ses parents. Elle attendait avec impatience la rentrée. Contrairement à Claudia, qui, entre sa carrière naissante et ses amours clandestines, avait vécu une année haletante, Merrie s'était fermement ennuyée au cours des derniers mois et il lui tardait de changer de cadre.

Elle célébra la fête nationale autour d'un barbecue entre amis, à Martha's Vineyard, ainsi que l'exigeait la tradition familiale. Quatre jours plus tard, ses prédictions s'avérèrent. Le premier « conseiller » américain au Vietnam avait été tué. La nouvelle suscita chez les McKenzie des débats houleux.

— C'est la porte ouverte à toutes les dérives ! s'exclama Meredith. Comment peux-tu encore te prononcer en faveur de notre présence armée là-bas ?

Robert était généralement détendu pendant le mois de juillet, mais les diatribes de sa fille commençaient à lui échauffer le sang.

— Un homme est mort, Meredith. Ce n'est pas la guerre ouverte, maugréa-t-il.

Merrie le toisa, les yeux étrécis.

— Si ce mort était Alex, je parie que tu verrais les choses autrement.

Robert se retrancha dans la maison sans daigner lui répondre.

— Ta fille refait des siennes, l'entendit-elle marmonner à sa femme. C'est officiel : elle est folle.

Pour Merrie, c'était lui, le fou. À l'écouter, il aurait fallu bombarder le nord du Vietnam de manière préventive, avant même que des troubles y éclatent, « histoire de faire rentrer les rebelles dans le rang » ! S'il se figurait que les États-Unis sortiraient indemnes de ce guêpier, sans que le sang ait coulé, il se fourrait le doigt dans l'œil.

La veille de sa rentrée à Columbia, Merrie déjeuna avec son grand-père. De passage à New York, celui-ci désirait lui souhaiter bon vent en personne pour ce nouveau volet de ses aventures.

— Après cette dernière étape, il ne restera plus qu'à changer le monde ! lui lança-t-il fièrement. Apprends tout ce que tu pourras. Peut-être qu'un jour tu siégeras à la Cour suprême comme moi. Qui sait ? Tu entreras peut-être même à la Maison-Blanche ! Rien n'est impossible, si tu t'en donnes les moyens.

Portée par sa confiance, Meredith se sentait pousser des ailes. Les murs que ses parents s'obstinaient à bâtir autour d'elle tombaient les uns après les autres, et elle entrevoyait enfin un avenir loin des chaînes du mariage et de la maternité. Son grand-père avait toujours été un électron libre. Il la comprenait.

Les enseignants de Columbia se révélèrent très exigeants et le programme, chargé. La première surprise passée, Meredith s'en réjouit. Elle étudiait le droit depuis deux mois quand elle reçut un carton d'invitation au mariage de Ted Jones et d'Emily Margaret Barclay. Visiblement, son ancien camarade n'avait pas repris ses esprits depuis ses fiançailles. Attristée, Meredith fit une croix sur les ambitions qu'elle avait nourries pour lui. Bientôt, la vie de Ted se résumerait à un emploi rébarbatif, une femme « ennuyeuse comme la pluie » (pour citer Ted lui-même), et des couches à changer.

Elle s'arma de courage et répondit qu'elle assisterait à la cérémonie. Claudia, pour sa part, déclina l'invitation, prétextant une surcharge de travail. La seule idée d'être le témoin de ce naufrage la rebutait. Meredith se laissait aller à imaginer une issue heureuse à l'histoire. Lorsque le pasteur demanderait si quiconque dans l'assemblée avait une raison de s'opposer au mariage, elle bondirait de son banc, s'écrierait que le marié simulait ses sentiments, qu'il n'aimait pas la mariée et puis... et puis... on la jetterait hors de l'église, on lui passerait les menottes, mais Ted lui soufflerait un « merci » et s'enfuirait sans demander son reste, vers la liberté. Ce n'était qu'un fantasme, hélas. Dans la réalité, Merrie se musellerait et le regarderait saborder allègrement tous ses espoirs de bonheur.

La cérémonie se tint le week-end de Thanksgiving. Apprêtée et emmitouflée dans le manteau d'hermine de sa mère, Meredith prit le train puis le taxi en ressassant ses regrets. Si seulement elle était tombée amoureuse de Ted, il n'en serait pas là. Elle l'aurait sûrement fait tourner en bourrique avec ses causes et ses combats, mais il aurait été plus épanoui qu'il le serait sans doute jamais aux côtés d'Emily. Malheureusement, l'amour ne se commandait pas.

La messe devait être célébrée au domaine des Barclay. On avait dressé sur la pelouse une vaste marquise chauffée, avec lustres et piste de danse ; déjà, les convives s'installaient sur les rangées de chaises dorées. Au bout de l'allée, l'autel ressemblait à un échafaud. Meredith reconnut parmi la foule d'anciens camarades de promo de Ted, mais, pour l'essentiel, il s'agissait d'amis de la famille. Un air d'orgue s'éleva. Apparurent huit demoiselles d'honneur en robes de velours rose dragée pareilles à des poupées mannequins grandeur nature. Les sacristains paraissaient irréels, eux aussi. Les parents trônaient au premier rang avec la grand-mère de Ted, que Meredith aimait beaucoup. Celle-ci pinçait les lèvres. Sans doute pensait-elle la même chose que Merrie : comment pouvait-on en conscience tendre un tel guet-apens à son enfant ?

Flanqué de son témoin, Ted attendait la mariée. Celle-ci fit son entrée en longue robe blanche garnie de fourrure, une toque miniature juchée au sommet de son chignon banane dernier cri. Elle semblait tout droit sortie d'entre les pages d'un magazine de mariage. Une seule chose manquait à l'appel : l'amour sincère censé unir les futurs époux. Meredith se mordit la lèvre, assaillie par la culpabilité. Ted rayonnait. Peut-être se trompait-elle sur leur compte. Peut-être qu'ils s'aimaient, au fond, et que tout irait bien.

Le pasteur posa sa fameuse question et Merrie ne fit pas l'esclandre qu'elle avait imaginé. Lorsque Ted passa l'alliance au doigt d'Emily, un concert d'exclamations attendries retentit sous la marquise, et Ted et Emily furent déclarés mari et femme. Meredith se rendit compte qu'elle pleurait. Elle n'aurait pas su dire pourquoi. Ted était le premier de ses amis à sauter le pas et elle tremblait pour lui, surtout quand elle vit Emily piailler de joie, battre des mains et exhiber sa bague neuve en gloussant d'aise.

Enfin, on servit le champagne. Toute la soirée durant, il coula à flots. Au moment de passer à table, Merrie se retrouva assise à côté de l'ancien coturne de Ted, qu'elle n'avait pas revu depuis des années. Il avait trop bu et elle aussi. Ils dansèrent, les jeunes mariés coupèrent le gâteau, puis Emily exécuta un petit cérémonial censément mignon : elle barbouilla Ted de gâteau, et il lui rendit la pareille. Meredith remplit sa coupe à ras. Quand l'ami de Ted lui proposa sans détour d'aller faire l'amour dans un coin tranquille de la maison, elle l'envoya sur les roses et il se rabattit sur l'une des demoiselles d'honneur. Merrie parvint à serrer Ted dans ses bras avant que celui-ci vogue vers sa lune de miel, mais les félicitations restaient bloquées en travers de sa gorge. C'étaient des paroles de condoléances qui lui venaient spontanément à l'esprit. Elle se contenta donc de l'embrasser et de lui souhaiter bonne chance. Il rit.

— McKenzie, t'as un coup dans le nez !

— C'est fort possible, admit Merrie.

Elle avait beaucoup bu, en effet. Il fallait bien cela pour regarder sans ciller un être cher se tromper de femme et de vie.

— Méfie-toi de Jason, lui chuchota Ted. C'est ma mère qui a dressé le plan de table, mais elle ne le connaît pas : c'est un vrai coureur de jupons !

— Oh, je sais ! À l'heure où je te parle, il prend du bon temps avec une des demoiselles d'honneur.

Les mariés partis, Meredith s'enfuit sans demander son reste. Dans le train qui la ramenait à New York, elle pleura en pensant à l'erreur qu'avait commise son ami. Abrutie d'alcool et de chagrin, elle s'endormit et ne se réveilla qu'une fois le train à quai. Elle se dirigea vers la station de taxis en redoutant le mal de crâne qu'elle ne manquerait pas d'avoir le lendemain. Mais une gueule de bois, si pénible soit-elle, finissait par se dissiper. Ted, pour sa part, aurait une vie entière pour regretter ses actes et ses décisions.

Quel gâchis, songea Meredith.

9

Si Merrie n'avait dû citer qu'un événement ayant marqué sa première année à Columbia, c'eût été sans conteste la candidature de Kennedy à la présidence des États-Unis. Comme toute sa génération, elle l'adulait. Non seulement il était démocrate et ouvert d'esprit, mais il avait de surcroît un petit côté vedette auquel même une jeune fille sensée telle que Meredith McKenzie ne pouvait rester insensible. Son charme était irrésistible, sa femme sublime, son style irréprochable, sa petite fille adorable, et quelle éloquence ! Si quelqu'un pouvait redorer le blason du pays, c'était lui. Il était le rêve américain incarné. Meredith alla jusqu'à s'enrôler en tant que bénévole dans sa campagne électorale. Il fallait qu'il gagne, à tout prix ! Le pays avait besoin d'un leader à la hauteur pour l'extirper du marasme dans lequel l'avait plongé l'administration Eisenhower. Or Nixon, le candidat républicain, lui faisait froid dans le dos.

Dès le mois de janvier, Meredith consacra à la campagne deux soirées par semaine. Dans l'hypothèse où Kennedy remporterait la nomination, elle comptait redoubler d'efforts. En attendant, elle s'amusait beaucoup avec les autres bénévoles, jeunes ou moins jeunes, mais débordant tous d'optimisme, de ferveur et d'entrain.

Après mûre réflexion, elle choisit de passer les vacances de printemps à Greensboro, en Caroline du Nord, pour participer à des manifestations organisées par quatre étudiants noirs. À l'initiative de ces quatre étudiants, les militants avaient pris d'assaut le self du grand magasin Woolworth's, qui ne servait que les Blancs. Ils avaient mis en place un système de roulement grâce auquel le sit-in perdurait sans interruption. L'affaire attira l'attention des médias, et c'est ainsi que Merrie en entendit parler. À ses parents, elle raconta qu'elle allait en Floride avec des camarades de promo. En réalité, elle partait en guerre contre la ségrégation.

Tout se passait à merveille jusqu'à ce qu'un soir, avant le dîner, Robert McKenzie reconnaisse sa fille à la télé. Il n'avait pas la berlue, c'était bien Meredith, assise à même le sol dans le fameux Woolworth's de Caroline du Nord qui faisait tant parler de lui ! Il écumait. Sans moyen de la joindre, il téléphona aussitôt à son père à Washington.

— Tu savais ce qu'elle manigançait, avoue !

— Alors là, première nouvelle ! s'exclama Bill. Mais je ne peux pas dire que cela me surprenne beaucoup. Toi, si ? Allons ! Tu connais Merrie.

Sa désinvolture acheva de faire enrager Robert.

— Et si elle se fait arrêter ?

— En ce cas, elle t'appellera et tu n'auras qu'à payer sa caution, lui répondit Bill avec sang-froid.

De fait, il eût été vain de s'arracher les cheveux : les McKenzie ne pouvaient rien faire, quand bien même ils l'auraient souhaité. Bill, en réalité, était fier comme Artaban. Selon lui, les actes de Meredith étaient une preuve de courage. Il arrivait certes que de telles manifestations dégénèrent, mais sa petite-fille n'était pas une tête brûlée ; elle ne prendrait pas de risques inconsidérés.

Justement, au bout de trois jours, une dispute éclata entre l'un des manifestants et quelques employés à cran. Merrie fut embarquée par la police avec cinq autres militants. Penaude, elle téléphona à son père, lui demanda de l'argent et lui avoua où elle se trouvait.

— Je suis au courant, merci ! s'écria-t-il, furieux. Je t'ai vue aux infos. Ta mère et moi, on se rongeait les sangs !

— Je vais très bien, papa. Mais il va falloir que je raccroche. Tu m'envoies l'argent, dis ?

— Seulement si tu me jures de sauter dans le prochain train pour New York. Tu m'entends ? Tu rentres au bercail, Meredith !

— Je comptais rester toute la semaine…

— Tu as abusé de notre confiance. Mes conditions sont claires. Je t'enverrai l'argent à condition que tu mettes immédiatement un terme à ta petite excursion. Si tu refuses, j'aime autant que tu restes en prison : tu y seras plus en sécurité.

— C'est bon, tu as gagné, répondit Meredith d'un ton d'enfant boudeuse. Je rentre à la maison.

Elle raccrocha avec humeur.

Robert contacta un ami juge à Raleigh, lui exposa la situation et le pria d'aller faire libérer sa fille en lui promettant de lui poster un chèque avant la prochaine levée du courrier. Le juge s'esclaffa.

— Ça ne me plaît pas plus qu'à toi, Bob. Mais tu sais quoi ? Mon propre fils est auprès d'elle ! Enfin, je crois. Il vient de m'appeler ; il a été embarqué, lui aussi ! Bref, détends-toi : je m'occupe de tout.

Robert le remercia avec effusion et, deux heures plus tard, Meredith lui téléphona de la gare routière.

— Merci, papa, murmura-t-elle.

Elle avait perdu de sa superbe. L'arrestation avait été pour elle une expérience aussi terrifiante qu'inédite. Et encore ! Les policiers l'avaient traitée avec des égards auxquels les manifestants noirs n'avaient pas eu droit. On lui avait passé un savon et conseillé de ne plus se mêler des affaires des Noirs, à l'avenir. « C'est à la police de s'en charger. »

— Nous allons avoir une petite conversation, toi et moi, l'avertit son père d'une voix qui vibrait de colère contenue. Tu as mis tes jours en danger, Meredith. Tu aurais pu être tuée par l'un de ces voyous ou te retrouver au milieu d'une émeute… Ce n'est pas ta bataille.

— Mon bus va partir, mentit Meredith pour couper court à sa semonce. À tout à l'heure.

Il était 6 heures du matin quand elle pénétra dans l'appartement de ses parents, après dix-sept heures de trajet. Son père l'attendait de pied ferme. Il lui sonna les cloches, comme elle s'y attendait.

— Tu m'as fait honte, Meredith. Tu comprends ça ?

Elle accusa le coup.

— Que je ne t'y reprenne plus, conclut-il.

Elle hocha la tête, sans rien lui promettre, toutefois. Jamais elle n'aurait pu renier une cause en laquelle elle croyait.

Le lendemain matin, à la seule vue de sa fille, Janet se mit à pleurer. Exaspérée, Meredith se retira dans sa chambre pour téléphoner à Claudia et tout lui raconter. La jeune femme ne lui cacha pas son inquiétude. Elle craignait qu'un jour sa témérité ne lui joue des tours.

— Pour ce qui est de la réaction de tes parents, je ne suis pas étonnée, précisa Claudia. Les miens à leur place auraient fait une syncope !

La semaine s'acheva et Merrie reprit le chemin de Columbia. Peu après, son père fut nommé juge fédéral par le président Eisenhower. Merrie mit de côté ses convictions politiques le temps de son investiture. Les McKenzie se distinguaient les uns après les autres.

— Maintenant, à toi de jouer ! lui glissa son grand-père le jour de la cérémonie.

Elle hocha la tête. Oui, elle allait devoir prouver à son tour de quel bois elle était faite.

Un mois plus tard, l'armée américaine envoyait des renforts au Vietnam. Il se tramait quelque chose, mais quoi ? Le peuple américain l'ignorait. Ce climat d'incertitude attisa les tensions qui régnaient chez les McKenzie. Merrie vitupérait de plus en plus contre la politique étrangère de son pays, tandis que Robert défendait envers et contre tout la ligne du parti.

Meredith ne s'épanouissait réellement qu'au centre de campagne. Le printemps venu, elle y passait quasiment tout son temps libre. Lorsqu'elle ne révisait pas ses cours à la bibliothèque ou sur les bancs de la fac, on était sûr de l'y trouver, affairée à quelque mission.

En juillet, ses efforts furent récompensés : Kennedy décrocha le ticket démocrate. Deux semaines plus tard, on connut le nom de son adversaire : Richard Nixon, le favori de Robert McKenzie. Le centre de campagne entra en ébullition. Cet été-là, Merrie y fit la connaissance d'un étudiant en droit, en troisième année à Harvard, un certain Adam Thompson dont la ferveur démocratique pouvait presque rivaliser avec la sienne. Adam et Meredith sortirent ensemble plusieurs fois après le travail. Ils partageaient une passion, Kennedy, et un rêve, le voir un jour présider le pays. Il leur semblait à tous les deux que l'Amérique touchait du doigt un avenir radieux, une aube nouvelle qui poindrait lorsque leur idole prendrait les rênes.

Meredith appréciait la compagnie d'Adam. Comme elle, il était engagé dans la lutte pour les droits civiques, et tous deux aimaient se plaindre de l'aridité des études de droit et de leur charge de travail écrasante. Ils passaient de bons moments ensemble et, sans s'en rendre compte, devinrent rapidement inséparables. Merrie ne s'absenta qu'une semaine pour ses traditionnelles vacances en famille au bord de la mer (elle en profita pour faire distribuer des tracts à son petit frère, qui était presque aussi entiché de Kennedy qu'elle-même). Son père arborait fièrement à son col le pin's à l'effigie de son candidat, mais Merrie en fit abstraction, bien que lui-même arrachât sur-le-champ la moindre affichette que son frère ou elle avaient le malheur de placarder dans la maison.

Meredith retrouva Adam à son retour à New York. Il venait de rompre avec Wendy, sa petite amie de longue date, et, de son propre aveu, peinait à s'en remettre. Ce qui ne l'empêcha pas de faire des avances à Meredith. Elle le repoussa gentiment, sans que leur amitié en pâtisse. Au contraire, Merrie lui présenta Claudia et Thaddeus, avec lesquels le courant passa.

La rentrée universitaire arriva et, bon gré, mal gré, Meredith s'arracha à la campagne présidentielle pour reprendre le cours de ses études. Tous les week-ends, cependant, elle se précipitait au centre de campagne. Adam en faisait autant, mû autant par l'envie de la voir que par son engagement politique. Dans leur entourage, les spéculations allaient bon train. Sortaient-ils ensemble ? N'étaient-ils réellement qu'amis ? La question n'avait pas été ouvertement tranchée, mais les jeunes gens s'appréciaient, et la campagne cimentait leur affection.

La campagne passait avant tout. Le reste attendrait.

Au mois d'octobre, Claudia et Thaddeus se mobilisèrent pour prêter main-forte aux bénévoles quelques soirs par semaine. Les salles de travail étaient alors bondées de fervents démocrates pétris d'optimisme et d'espoir. Avec chacune de ses apparitions publiques, avec chacun de ses discours, Kennedy conquérait davantage le cœur des Américains. Son aisance absolue en toute situation avait quelque chose d'irrésistible et l'on ne pouvait s'empêcher de l'imaginer aux com mandes de la nation. Certes, Nixon avait de l'expérience, mais, pour Meredith et ses pairs, il sentait la poussière ; son style guindé les rebutait. Il n'inspirait pas confiance. Avec les Kennedy, on sentait qu'on avait affaire à des gens authentiques. Il n'y avait qu'à voir Jackie, enceinte, soutenir son mari sur les sentiers de la campagne ! C'était touchant. Au-delà de ces considérations, c'était le programme de Kennedy qui parlait à Merrie. Il semblait répondre à toutes ses prières pour son pays.

Elle s'investit tant et si bien qu'elle arriva exsangue au soir de l'élection. Claudia, Thaddeus, Adam et elle se trouvaient au QG des démocrates. Les bureaux de vote avaient fermé et l'on procédait au décompte. Dans la salle, tous les yeux étaient braqués sur l'écran des téléviseurs. Une équipe filmait les militants, prête à saisir sur le vif leur réaction en cas de victoire de leur candidat.

— Quel suspense, souffla Merrie à Claudia, profitant de ce que les garçons étaient sortis fumer.

— N'est-ce pas ! Mais dis-moi, où en es-tu avec Adam ? Vous êtes en couple, ou pas ?

Meredith eut un rire gêné.

— En fait, nous n'en savons rien nous-mêmes, admit-elle. Entre les sentiments et la fièvre électorale, ce n'est pas évident de faire la part des choses… De toute façon, Adam habite Boston, et je dois finir mes études. J'ai accumulé du retard à cause de la campagne et, les profs ont beau se montrer compréhensifs, il va falloir que je cravache pour faire remonter ma moyenne ! En plus, Adam a beaucoup de mal à oublier son ex. Bref ! Je préfère ne pas trop m'engager. On verra bien !

— Avec les hommes, tu ne t'engages jamais, la taquina Claudia. Il n'y a qu'à tes causes que tu te dévoues corps et âme. La tendresse, ça ne te manque pas ?

Claudia aimait tellement Thaddeus que même le parfum âcre de ses cigares cubains lui était devenu cher. Elle souhaitait à sa meilleure amie de connaître la même félicité.

Meredith réfléchit longuement avant de se prononcer.

— Il n'y a pas de place pour l'amour dans ma vie. Pas dans l'immédiat. Cela risquerait de me détourner de ma voie. Je ne tiens pas à devoir rendre de comptes à qui que ce soit ni à ce qu'on s'inquiète pour moi. J'ai déjà mon père sur le dos ! Je veux mener ma barque, et en être seule maîtresse à bord.

— N'attends pas trop longtemps, lui conseilla Claudia avec douceur. Quand l'homme idéal se présentera, ne le laisse pas filer. Ça n'arrive pas tous les jours.

— D'accord. Mais je doute que cet homme soit Adam, lui répondit Meredith avec la franchise qui la caractérisait. Je m'amuse bien avec lui, mais… cela ne me suffit pas. Si je dois tomber amoureuse, je veux que ce soit une évidence. Un coup de cœur comme il ne s'en produit peut-être qu'une fois dans une vie. En tout cas, ça ne m'est encore jamais arrivé !

— Ne t'en fais pas, ça viendra.

— Et vous ? Vous parlez mariage, avec Thaddeus ?

— Ce n'est pas à l'ordre du jour, lui répondit Claudia, pensive. Peut-être que ça ne le sera jamais. Thaddeus est contre cette institution.

Ensemble depuis près de deux ans, les amoureux évitaient soigneusement le sujet. Le mariage en soi, Claudia s'en moquait, mais elle regrettait de ne pouvoir vivre son amour au grand jour. Habiter avec Thaddeus, ça, oui, elle aurait aimé ! Elle était lasse de se cacher et de faire mentir Meredith. Elle redoutait cependant d'éventuelles complications. Les Steinberg appréciaient Thaddeus, mais espéraient encore accorder un jour la main de leur fille à quelque médecin juif ou à un avocat avec pignon sur rue. Et, tout à la rédaction de ses mémoires de guerre, Claudia n'aurait pas eu le temps de les amadouer.

Les garçons réapparurent pile à temps pour l'annonce des résultats. Le décompte approchait de son terme et, dans la salle comme dans la nation, la tension était à son comble. Merrie eut une pensée pour son père, qui devait en ce moment même appeler de ses vœux la victoire du républicain. La lutte promettait d'être serrée.

Il était presque minuit quand le *New York Times* proclama Kennedy vainqueur. L'incertitude plana un moment sur ce résultat, Nixon ayant conquis davantage d'États, mais Kennedy avait remporté le collège électoral et le suffrage universel : il avait gagné. De justesse, certes, mais peu importait : les États-Unis avaient un nouveau Président, et ce Président s'appelait John Fitzgerald Kennedy. Un jeune homme de 43 ans (sa femme n'avait que six ans de plus que

Merrie) ! C'était du jamais-vu. Vers 3 heures du matin, Nixon prononça un discours dans lequel il reconnut à demi-mot sa défaite et, dans le pays, des manifestations de joie éclatèrent. Au centre de campagne, c'étaient de véritables débordements de liesse.

Quand il vit le résultat s'afficher à l'écran, Adam embrassa Meredith avec fougue. C'était le couronnement de tous leurs efforts. Chez les McKenzie, Alex dansait de joie dans sa chambre, à l'abri des regards consternés de ses parents (« Un démocrate à la Maison-Blanche ! avait maugréé Robert. Dieu nous garde. Une chance que j'aie été nommé juge avant cette débâcle ! »).

Quand l'excitation retomba, Merrie et Adam suivirent Claudia et Thaddeus jusqu'à l'appartement de ce dernier afin de trinquer à leur succès. L'élection d'Eisenhower avait-elle suscité autant d'allégresse, à l'époque ? Si oui, les jeunes gens n'en avaient pas le souvenir. Ils jubilaient. Dans le salon, ils burent et bavardèrent jusqu'au petit matin. Enfin, Claudia, Meredith et Adam prirent congé de leur hôte et reprirent le chemin de leurs domiciles respectifs. Merrie partagea un taxi avec Adam. La soirée avait modifié leurs rapports.

Il l'embrassa de nouveau.

— Quelque chose ne va pas, constata-t-elle lorsqu'il sortit pour lui dire au revoir, à Penn Station. Et j'imagine que ça n'a rien à voir avec l'élection.

Il secoua la tête.

— C'est Wendy, avoua-t-il. Je l'ai revue la semaine dernière. Elle m'a demandé si je voulais bien refaire un essai et j'ai dit oui. On est restés ensemble deux ans, ce n'est pas rien. Elle se dit prête à faire des efforts...

Meredith hocha la tête en se félicitant d'être restée sur sa réserve : elle était déçue, certes, mais nullement effondrée. Et comme elle avait bien fait de ne pas coucher avec lui !

— Je suis désolé, Merrie, dit Adam.

— Ne t'en fais pas. On s'est bien amusés.

Ils s'embrassèrent une dernière fois puis elle remonta à bord du taxi.

— Tu es une femme exceptionnelle, Meredith McKenzie, lui assura-t-il avant de refermer la portière sur elle. N'en doute jamais. Je suis sûr que tu finiras par trouver chaussure à ton pied. Quand tu auras un peu plus de temps à consacrer à ce genre de choses, bien sûr !

— On verra. Et toi, dis à Wendy de bien se tenir ou je viendrai lui tirer les oreilles !

Le taxi s'ébranla. Meredith adressa un petit salut à Adam et s'abandonna à sa mélancolie. Une fois arrivée chez ses parents, toutefois, la joie reprit le dessus. La soirée avait été mémorable, historique, même, et des jours meilleurs se profilaient pour les États-Unis. Elle n'avait pas perdu l'homme de sa vie. En revanche, elle avait gagné le Président de son cœur !

Alex s'était endormi sur le lit de sa sœur. L'entendant entrer, il remua.

— On a gagné, Merrie, marmonna-t-il, groggy, en l'enlaçant.

— Absolument ! confirma Meredith, radieuse. Comment l'a pris papa ?

— Super mal, l'informa le garçon, hilare.

— Pas étonnant. Oh, Alex, nous allons au-devant de lendemains qui chantent !

Ses yeux papillonnaient déjà. Elle baisa son front et se blottit contre lui. Un sourire flottait sur les lèvres de Meredith McKenzie. Oui, Adam allait lui manquer, mais cela ne durerait pas. Leur idylle avait été éphémère, elle ne la regrettait pas. La vie continuait. Plus que jamais.

10

Le lendemain, Bill McKenzie téléphona à Meredith.

— Alors, quand est-ce qu'on arrose ça ? lui lança-t-il, ravi, après avoir adressé un vague mot de soutien à son républicain de fils.

— Oh ! Grand-père, c'est formidable !

— N'est-ce pas ? Bon, avant que j'oublie : qu'est-ce que tu fais le 20 janvier ?

— Je ne sais pas, pourquoi cette question ? Il se passe quoi, le 20 janvier ?

— En tant que juge à la Cour suprême, j'ai mes entrées à la cérémonie d'investiture, ainsi qu'aux fêtes qui s'ensuivent. Ta grand-mère ne se sent pas d'attaque. Trop de monde, et elle craint de devoir rester debout aussi longtemps… Tu sais que sa hanche est fragile. Bref ! Me ferais-tu l'honneur d'être ma cavalière ?

— Grand-père ! s'écria Meredith, euphorique. Oui, cent fois oui !

Rien au monde ne la tentait davantage qu'assister à cet événement historique.

— Alors jeune fille, tu sais ce qu'il te reste à faire : trouve-toi une belle robe de cocktail ! Tu peux m'envoyer la facture. Mais attention, rien de trop provocant, sinon la presse à scandale prétendra que j'étais accompagné de ma jeune maîtresse. On va bien s'amuser, tous les deux !

Meredith n'en doutait pas une seconde.

L'après-midi même, elle retourna à Columbia et se rendit aussitôt à la bibliothèque où elle passa la soirée, s'efforçant de rattraper son retard. Parfois, Adam faisait irruption dans ses pensées, mais elle se ressaisissait aussitôt. Elle n'aurait probablement pas donné suite à cette relation, de toute façon. Vivre dans l'ombre de l'ex ne lui disait rien, et Adam ne faisait pas vraiment battre son cœur.

Elle trouva en rentrant dans sa chambre un faire-part reçu en son absence. Ted et Emily avaient le plaisir de lui annoncer la naissance de leur fils, né le 1er novembre. Ainsi, moins d'un an après s'être dit oui, ils étaient devenus parents ! Ils n'avaient pas perdu de temps. Quand Merrie imaginait Ted (son Ted !) banquier, marié et père de famille, elle avait un pincement au cœur. À moins d'avoir beaucoup changé, il devait déguster.

En se brossant les dents, elle repensa aux bons moments qu'elle avait passés avec Ted le gai luron. Qu'éprouvait-on lorsqu'on avait soudain la responsabilité d'une vie ? Le découvrirait-elle un jour ? Elle en doutait. Devenue grande sœur à l'âge de 10 ans, elle avait aimé pouponner le petit Alex, mais ne se sentait pas pressée de renouveler l'expérience. Son frère était tellement plus intéressant maintenant qu'il était grand ! Langer un nourrisson, l'allaiter jour et nuit… Non, vraiment, cela ne lui disait rien.

Elle posa le faire-part sur son bureau pour ne pas oublier d'envoyer un cadeau de naissance aux jeunes parents et s'endormit soulagée de ne pas se trouver à la place de Ted Jones.

L'investiture de John Fitzgerald Kennedy, trente-cinquième président des États-Unis, se déroula le 20 janvier 1961. Meredith n'avait jamais assisté à cérémonie si exaltante. Un voile de neige prêtait à la ville des allures féeriques. Kennedy était plein de panache avec son haut-de-forme noir et sa jaquette grise, surtout quand, se riant du froid mordant, il ôta couvre-chef et pardessus pour la prestation de serment. Et Jackie, en robe beige et manteau de zibeline avec manchon, toque et bottes fourrées assortis, faisait une Première dame sublime de sophistication. Jamais on n'aurait deviné qu'elle avait accouché moins de trois mois plus tôt.

Dans les gradins, au premier rang (Bill avait renoncé à sa place dans la tribune présidentielle pour pouvoir être aux côtés de sa petite-fille), Merrie exultait presque autant que la Première dame. Le poète Robert Frost déclama des vers, une première dans l'histoire des cérémonies d'investiture présidentielle. La contralto Marian Anderson chanta l'hymne national. Lyndon Johnson, le vice-président, prêta serment devant une foule de personnalités et d'artistes éminents, dont Eleanor Roosevelt, Ernest Hemingway, Carl Sandburg et John Steinbeck. Pour parfaire le moment, Kennedy prononça un discours inaugural mémorable. « Mes compatriotes américains, ne vous demandez pas ce que votre pays peut faire pour vous, demandez-vous ce que vous pouvez faire pour votre pays. » Ces mots devaient résonner longtemps aux oreilles de Meredith. On aurait dit que le nouveau Président s'adressait directement à elle. Toute sa vie, elle s'était posé la question : que pouvait-elle faire pour les États-Unis, pour ses concitoyens, pour les pauvres, les défavorisés, les opprimés et les laissés-pour-compte ? Elle avait choisi le droit dans l'espoir de leur être utile un jour. Elle avait participé au sit-in du Woolworth's pour la même raison. Et voici que Kennedy en personne la confortait dans la voie qu'elle s'était choisie ! C'était inespéré.

Meredith tint fermement le bras de Bill pendant toute la cérémonie, lui décocha mille sourires radieux et lui prodigua autant de remerciements. Cinq bals se tenaient le soir même en l'honneur de l'investiture du nouveau Président. Merrie et son grand-père choisirent celui du Mayflower Hotel et, en rentrant, à 3 heures du matin, ils firent un saut à celui du National Guard Armory. Bill se rengorgeait : avec sa robe de velours noir et ses longs gants blancs, Merrie resplendissait. Il n'était pas en reste, avec son smoking. Mais nul n'arrivait à la hauteur de Jackie, parfaite en robe de satin blanc immaculé et cape incrustée de brillants. Quant au Président, il lui suffisait d'entrer quelque part pour que toutes les têtes pivotent automatiquement vers lui ; tel était son magnétisme. On aurait dit un roi et une reine.

Meredith rentra chez ses grands-parents des étoiles plein les yeux et des images plein la tête. La soirée avait été un succès si retentissant que Bill avait conclu un marché avec sa petite-fille : dorénavant, elle l'accompagnerait à tous les événements mondains de cet acabit et notamment quatre ans plus tard, quand (ils l'espéraient de tout cœur !) leur idole serait réélue pour un second mandat.

Merrie gravit lourdement les marches de l'escalier et, dans la chambre d'amis, retira ses gants de chevreau. Ce soir-là, elle avait lu de l'admiration dans le regard de son grand-père. Elle était devenue une belle jeune femme et la soirée, elle le savait, resterait à jamais gravée dans leurs mémoires. Elle sourit. Quelle chance elle avait de l'avoir, lui qui n'était pas seulement pour elle un grand-père aimant, mais encore un mentor et une source d'inspiration !

Le lendemain, Merrie dut cependant repartir pour New York. Il lui semblait que son carrosse s'était transformé en citrouille et ses cochers en souriceaux. Du moins avait-elle entrevu le prince charmant : il venait d'entrer à la Maison-Blanche et, pour Merrie, c'était un conte de fées en soi.

Elle rêvassa jusqu'à New York et, de retour chez ses parents, elle leur raconta tout par le menu.

— Il a été élu parce qu'il est bel homme et que sa femme présente bien, pesta son père, mauvais perdant. Nixon aurait fait un bien meilleur président. Il a de l'expérience, au moins !

— Et le bon goût d'être républicain, le taquina Merrie.

Rien n'aurait pu entamer sa bonne humeur.

Les Américains attendaient Kennedy au tournant sur une question cruciale : le Vietnam. Pour conserver l'amour du peuple, il ne suffisait pas de donner à la Maison-Blanche des réceptions spectaculaires en l'honneur des différents chefs d'État qui se bousculaient pour venir le féliciter. En mai, le vice-président se rendit donc dans le sud du Vietnam. Il fallait redresser le cap après le fiasco de la baie des Cochons.

En juin, Meredith acheva sa deuxième année de droit. Elle avait reçu quelques jours plus tôt un appel de ses anciens employeurs de l'ACLU : CORE, le rassemblement pour l'égalité des races, organisait depuis quelque temps le mouvement des « *Freedom Rides* » : une occupation massive des bus et des trains publics visant à dénoncer la ségrégation qui persistait dans les États du Sud. Merrie souhaitait-elle y participer ? La jeune femme se donna deux minutes de réflexion avant d'accepter.

Après mûre délibération, elle décida de ne pas en parler à ses parents. Elle mit en revanche Claudia dans la confidence et celle-ci ne cacha pas ses réticences.

— Tu es sûre que c'est une bonne idée ? La dernière fois, ça a mal fini. Si ton père l'apprend, il va te tuer !

— J'ai 25 ans, Claudia. J'ai le droit de faire mes propres choix, lui rétorqua Merrie. En plus, je ne vois pas ce que je risque : il me suffit de prendre les transports en commun !

Sa nonchalance ne trompait pas Claudia. Dans le Sud profond, tout pouvait arriver lorsqu'on s'aventurait sur le terrain de la déségrégation.

Meredith quitta New York le jour de la fête nationale. Ses parents la croyaient à Long Island, chez les Steinberg, pour deux semaines de vacances. Elle avait promis de les appeler souvent. Claudia, au courant de la vraie nature de ses « vacances », lui avait arraché la même promesse.

Sur place, Meredith se vit assigner plusieurs trajets, aussi bien en bus qu'en train. Sous la houlette de Martin Luther King, l'affaire était bien huilée. La première semaine, Meredith n'eut à déplorer aucun incident particulier. Le week-end, le climat se chargea de tension. Lorsque son groupe de militants investit un wagon de train, il fut hué par des passagers indignés. On parvint cependant à calmer les esprits et tous les Freedom Riders atteignirent leur destination sans qu'on en vienne aux mains.

Deux jours plus tard, toutefois, à bord de l'Atlanta-Birmingham, comme le contrôleur s'évertuait sans succès à faire évacuer la rame, la police d'État intervint et arrêta en bloc tous les manifestants. Pour la deuxième fois de sa vie, Meredith atterrit en prison sans un sou en poche pour payer sa caution, et elle dut se résoudre à appeler son père à la rescousse. Celui-ci entra dans une colère noire et la menaça d'abord de la laisser croupir dans sa cellule. Puis il finit par se radoucir et la faire libérer. Merrie brûlait de reprendre aussitôt la lutte, mais c'eût été du suicide : son père ne le lui aurait jamais pardonné. Elle se plia donc à ses exigences et mit immédiatement le cap sur Martha's Vineyard. Elle prit un train, puis un autre, passa une nuit sur un banc en attendant le ferry et, enfin, franchit le seuil de la résidence familiale où Alex et ses parents prenaient le petit déjeuner.

— Ne m'adresse même pas la parole, l'avertit Robert, livide. Peut-être que ça t'amuse de courir les prisons de tous les États du Sud, mais je suis juge fédéral, maintenant ! J'ai une réputation à protéger ! J'ignore quelle mouche t'a piquée. Sache que j'ai payé ta caution pour la dernière fois. Si cela se reproduit, ne te fatigue pas à me téléphoner.

Il abattit son poing sur la table. Alex sursauta. Jamais on n'avait vu Robert McKenzie dans un tel état.

— C'est à se demander ce que tu as dans le crâne, grommela Robert.

— Il faut bien que quelqu'un se dévoue, lui expliqua Meredith, penaude.

Elle n'avait aucune envie de faire une scène. D'une certaine façon, elle comprenait la fureur de son père. Merrie avait appelé Claudia entre deux trains : même sa plus fidèle amie reconnaissait trembler pour elle lorsqu'elle partait en croisade. « Un de ces jours, tu seras blessée, sinon pire », avait-elle murmuré, pleine d'angoisse. À en juger par la mine éberluée d'Alex, Merrie avait également choqué son frère. À 15 ans, il voyait encore le monde en noir et blanc : dans son imaginaire, la prison, c'était pour les méchants !

— Ce quelqu'un, ce ne sera pas ma fille, tonna Robert, qui ne décolérait pas. Une jeune femme de bonne famille n'a rien à faire dans ce genre d'action.

Merrie tressaillit. Elle se tourna vers sa mère, qui avait les yeux rouges et les paupières gonflées. Elle avait encore dû passer la nuit à se demander ce qu'elle avait fait au bon Dieu pour mériter une fille pareille.

— Si tu t'entêtes dans cette voie, tu y laisseras ta peau, prophétisa Robert, à peine radouci. Et pour quoi ? Pour qu'un Noir ait la possibilité de prendre le bus à Montgomery ou de déjeuner au bar d'un quelconque Woolworth's ? En quoi cela te concerne-t-il, bon sang ? Ce n'est pas ton combat !

— C'est là que tu te trompes, lui répondit posément Meredith. Les petits ruisseaux font les grandes rivières. Regarde ce que nous avons déjà accompli : à Little Rock, les enfants noirs peuvent désormais aller au lycée ! C'est une immense victoire…

— Que d'autres les remportent. Toi, tu ne quitteras pas l'île de tout l'été. Tu restes ici, avec nous, jusqu'à la rentrée.

Meredith hocha la tête et se retira dans sa chambre.

Ses deux mois de confinement sur Martha's Vineyard ne lui furent pas désagréables. Elle se baigna dans l'océan, pêcha avec son frère, fit de la voile avec des amis. De loin, elle suivait l'action des Freedom Riders. Il y eut d'autres arrestations, parfois violentes, mais par chance on ne déplora pas de morts. C'était une victoire en soi.

De retour à New York, Meredith réussit à voir Claudia avant la reprise des cours. Trépidante, celle-ci lui annonça une grande nouvelle : pendant l'été, elle avait terminé de rédiger ses mémoires et, avec l'aide de Thaddeus, elle cherchait à présent une maison d'édition. Grâce aux nombreuses relations du réalisateur, son manuscrit était déjà entre les mains de deux éditeurs de renom.

Une autre annonce succéda à celle de Claudia : Ted avait un deuxième enfant, un autre garçon, né dix mois à peine après le premier. Meredith lui téléphona pour le simple plaisir de se moquer de lui : Ted Jones, deux fois papa à l'âge de 26 ans ! Qui l'eût cru ? Elle s'étonna de le trouver serein et épanoui. Il était gaga de ses fils et Emily se révélait, à l'en croire, une mère admirable. Concernant ses qualités d'épouse, il ne se prononça pas, et Merrie eut la délicatesse de ne pas le questionner à ce sujet.

— Et toi ? s'enquit Ted, plein d'affection. Tu cours toujours les manifs ? Tu passes toujours tes vacances en taule ? Raconte !

— Mauvaise langue ! lui rétorqua Merrie du tac au tac. Je te signale que cela fait au moins deux mois que je n'ai pas été arrêtée. Enfin, sauf si on compte la réclusion sur Martha's Vineyard que m'a imposée mon père quand il l'a appris…

— Tu es incorrigible. Ne va pas te faire tuer, OK ? ajouta-t-il d'un ton grave.

Merrie leva les yeux au ciel et promit de se montrer prudente.

Ils convinrent de déjeuner ensemble « à l'occasion », tout en sachant l'un comme l'autre que celle-ci ne se présenterait pas. Ted ne l'avait jamais invitée chez lui. « Trop débordé », affirmait-il. En réalité, Merrie le soupçonnait de se dérober à son jugement. Elle raccrocha en proie à un sentiment doux-amer. Elle aimait parler avec Ted, mais ils avaient choisi des chemins tellement différents... Comme souvent, la jeune femme bénit le sort d'avoir placé Claudia Steinberg sur sa route. Sans sa meilleure amie, Meredith se serait sentie bien seule.

Abrutie de travail, elle ne vit pas passer les mois. Trois jours avant Noël, une nouvelle ébranla la nation. Au Vietnam, un premier soldat américain venait de tomber au combat. Le moment tant redouté était arrivé. Les militaires ne pouvaient plus prétendre n'être que de simples conseillers. C'était la guerre, la vraie, avec ce que cela supposait de morts et de massacres. Quand Robert éteignit la télévision, Meredith ne put s'empêcher de lui rappeler qu'elle avait toujours prédit cette funeste issue.

— Une victime, Merrie, grommela-t-il. Une.

— Une de trop, lâcha Meredith.

De nouveau, elle fit allusion à Alex, puis elle quitta la pièce. Il n'est pire sourd que celui qui ne veut pas entendre, et la peur engendre trop souvent le déni.

11

Le second éditeur qui lut les mémoires de Claudia en acheta les droits une semaine après. Sept mois plus tard, Claudia signait des exemplaires pour ses lecteurs dans une petite librairie de l'Upper West Side. Le livre, intitulé *Le Point de non-retour*, relatait son expérience de la guerre ; en couverture, une photo d'archive prise par un soldat représentait une poignée d'enfants émaciés attroupés derrière des barbelés lors de la libération d'Auschwitz. Quant au texte, c'était ce qu'on appelle une œuvre coup de poing, ce qui ne l'avait pas empêché de recevoir déjà deux bonnes critiques. Mme Steinberg l'avait lu, elle aussi : elle avait sangloté de la première à la dernière page. Claudia livrait un récit sans concession, or elle ne lui avait jamais parlé de ce qu'elle avait enduré. D'abord à cause du traumatisme et de la barrière de la langue, puis par pudeur envers sa famille d'adoption, qui du reste la dissuadait de remuer le passé. Claudia craignait également que le poids de ses souvenirs ne réduise à néant son travail de reconstruction. Au final, ç'avait été tout le contraire : rédiger ses mémoires s'était révélé thérapeutique.

Tous ses proches assistèrent à la signature : ses parents, ses sœurs, ses collègues, Meredith et Thaddeus, bien sûr, mais encore des amis ainsi que les habitués de la petite librairie. Ce fut un succès retentissant. La jeune femme en était grisée. Elle avait tenu la promesse qu'elle s'était faite il y avait de cela tant d'années.

Avec ses droits d'auteur, elle décida de louer un petit appartement situé dans Greenwich Village. Les Steinberg se doutaient que Thaddeus y vivrait avec elle, mais n'émirent pas d'objection. Voyant leur fille s'épanouir à ses côtés, ils s'étaient fait une raison. Le compagnon de Claudia leur donnait satisfaction. Pourtant, il n'y avait toujours pas de mariage à l'horizon. Selon Mme Steinberg, c'était Claudia qui freinait des quatre fers. Son passé avait dû susciter chez elle une aversion envers l'engagement. Inconsciemment, elle devait trembler de perdre à nouveau ceux qu'elle se risquerait à aimer. La vérité, c'était que Claudia prenait son temps. Son couple lui convenait tel qu'il était. Sa sœur cadette devait épouser à l'été un banquier d'affaires, fils d'amis de la famille : voilà qui occuperait Mme Steinberg en attendant que Thaddeus et elle se décident à sauter le pas.

Depuis la publication de ses mémoires, Claudia écrivait sans relâche. Au journal, elle s'en donnait à cœur joie et elle multipliait en parallèle les piges pour diverses revues. Un deuxième livre germait déjà dans son esprit, une fiction, cette fois. Sa carrière était sur des rails.

Trois semaines plus tard, Claudia et Thaddeus accompagnèrent les McKenzie à la Columbia Law School pour assister à la remise des diplômes de Meredith. Bill était présent et fier comme paon. Robert, par contraste, broyait du noir. Depuis quelque temps, il inquiétait Meredith. Il s'enferrait dans ses positions douteuses concernant la guerre au Vietnam, qu'il défendait à cor et à cri, et son humeur générale se dégradait. Un rien suffisait à le mettre en rogne. Selon lui, les opposants à la guerre étaient « naïfs » et « refusaient de comprendre les bénéfices de ce conflit », Meredith la première.

Merrie redoutait le pire. Quand elle pensait aux onze mille soldats américains prêts à faire feu sur l'« ennemi », elle en perdait le sommeil. Savoir son père en mesure de faire incarcérer les objecteurs de conscience lui glaçait le sang. Il n'avait pas encore eu à recourir à son pouvoir en la matière, mais il s'agissait sans doute d'une question de jours et, lorsqu'il le ferait, il porterait le coup de grâce à sa relation avec sa fille. Ils étaient en désaccord sur tout, y compris sur le diplôme de Meredith : c'était pour lui autant d'eau apportée au moulin de ses « causes ».

Meredith retourna travailler pour l'ACLU pendant quelques mois avant de passer le barreau. Une fois avocate, elle pourrait enfin traiter des dossiers plus intéressants que ceux qu'on lui avait confiés jusqu'à présent. La jeune femme espérait à terme intégrer un cabinet d'avocats, de préférence auprès d'une équipe spécialisée dans les cas de discrimination. Son père, tentant de sauver les meubles, lui avait proposé un poste au sein du cabinet familial, mais, sans surprise, Meredith avait refusé. Son moteur, c'étaient ses convictions. Jamais elle n'aurait pu travailler pour un patron aussi réactionnaire que son père.

Les temps étaient durs pour Robert. Même le jeune Alex commençait à rejeter son autorité, après l'avoir traité en héros pendant des années. Désormais adolescent, le garçon ne se reconnaissait plus dans les prises de position aussi rigides que conservatrices de son père. Alex était ambitieux ; il visait Harvard ou Yale, rien de moins. Merrie fondait sur lui de grands espoirs. D'après sa grande sœur, il ne possédait qu'un défaut : il était un peu trop beau. Les filles lui tournaient autour et Meredith craignait qu'il ne se laisse déconcentrer.

Pour fêter le diplôme de sa fille, Robert réserva de nouveau le salon privé du 21. Merrie demanda qu'on invite Addie.

— Elle fait partie de la famille, argua la jeune femme.

Robert refusa tout net, prétextant que sa présence mettrait tout le monde mal à l'aise.

— Mal à l'aise ? Pour quelle raison ? s'étonna Meredith.

Mais son père n'en démordait pas, et Janet l'appuyait timidement :

— Ne mélangeons pas les torchons et les serviettes, ma chérie...

— C'est grotesque, enfin ! protesta Merrie. Addie nous a pratiquement élevés, Alex et moi !

— On n'invite pas la bonne aux fêtes de famille, affirma son père, intraitable. D'ailleurs, je suis sûr qu'elle serait affreusement gênée si tu insistais pour qu'elle vienne. Elle connaît sa place, elle.

— C'est bien pour ça que j'occupe des trains et des bus dans le sud du pays, riposta Merrie. Pour que les gens comme Addie aient leur place partout.

— On t'a dit non, Meredith. Addie n'a rien à faire parmi notre cercle d'amis, de même que tu n'avais rien à faire dans sa paroisse. Ce n'est pas parce que neuf gosses de Little Rock ont gagné le droit d'aller au lycée avec les Blancs qu'il faut que tout aille à vau-l'eau ! La loi est une chose. Les mœurs en sont une autre.

— Au contraire, s'indigna Merrie. Les mœurs et la loi sont indissociables, et Addie compte énormément pour moi.

— N'insiste pas. Tu n'auras qu'à dîner avec elle dans la cuisine un de ces soirs.

— Tu me dégoûtes, lâcha Merrie.

Robert accusa le coup et se retira dans sa chambre sans avoir cédé à sa fille un pouce de terrain. Le sujet était clos. Meredith resta seule avec son indignation et sa peine. Quand donc les gens se débarrasseraient-ils de leurs préjugés et de leurs modes de pensée étriqués ? Même son propre père, un homme instruit, un juge, bon sang, n'en était pas exempt ! C'était à désespérer. Meredith avait l'impression d'avancer contre le courant.

Elle ne s'avoua pas vaincue pour autant. Prenant les choses en main, elle invita personnellement Addie.

La pauvre femme en pleura de joie. Le jour J, mis devant le fait accompli, les McKenzie l'assirent tout en bout de table, à côté d'Alex. C'était sans importance : Addie resplendissait. Elle portait sa plus belle robe, ses souliers vernis et, surtout, un immense sourire illuminait son visage. Merrie avait bravé les conventions pour elle, et l'on voyait à son regard qu'elle ne l'oublierait jamais.

Le lendemain, Addie la remercia profusément. Elle savait que la jeune femme avait dû faire des pieds et des mains pour qu'elle puisse être de la fête. Addie n'approuvait pas toujours la conduite de « la petite » (ni ses séjours en cellule !), mais elle lui était reconnaissante. Merrie l'embrassa et fila ; on l'attendait à l'ACLU. Et pas pour servir le café, cette fois !

Sa journée démarra sur les chapeaux de roues. En septembre, un certain James Meredith s'était vu refuser l'admission à l'université du Mississippi au seul motif qu'il était noir. Son statut d'ancien combattant de l'armée de l'air n'y avait rien changé : sa candidature avait été refusée. Il venait de déposer une plainte et, à la rentrée suivante, l'affaire risquait fort de faire boule de neige. On passa la matinée à envisager différents scénarios.

— Si le jugement de l'université est révoqué, on va se retrouver avec un nouveau Little Rock sur les bras, prédit l'un des responsables du planning.

— C'est bien ce que je crains, renchérit un collègue. Les mentalités ne bougent pas, dans le Sud !

Après bien des discussions, que Meredith suivit avec une attention discrète, on décida de surveiller la situation comme du lait sur le feu, sans toutefois céder à la panique. L'affaire représenterait à coup sûr un nouveau jalon dans la lutte pour l'égalité et pourrait servir de terrain d'expérimentation pour les nombreux combats à venir.

Merrie décrocha deux entretiens dans des cabinets d'avocats. Les deux lui plaisaient : ils étaient spécialisés dans les affaires de discrimination. Pourtant, quand elle en parla à son père, celui-ci se décomposa. Après le dîner, il monta et l'interrompit dans ses révisions. Merrie réprima à grand-peine son agacement. De plus en plus, elle rêvait d'avoir son propre appartement, comme Claudia, mais, quand bien même elle en aurait eu les moyens, ses parents n'y auraient jamais consenti. Dans leur milieu, il n'y avait que les filles de petite vertu qui habitaient seules.

Elle invita son père à s'asseoir. Il n'avait pas renoncé à lui faire rejoindre l'affaire familiale et se déclara disposé à lui faire « une proposition généreuse ».

— Tout plutôt que te voir travailler pour ces fauteurs de troubles ! Chez nous, tu seras bien traitée...

Elle le laissa débiter sa tirade. Sa sollicitude la touchait, mais il gaspillait sa salive. Le droit fiscal n'intéressait pas Meredith. Elle n'avait pas autant étudié pour régler des affaires de successions, et son père, qui la traitait parfois de « croisée », n'avait pas tout à fait tort : le plus mirobolant des salaires ne l'aurait pas persuadée d'abandonner sa quête.

— Je suis honorée, papa, vraiment, lui répondit-elle gentiment. Mais je ne peux pas accepter. Le moment est venu pour moi d'accomplir ce à quoi j'aspire depuis mon entrée à la fac. Je veux changer le monde.

— Le monde se portait mieux avant tout ces chamboulements, maugréa tristement Robert.

Merrie le regarda. Quand donc avait-il tourné le dos à ses idéaux de jeunesse ? Qu'est-ce qui avait bien pu le rendre si rétif à l'évolution ? Une fois de plus, elle revit en pensée le Robert McKenzie qu'elle admirait dans sa jeunesse, et son cœur se serra. Son père lui paraissait prématurément vieilli. Le plus tragique lui semblait que ce changement qu'il combattait bec et ongles était en marche, qu'il le veuille ou non. Des transformations sociétales profondes étaient à l'œuvre. Son propre père, sa propre fille en étaient les porte-flambeaux ! Robert aurait beau résister, il ne pourrait pas l'empêcher.

Père et fille se toisèrent un moment sans rien dire. Puis Robert McKenzie hocha la tête et se retira en silence. La rupture était consommée. Plus jamais ils ne seraient dans le même camp, Merrie le savait aussi bien que lui. Il incarnait toutes les valeurs qu'elle s'efforçait de déboulonner. Merrie voguait sur le courant du changement tandis que son père se cramponnait à la berge, et elle souffrait de le voir perdre prise à mesure que son monde s'éboulait pierre à pierre autour de lui.

Elle noya ses remords dans le travail. L'ACLU s'attachait à prévenir et à contenir les débordements que ne manquerait pas de soulever, l'automne venu, l'entrée du jeune James Meredith à l'université. Dans ce climat d'appréhension, l'été promettait d'être long.

Merrie passa l'examen du barreau au mois de juillet puis, dans une angoisse croissante, attendit ses résultats en multipliant les candidatures.

Les semaines se suivaient et se ressemblaient. Claudia emménagea dans son appartement à la décoration spartiate ; dans un souci d'économie, la jeune femme se meublait essentiellement chez les brocanteurs. Une penderie fermée à clé contenait les affaires de Thaddeus (Mme Steinberg, si elle la remarqua, n'émit aucun commentaire). Claudia passa l'été en célibataire pendant que Thaddeus réalisait à Los Angeles, dans les studios de son père, un documentaire sur les discriminations raciales. Elle en profita pour passer du temps avec Merrie : au restaurant le soir, et le week-end à Jones Beach. Meredith passa la fête nationale à Long Island, chez les Steinberg. Le mariage de la sœur cadette de Claudia approchait et la frénésie montait. Mme Steinberg avait fait refaire toutes les plates-bandes du jardin et l'on avait commandé de grands barnums ; on attendait pas moins de trois cents convives.

Août arriva. À l'ACLU, l'actualité de l'étudiant noir du Mississippi faisait désormais l'objet d'un bulletin quotidien et, lors des réunions, Merrie ne se contentait plus d'écouter : elle formulait des suggestions, le plus souvent pertinentes. L'étudiant refoulé était déterminé à devenir le premier Noir à intégrer la fac d'Ole Miss. Il y avait déjà postulé deux fois. Quand il s'était enfin résolu à porter plainte, en mai, cela faisait un an qu'il s'efforçait de l'intégrer. Hélas ! Le gouverneur du Mississippi, Ross Barnett, refusait catégoriquement d'appliquer la loi : tant qu'il serait au pouvoir, les Noirs n'entreraient pas à la fac dans l'État du Mississippi, clamait-il sans ambages.

La situation s'envenima en septembre, quand la cour d'appel déclara le gouverneur coupable d'outrage civil, fit procéder à son arrestation et le condamna à une amende salée : 10 000 dollars par jour d'éducation supérieure dont le plaignant avait été spolié. Son adjoint fut soumis au même jugement (avec une peine à peine plus légère de 5 000 dollars par jour). Le président Kennedy lui-même prononça un discours sévère, enjoignant tous les établissements du supérieur et tous les citoyens à appliquer scrupuleusement la loi en matière d'intégration. Son frère, le procureur général Robert Kennedy, intervint et contraignit le gouverneur rebelle à rentrer dans le rang. À l'ACLU, tout le monde était sur le qui-vive, Merrie comprise. Sur ordre du procureur général, cinq cents U.S. marshals escortèrent James Meredith le jour où il se présenta pour son inscription à l'université. Ce soir-là, au siège new-yorkais de l'ACLU, on débattit jusque tard dans la nuit : valait-il mieux avoir un contingent sur place le jour où James ferait sa rentrée, ou rester en retrait ? On retint la première option. Le 25 septembre, interrogée sur le sujet, Meredith hésita une fraction de seconde avant de répondre :

— Je viens.

Cela lui vaudrait les foudres de son père, mais elle ne pouvait pas le laisser gouverner ses choix. Tant pis s'il ne le comprenait pas ! Merrie se mit en route dès le lendemain. Ses collègues et elle descendirent dans un motel avec des alliés venus d'autres villes de l'est des États-Unis. Bien sûr, Meredith n'avait pas dit à ses parents où elle se rendait. Elle avait inventé une histoire d'entretien d'embauche à Chicago. Son père était au tribunal le matin de son départ et sa mère se laissait facilement berner. « Je ne sais pas encore où je vais loger, mais je t'appellerai », lui avait assuré Meredith, évasive, et Janet n'avait pas demandé de détails. Cette fois, même Claudia ne fut pas mise dans la confidence. Les combats de Merrie ne regardaient qu'elle. Tandis que Claudia vivait pour sauver le passé de l'oubli, elle-même éprouvait un besoin viscéral de brandir l'étendard de la nouvelle ère à venir. Pour servir son pays, comme l'y avait encouragée Kennedy.

Le 29 septembre au soir, le sénateur George Yarborough fit rappeler les forces de l'ordre qui contenaient la foule des contestataires, et des émeutes éclatèrent. La garde nationale fut appelée en renfort, mais pas avant que le conflit ait fait deux morts, de nombreux blessés et des dégâts considérables. Les autorités furent accueillies par des jets de pierres. Merrie se trouvait aux premières loges et un caillou l'atteignit à la tempe. Puis, dans la mêlée qui s'ensuivit, elle reçut un coup de matraque et perdit connaissance. On l'évacua du campus et, quand elle revint à elle, le visage maculé de sang séché et en proie à un violent mal de tête, elle était en cellule. Tant bien que mal, elle se leva et demanda à ses codétenus ce qu'il s'était passé. C'est ainsi qu'elle apprit la mort des deux manifestants.

Elle ne téléphona pas à son père, cette fois. Elle avait retiré de la banque toutes ses économies pour pouvoir se débrouiller seule au cas où elle aurait de nouveaux démêlés avec la justice. Le 1er octobre, sur le petit téléviseur de la prison, elle vit les troupes fédérales rétablir l'ordre et James entrer à l'université du Mississippi. Des vivats retentirent dans la cellule. Le combat de l'étudiant avait duré un an et demi, mais il était officiellement le premier Noir à étudier à Ole Miss. Merrie en pleura de joie. La ségrégation était tombée dans un établissement de plus. La justice avait fini par fonctionner. Au prix d'un tribut élevé, certes. Mais il en valait la peine, la jeune femme en avait l'intime conviction.

Le lendemain, elle paya sa caution, fut inculpée à tort pour atteinte à l'ordre public et résistance à l'arrestation, ne contesta pas les chefs d'accusation et reprit la direction de New York. Mais avant, elle fit un crochet par les urgences. Les médecins ne lui posèrent aucune question quant à l'origine de ses blessures – on la devinait aisément. Sa plaie était superficielle, l'œil au beurre noir et la migraine commençaient à s'estomper. On lui diagnostiqua une commotion cérébrale et on lui prescrivit une semaine de repos. En quittant l'hôpital, elle entendit une infirmière la traiter à mi-voix de « pute à nègres ». Merrie avait été bien formée à l'ACLU et elle se garda de réagir. Elle avait l'habitude ; les insultes glissaient sur elle. James Meredith avait gagné, c'était tout ce qui comptait.

Elle effectua le voyage en compagnie de quatre de ses collègues. L'un avait le bras dans le plâtre, un autre avait dû se faire recoudre le crâne. Mais, au vu des enjeux, ils s'en tiraient plutôt bien. Ils étaient en vie. Tous n'avaient pas eu cette chance. Martin Luther King avait prononcé un discours passionné sur le courage des militants et la noblesse de leur cause, encensant notamment le procureur général des États-Unis. Il était allé jusqu'à comparer Kennedy à Lincoln.

Dans le train, Meredith et ses collègues dormirent. Les derniers jours avaient été épuisants, que ce soit sur le campus ou en prison, où croupissaient encore bon nombre de leurs camarades. À Penn Station, la jeune femme s'écroula dans un taxi.

Par chance, ce fut Addie qui lui ouvrit ; Robert et Janet étaient sortis. Meredith avait ôté son pansement, maquillé ses bleus, ramené ses cheveux par-dessus sa plaie, mais en vain.

— Seigneur, ma pauvre enfant, mais que t'est-il arrivé ? s'alarma Addie en la voyant. On dirait que tu as été percutée par un train !

Devant le silence de Merrie, elle comprit.

— Tu y étais, pas vrai ? J'ai tout suivi à la télé.

Meredith ne se donna pas la peine de mentir : Addie la connaissait par cœur. Déjà, elle écartait ses cheveux pour mieux examiner sa tempe. Un pli soucieux barrant son front, elle effleura la peau, encore sensible. Merrie grimaça.

— Tu as perdu la raison ! Tu vas te faire tuer ! Ce combat n'est pas le tien, Merrie. Laisse le bon pasteur et ses ouailles se battre pour nos droits. Tu n'es même pas du Sud !

— Si, c'est mon combat, protesta Meredith sans véhémence.

Elle tituba jusqu'à la cuisine et se laissa tomber sur une chaise. Elle avait un mal de tête lancinant et, maintenant qu'elle se trouvait en lieu sûr, elle prenait la véritable mesure de son épuisement.

— Je te croyais à Chicago, bredouilla Addie, effarée, en s'installant en face d'elle. Oublie ces folies ! S'ils sont las de voyager à l'arrière des bus, qu'ils viennent donc vivre ici ! Ce sont des trublions...

Sa désapprobation n'était pas feinte et Merrie ne s'en étonna pas. Pour beaucoup de Noirs de la génération d'Addie, les revendications des jeunes étaient pure provocation. Ils cherchaient les ennuis, telle était la doctrine en vigueur. Addie et les siens n'aspiraient qu'à la paix.

— Tout le monde a le droit de faire des études, Addie. Tu ne veux pas que tes enfants puissent aller à Ole Miss s'ils en ont envie ?

— Les Noirs ont de très bonnes facs. Pourquoi faire la fine bouche ? À quoi bon mettre le pays à feu et à sang pour intégrer une école de Blancs ? Ce gamin n'y sera jamais chez lui. Quand je pense aux malheureux qui y ont laissé la peau... Provoquer un scandale pareil, alors qu'il avait accès aux études... !

— Mais pas dans l'université de son choix, souligna Meredith.

Addie prit l'air peiné.

— Rien de tout cela ne vaut que tu risques ta vie. Tu n'avais pas à te faire passer à tabac pour lui ! Et si tu avais reçu une balle perdue ? Ce gosse n'a pas besoin de ton aide, je te dis.

Merrie ne répondit pas.

— Tu es allée en prison ?

Elle hocha la tête.

— Seigneur ! J'ai élevé de la graine de délinquante, se désola Addie. Tu vas le dire à tes parents ? s'enquit-elle ensuite.

— Je ne sais pas encore.

— Ton papa va en faire une jaunisse !

Meredith ne put s'empêcher de sourire.

Elle monta prendre un bain en réfléchissant à l'immobilisme d'Addie. Dans les États du Nord, les Noirs jouissaient d'une tranquillité et de droits qu'ils redoutaient de perdre en cas de rébellion. On n'était jamais à l'abri d'un retour de bâton. Dans le Sud, où le Ku Klux Klan faisait régner sa loi, cette peur était encore plus profondément enracinée. La communauté afro-américaine tremblait. Pour Meredith, c'était une raison de plus de se mobiliser : comparée aux intéressés, elle ne courait pas de réel danger. Il était de son devoir de les aider.

Meredith réussit à maquiller ses blessures avant le retour de ses parents. Addie servit le dîner les sourcils froncés. Interrogée par Janet sur son séjour à Chicago, Meredith resta vague. Son père, cependant, ne desserra pas les dents de tout le repas et, le dîner terminé, il la prit à part.

— J'ignore où tu étais, Meredith, mais ce n'était pas à Chicago. Je ne veux rien savoir de tes agissements, bien que je les devine. Je persiste à penser que tu te fourvoies. Mais je veux que tu saches que j'ai renoncé à te ramener dans le droit chemin. Je me rends compte à présent que je me fatiguerais pour rien.

Il semblait tellement abattu que Merrie s'en voulut. Quel père n'eût pas souffert de voir son unique fille emprunter un chemin radicalement opposé au sien et s'exposer au danger au nom de convictions qui le dépassaient ?

— Sois prudente, c'est tout ce que je te demande, reprit Robert. S'il t'arrivait quelque chose, cela nous anéantirait, ta mère et moi.

Meredith hocha la tête, l'embrassa sur la joue et monta dans sa chambre.

Cet échange marqua un tournant dans leur relation. Merrie se doutait que le cap avait dû être rude à franchir pour son père, mais c'était mieux ainsi. Jamais elle ne se conformerait à ses idéaux, jamais elle ne suivrait l'exemple de sa mère. Meredith McKenzie ne pouvait être qu'elle-même. Quoi qu'il en coûte.

Dans la chambre parentale, Robert rendait grâce au Seigneur. Ses prières avaient été entendues, Merrie lui avait été rendue saine et sauve. En découvrant aux informations les images des émeutes, il avait tout de suite soupçonné que son enfant s'y trouvait. Quand elle était rentrée, il avait compris, enfin, qu'il l'avait irrémédiablement perdue. Il était dorénavant impuissant à la protéger et il lui fallait l'accepter. Une larme roula le long de sa joue.

12

Merrie fut reçue à l'examen du barreau. Elle allait pouvoir exercer le droit dans l'État de New York. En novembre, elle accepta l'une des offres d'emploi qui lui avaient été faites dans l'intervalle. Elle choisit le plus radical de tous les cabinets auprès desquels elle avait postulé, celui qui était spécialisé dans les affaires de discrimination non seulement raciale mais encore religieuse, sexuelle, etc. Le salaire y était moins élevé que chez la concurrence et l'on attendrait d'elle beaucoup d'heures de travail non rémunéré, mais la politique des associés était en parfaite adéquation avec ses convictions.

Elle venait de poser sa démission à l'ACLU quand son père lui téléphona. Au seul son de sa voix, elle sut qu'il était arrivé malheur. Sa grand-mère, atteinte depuis des années d'une maladie cardiaque, s'était éteinte dans son sommeil. Merrie s'étonna de la violence de sa peine. Sa grand-mère avait été une femme douce, discrète, effacée même, mais également la compagne idéale pour son mari au caractère bien trempé. Elle l'avait toujours soutenu, quoi qu'il entreprenne, et avait été au demeurant une mère et une grand-mère dévouée. Robert avait beau se réfugier derrière des détails logistiques concernant l'enterrement, il ne trompait personne : il était terrassé.

Lorsque Merrie téléphona à son grand-père, on venait d'emporter le corps (la mise en terre devait avoir lieu à New York) et Bill McKenzie était accablé par le chagrin.

— Soixante ans de mariage, Merrie… Je ne sais pas ce que je vais devenir sans elle.

Pour la première fois, Meredith lui trouvait une voix de vieil homme.

Elle prit trois jours de congé sans solde pour épauler les siens dans cette épreuve. Pendant la cérémonie, elle ne quitta pas son grand-père d'une semelle. Les obsèques, sobres et dignes, réunirent les nombreux proches du couple, venus soutenir Bill dans son deuil et rendre un dernier hommage à cette femme sans laquelle leur ami n'aurait pas accompli la brillante carrière qui avait été la sienne. Meredith l'avait toujours vue s'affairer dans l'ombre tandis que Bill se pavanait sous le feu des projecteurs. Elle ne s'octroyait jamais un moment de repos. Robert avait reproduit ce schéma en épousant Janet : elle non plus ne cherchait jamais à occuper le devant de la scène. Merrie s'interrogea. Avant elle, la famille McKenzie n'avait-elle donc jamais compté de femme de tête ?

Le lendemain des obsèques, elle reprit le travail. Arrivèrent les fêtes de fin d'année et, le 1er janvier, Merrie quitta l'ACLU pour prendre ses nouvelles fonctions d'avocate. Elle ne renonçait pas pour autant à la lutte et avait veillé à rester enregistrée sur les listes de militants bénévoles de l'ACLU ; on ferait appel à elle en cas de besoin.

Jock Hayden, son nouveau patron, était un ancien de Harvard et, à sa façon, c'était un révolutionnaire. Issu d'une famille nantie de Boston, il avait côtoyé, enfant, les petits Kennedy et il restait le plus fervent défenseur du Président. Il avait été séduit par le CV de Meredith, plus extrême dans ses positions. Participation aux manifestations de Greensboro et du Mississippi, association avec les Free Riders, plus une foule d'actions secondaires dans des États limitrophes : cette jeune militante avait tout pour lui plaire. Quant à son casier judiciaire, loin de le dissuader, il avait décuplé son enthousiasme à son égard : selon lui, les nombreuses arrestations de Meredith attestaient sa sincérité. Le pedigree de son père et surtout celui de son grand-père ne gâtaient rien.

Bill avait repris le travail, mais Merrie le trouvait affaibli depuis la mort de sa femme. Sans elle à ses côtés, elle craignait qu'il ne s'étiole. Il ne savait même pas gérer son propre emploi du temps ! Bill avait toujours eu une santé de fer, mais c'était son épouse qui le maintenait d'aplomb. Soixante années durant, elle avait été un pilier pour lui. Et voilà qu'il se retrouvait seul. La semaine suivant Thanksgiving, Meredith se rendit à Washington et s'affola de le découvrir mal peigné, avec sa cravate de travers et une veste froissée. Au cours des deux dernières années, il lui était arrivé d'évoquer son départ à la retraite, mais sans urgence : Bill était en pleine possession de ses facultés, et plus vif que jamais. Depuis, la peine avait terni son regard. Bientôt, il soufflerait sa quatre-vingt-unième bougie et deviendrait le doyen de la Cour suprême, le plus âgé de ses confrères ayant annoncé qu'il se retirerait de la vie publique au mois de juin suivant.

Au contact de sa petite-fille, Bill retrouva toutefois un peu de sa vigueur d'antan.

— Tu as bien fait de ne pas céder aux pressions de ton père, confia-t-il à Merrie. Je ne connais pas ton cabinet, mais il me semble fait pour toi !

La société familiale avait jadis été la sienne mais, depuis sa nomination à la Cour suprême, il ne s'y reconnaissait plus : Robert l'avait entièrement remodelée à son image.

— Avocate fiscaliste, toi ? Peuh ! ajouta Bill en souriant. Quel gâchis ç'aurait été !

Meredith rit et lui avoua n'avoir jamais réellement envisagé d'accepter l'offre de son père.

— Je crains d'avoir blessé papa, se désola-t-elle. Mais j'aurais été malheureuse comme les pierres, chez McKenzie, et il m'en aurait voulu…

— Tu lui aurais sacrément cassé les pieds, oui !

Merrie pouffa, soulagée. Enfin, elle retrouvait le grand-père qu'elle connaissait.

— Remarque, ça ne leur aurait pas fait de mal qu'on leur secoue un peu les puces, reprit Bill. Le conservatisme de ton père s'aggrave d'année en année. Moi qui espérais qu'il s'arrangerait avec l'âge… C'est tout le contraire.

Bill avait toujours mis un point d'honneur à vivre avec son temps. Merrie admirait ses facultés d'adaptation, intactes malgré son âge avancé. Elle espérait avoir hérité de ses qualités.

— Nous n'abordons plus le sujet du Vietnam, lui confia Merrie. Ça le met dans tous ses états. Il se braque et on finit toujours par se fâcher. Il refuse d'admettre qu'on se trouve en terrain glissant. On dira ce qu'on voudra, pour moi, c'est évident : une guerre se prépare.

Bill opina gravement.

— Tu as parfaitement raison. Je croirais revivre la montée du fascisme. Cet abruti de Roosevelt nous soutenait mordicus que la guerre n'aurait pas lieu... Tu parles ! Quant à ceux qui prétendent que le Vietnam n'est « pas notre guerre », ils me font doucement rigoler. Ce sont nos gars qu'on envoie là-bas, oui ou non ? Alors il va bien falloir les sortir de ce pétrin. Faute de quoi, ils vont se faire massacrer !

Quand Meredith prit congé de son grand-père après le déjeuner, il paraissait ragaillardi. La jeune femme s'en alla rassurée : Bill McKenzie trouverait les ressources nécessaires pour tenir jusqu'aux fêtes de fin d'année.

Bill passa Noël à New York et Merrie lui consacra tout son temps libre. Alex, de son côté, n'avait qu'un seul mot à la bouche : Harvard. Le jeune homme comptait faire de la prestigieuse université son premier choix pour la rentrée. En deuxième choix, il visait Princeton ou Yale. Bill siffla, admiratif, et lui conseilla de surveiller sa moyenne au demi-point près. Alex était un lycéen brillant, mais quelque peu irrégulier ; parfois, il se laissait distraire par sa passion pour le sport ou par une amourette et ses résultats s'en ressentaient.

Après les vacances, Claudia annonça à Merrie une grande nouvelle : Thaddeus et elle allaient se marier. Après quatre ans de relation, ils se sentaient prêts à fonder une famille. Meredith tomba des nues.

— C'est ta sœur qui t'a donné des idées ? demanda-t-elle à son amie.

La benjamine de la famille Steinberg s'était mariée en décembre, lors d'une cérémonie juive traditionnelle discrète, sans rapport avec le raout organisé pour les noces de son aînée. Claudia rit et Meredith la félicita. Son cœur, cependant, se serrait. Une fois mariée, Claudia aurait-elle encore de la place pour elle dans sa vie ? Claudia devina ses appréhensions et s'efforça de les dissiper : on ne se débarrasserait pas d'elle comme ça ! Rien ne pourrait entamer la belle amitié qui la liait à Meredith.

Elle précisa tout de même que, une fois enceinte, elle comptait déménager « à la campagne ».

— Hein ? éructa Meredith, horrifiée. Et le journal, alors ? Tu vas démissionner ? Mais écrire, c'est ta vie !

Claudia s'esclaffa.

— Calme-toi ! Les journalistes indépendants, ça existe, tu sais. Ce sera plus pratique pour m'occuper des enfants.

Rien n'y fit. Meredith peinait à imaginer sa meilleure amie dans un pavillon de banlieue, un bébé sur la hanche et un chiffon à poussière à la main.

Comme pour enfoncer le clou, Merrie reçut cette semaine-là un faire-part de naissance : Ted venait d'avoir des jumeaux. À 28 ans, il était père de quatre enfants. « J'essaie de fonder ma propre équipe de baseball », plaisantait-il avant de lui donner sa nouvelle adresse. « On a déménagé. Besoin d'espace, forcément ! » Il travaillait toujours dans la banque de son père et signait, non sans autodérision, « le plus conservateur de tes amis : Ted ». La carte ne précisait pas s'il était heureux. La question était hors sujet. Ted avait opté pour la voie du conformisme et des conventions et, avec quatre enfants à charge, il ne pouvait plus se permettre d'en dévier. Merrie soupira. Les faire-part semblaient être devenus leur unique mode de communication. Celui-là serait-il le dernier ? Il ne lui restait plus qu'à souhaiter à son ami que son salaire se multiplie aussi vite que sa progéniture.

Et Claudia ? Combien d'enfants aurait-elle avec Thaddeus ? Quand Meredith l'avait rencontrée, elle se défendait d'en vouloir : elle craignait trop que le monde ne déraille une nouvelle fois. Jamais elle n'aurait supporté d'exposer une âme innocente aux atrocités qu'elle avait elle-même endurées. Sans doute l'amour avait-il restauré sa foi en l'humanité.

Meredith, pour sa part, n'avait toujours pas rencontré l'âme sœur. Travailler suffisait à son bonheur et, pour travailler, elle travaillait : au cabinet, elle avait tout de suite été mise à contribution. On lui confiait essentiellement des dossiers sans prétention (des affaires de discrimination sexuelle à l'embauche ou d'inégalités salariales), mais en quantité. Tel client s'était vu persécuté en raison de sa judéité ; tel brillant homme d'affaires, mis au placard au motif qu'il était noir. Merrie donnait le meilleur d'elle-même et se sentait valorisée par son patron. Le cabinet, quoique modeste, était en plein essor. En mai, elle défendit une femme de chambre d'origine hispanique injustement renvoyée et remporta son premier procès. Sa fierté était à son comble.

Le même mois, elle fut témoin au mariage de sa meilleure amie. La fête fut intime, conformément aux souhaits de Thaddeus et de Claudia, et se déroula à New York (au grand dam des parents du marié). Claudia avait été chaleureusement accueillie au sein de sa belle-famille. Son beau-père avait certes bon nombre de manies propres aux gens du « show-biz », mais il n'en était pas moins sympathique, et sa femme s'était instantanément prise d'amitié pour Mme Steinberg. Le jour J, sous une treille fleurie, les amoureux échangèrent leurs vœux avec des larmes dans les yeux. Thaddeus brisa le traditionnel verre et les convives laissèrent éclater leur joie. Cet instant parfait semblait être le point d'orgue des dix-huit années d'amour inconditionnel que la famille Steinberg avait offertes à Claudia, la petite orpheline des camps, et chacun s'attendrit de la voir unie à un homme aimant et bon. Le père de Thaddeus, notamment, prononça un discours si touchant qu'on entendit renifler dans l'assemblée. Meredith eut une pensée pour Seth. Finalement sa défection, cinq ans plus tôt, avait été un mal pour un bien !

Thaddeus avait proposé à Claudia de passer leur lune de miel à Paris, mais la jeune femme ne voulait pas revoir l'Europe. C'est vers le Mexique qu'ils partirent sous un déluge de pétales de rose. Meredith peinait à contenir ses larmes. La journée s'était déroulée sans une fausse note. Tout avait été parfait, et Claudia n'en méritait pas moins.

Le 11 juin, Meredith assista, émue, à la transmission du discours de Kennedy sur le Civil Rights Act. Le lendemain, elle fut contactée par un ancien collègue de l'ACLU : un activiste des droits civiques avait été abattu d'une balle dans le dos dans le Mississippi, quelques heures après le discours présidentiel, et la violence se déchaînait. Meredith en fut accablée. Il restait encore tant de chemin à parcourir…

Sitôt rentrée du Mexique, Claudia se mit à visiter des maisons et, en un rien de temps, Thaddeus et elle devinrent les heureux propriétaires d'un ancien corps de ferme situé dans le Connecticut. En juillet, Claudia annonça qu'elle était enceinte. Tout allait si vite ! Meredith en resta abasourdie. Elle aida néanmoins le couple à déménager, le premier lundi de septembre, et se laissa contaminer par l'euphorie de Claudia. Celle-ci lui avait déjà assigné une chambre : Thaddeus et elle tenaient à ce qu'elle leur rende visite aussi fréquemment que possible. Claudia avait depuis longtemps averti son fiancé : « Si tu veux m'épouser, cela fera partie du contrat ! »

De retour à New York, Meredith aida Alex à remplir ses dossiers de candidature à l'université. Il allait sur ses 18 ans et semblait avoir profité de ce qu'elle avait le dos tourné pour devenir un homme. Elle était fière de lui. Curieux de tout, ouvert d'esprit, il partageait la plupart de ses convictions. Comme elle, la situation au Vietnam l'inquiétait.

— Je ne veux pas finir là-bas, Merrie, lui glissa-t-il, terrifié.

— Cela n'arrivera pas. Continue de te concentrer sur tes notes, d'accord ?

Les jeunes gens tels qu'Alex n'étaient pas encore appelés sous les drapeaux, mais il commençait à en être question. Voyant se rapprocher le spectre de la guerre, Meredith tremblait pour son petit frère.

Avec son aide, Alex boucla deux premiers dossiers de candidature avant Thanksgiving. Il avait notamment composé un hommage à son grand-père que Meredith qualifia de « sensationnel » et dont elle espérait qu'il lui vaudrait l'attention des recruteurs.

Elle travaillait sur l'affaire d'une femme licenciée pour cause de grossesse quand Jock Hayden, son patron, déboula dans son bureau, échevelé.

— Dans mon bureau – vite ! Kennedy s'est fait tirer dessus !

— Tirer dessus ? répéta Merrie sans comprendre.

Elle le suivit au pas de course et rejoignit tous les membres du cabinet, attroupés devant l'unique poste de télévision. On vit d'abord des images du cortège présidentiel, le Président qui saluait la foule, la Première dame à ses côtés. Puis Kennedy s'écroulait, blessé par balle, tandis que les hommes des services secrets accouraient pour bondir dans le véhicule, et que la panique s'emparait de la scène. D'après le commentateur, le Président, hospitalisé en urgence à Dallas, se trouvait dans un état grave ; on attendait d'en savoir plus. Dans le bureau de Jock Hayden régnait une atmosphère d'effroi et de sidération. Certains pleuraient. Sur les images, le Président avait paru si grièvement atteint qu'il ne pouvait en avoir réchappé. Le pays entier retenait son souffle. Tout était à l'arrêt : écoles, commerces, entreprises... Dans la rue, les gens se tenaient figés sur les trottoirs, devant les téléviseurs en vitrine.

À 14 h 38 (heure de l'Est), Walter Cronkite annonça officiellement la mort de John Fitzgerald Kennedy, et la nation fut plongée dans le deuil. En sanglots, la cliente de Meredith rassembla ses affaires et quitta le cabinet dans la précipitation. Au tribunal, informé par l'huissier, Robert prononça un bref discours et fit reporter l'audience en cours. Dans le salon des McKenzie, vissée au poste de télévision, Addie pleurait. Au club de bridge, Janet étreignait ses amies en se désolant sur le sort de Jackie et des deux petits. Les États-Unis d'Amérique étaient sous le choc. Jamais le pays n'avait vécu pareil traumatisme depuis l'assassinat d'Abraham Lincoln.

À peine quelques heures après les faits, sur tous les écrans du pays, on vit sa jeune veuve marcher à côté de son cercueil, toujours vêtue de sa robe rose éclaboussée de sang. Jeunes, vieux, Américains et étrangers, tous étaient bouleversés. Kennedy avait été le plus jeune et le plus populaire des Présidents que les États-Unis aient jamais connus ; il laissait derrière lui deux enfants en bas âge et un mandat inachevé. Il n'avait pas eu le temps, en trois ans, d'accomplir tout ce qu'il souhaitait, mais il n'en avait pas moins marqué la nation d'une empreinte indélébile.

Meredith rentra chez elle, se jeta dans les bras d'Addie et laissa couler ses larmes jusqu'au retour d'Alex et de ses parents. Il était 15 h 38 quand le vice-président Lyndon Johnson, flanqué de son épouse et de Jacquie, prêta serment devant la juge Sarah T. Hughes à bord de l'Air Force One. C'était la première fois dans l'Histoire du pays qu'un Président était investi par une femme.

Pendant les cinq jours qui suivirent, le pays tourna au ralenti. À la télé, chacun put voir la dépouille solennellement exposée sur la place du Capitole, la veuve Kennedy, voilée de noir, ses enfants auprès d'elle, la foule endeuillée, puis assister à l'enterrement et s'émouvoir du petit salut militaire déchirant de John-John, 3 ans. Chacun vit le cheval sans cavalier emporter le cercueil vers le cimetière d'Arlington. Les scènes se succédaient, plus bouleversantes les unes que les autres. Puis, dans un ultime rebondissement, Jack Ruby surgit de la foule pour abattre l'assassin présumé du Président lors de son transfert. La nation n'en finissait pas de chanceler.

Le deuil était réel. Le rêve aurait dû perdurer. Le président Johnson avait beau se démener pour fédérer la nation et remonter le moral des troupes, on avait enterré, pour ainsi dire, de nombreux espoirs avec JFK. Une semaine après l'attentat, ses effets étaient encore palpables dans tout le pays. Les messages de condoléances et de soutien affluaient, en provenance de nations alliées. Consciente de vivre un événement historique, Meredith ne dormait plus. Elle savait que tous ces instants resteraient gravés dans sa mémoire aussi longtemps qu'elle vivrait.

Thanksgiving fut morose et la magie de Noël n'opéra pas non plus cette année-là. Le grand-père de Merrie ne se remettait pas de cet assassinat. Après la mort de sa femme, c'était la goutte d'eau. Il était taciturne, renfermé, physiquement diminué. On ne l'avait jamais vu comme ça.

Seule la grossesse de Claudia, qui se déroulait à merveille, égaya quelque peu Meredith au cours de ces rudes mois. La future maman devait accoucher en février et, pour elle comme pour Thaddeus, l'excitation était à son comble. Merrie, de passage chez eux, admira la chambre d'enfant aux murs jaunes (« qui conviendront aussi bien à une fille qu'à un garçon ! »), ses décalcomanies murales à l'effigie de héros enfantins, et elle tâcha de reprendre espoir.

Mais la trêve fut de courte durée. Vers la fin du mois de janvier, Bill contracta une mauvaise grippe, qui évolua en pneumonie. Comme il minimisait la chose et refusait de consulter, Robert alla lui rendre visite pour en avoir le cœur net et finit par le faire hospitaliser ; les médecins, bien que relativement confiants, jugeaient la précaution nécessaire. Hélas ! Son état se dégrada au cours des trois jours suivants et, un matin, alors que Meredith était encore au lit, elle entendit le téléphone sonner et sa mère décrocher. Elle bondit sur le palier et, devant l'expression de Janet, elle comprit.

— C'est grand-père, murmura-t-elle.

Sa mère hocha la tête et l'enlaça. William McKenzie aurait fêté prochainement ses 82 ans. Il avait servi son pays des années durant et laissait à la nation un bel héritage : les jugements décisifs qu'il avait prononcés à la Cour suprême. Il était parti en pleine possession de ses facultés, c'était une bénédiction en soi. Mais, pour Merrie, le monde ne serait plus le même sans William McKenzie. Avec son grand-père s'éteignait le modèle qui guidait ses pas depuis qu'elle était une toute petite fille et qui avait forgé la femme qu'elle était devenue. Elle s'écroula.

Son père, resté à Washington, se chargea d'organiser les obsèques pendant que Janet, Alex et Merrie s'empressaient de le rejoindre en avion. Le Président assista à la cérémonie, de même que tous les juges de la Cour suprême. L'United States Navy Band joua pour lui. Meredith, ivre de chagrin, se remémorait le jour où Bill l'avait emmenée à l'investiture de Kennedy. Ils étaient morts tous les deux, désormais. L'un fauché bien trop tôt, l'autre au terme d'une vie bien remplie, mais chacun laissant derrière lui un vide que rien n'aurait su combler. Jamais, de toute sa vie, Merrie n'avait éprouvé une telle tristesse.

Le lendemain, la famille McKenzie rentra à New York et, quelques jours plus tard, la mine solennelle, Robert pria sa fille de le suivre dans son bureau. Il lui tendit un document.

— Le testament de papa, expliqua-t-il sobrement.

Bill avait eu un fils et deux petits-enfants. Grâce à de bons placements et à une nature économe, il avait su faire fructifier son épargne ; sa femme lui avait en outre légué la fortune qu'elle tenait de sa famille. Le testament de Bill précisait que ses biens devaient être répartis équitablement entre Robert, Alex et Meredith, y compris le produit de la vente de son patrimoine immobilier. L'estimation établie par Robert laissa Meredith bouche bée. Il y avait de quoi acheter une maison, monter un cabinet d'avocats, voire vivre plusieurs décennies à l'abri du besoin, en faisant attention ! Surtout, cela signifiait une chose : jamais Merrie n'aurait à renier ses principes pour gagner sa vie. Son père lui dispensa les conseils d'usage, et il ne parut pas surpris lorsqu'elle lui fit part de ses intentions : elle allait fonder son affaire.

Il lui remit un exemplaire du testament à étudier et à conserver soigneusement et Meredith se retira dans sa chambre pour assimiler la nouvelle. Par-delà la mort, son grand-père lui faisait un dernier cadeau : la liberté de voler de ses propres ailes. Oui, Meredith était une femme libre ! Et c'était à son idole, son grand-père adoré, qu'elle le devait. Elle l'entendait encore lui conseiller de choisir ses combats avec soin, de ne jamais renoncer à lutter pour la juste cause… Avec cette ultime bénédiction de sa part, la voie royale s'ouvrait devant elle. Plus rien ne pourrait l'arrêter.

13

Meredith ne perdit pas de temps. Dès qu'elle eut repris ses esprits, elle informa Jock Hayden de son intention de quitter le cabinet afin de créer le sien. Elle lui assura qu'elle effectuerait avec plaisir son préavis, mais que sa décision était prise.

— Tu es une excellente avocate, Meredith, lui répondit Jock sans mentir. Je regrette de te perdre.

Cependant, il n'essaya pas de la retenir. Il savait que, quand la jeune femme avait une idée en tête, il était inutile de s'y opposer !

Meredith travailla d'arrache-pied les semaines qui suivirent. Elle voulait que tout soit en place pour le début du mois de mars. D'abord, il lui fallait des locaux, et une assistante, bien entendu (Merrie serait, dans un premier temps du moins, l'unique avocate de son cabinet). Elle pria l'ensemble de ses connaissances dans le milieu de la recommander auprès d'éventuels clients dont ils ne souhaitaient pas s'encombrer. Elle commencerait avec des affaires de peu d'envergure. Plus tard, quand elle se serait fait un nom, elle reverrait ses ambitions à la hausse.

La chance lui souriait : elle trouva vite un local dans Manhattan et repéra également un appartement à louer près de Gramercy Park. Elle se demandait comment annoncer à ses parents qu'elle quittait le domicile familial quand Claudia l'invita pour le week-end. Tout était fin prêt pour accueillir le bébé et, peinant de plus en plus à se déplacer, la future maman s'ennuyait.

Meredith lui apporta de la lecture et de la compagnie. Voir son amie ronde comme un ballon ne laissait pas de l'amuser et elle passa tout le séjour à la taquiner à ce sujet.

Le premier jour, elles firent un petit tour dans le quartier, puis les chutes de neige et la fatigue de Claudia les cantonnèrent à l'intérieur. Assises auprès du feu, elles discutèrent des heures durant : de la grossesse de la cadette des Steinberg, du cabinet de Meredith... Thaddeus, qui préparait un nouveau film, passait la tête par la porte toutes les demi-heures environ pour s'assurer que sa femme ne manquait de rien.

Le soir venu, ils cuisinèrent tous ensemble, bien que Claudia eût peu d'appétit – le bébé lui comprimait l'estomac.

— Et les autres organes aussi, d'ailleurs ! s'exclama-t-elle en s'allongeant sur le canapé. Tu sais, je n'aurais jamais imaginé vivre cela un jour.

— Quoi donc ? La grossesse ? lui demanda Merrie, surprise par cette déclaration.

— Je parle de toute cette existence... Quand je repense à mon enfance... au camp... J'avais cessé de croire qu'il pouvait m'arriver de belles choses.

Et regarde-moi aujourd'hui : Thaddeus me couvre d'égards et je suis si heureuse !

Meredith sourit.

Ils se couchèrent de bonne heure, Claudia étant fatiguée. Le lendemain, son dos la faisait tellement souffrir qu'elle parvint à peine à quitter le lit. Après le déjeuner, elle retourna se coucher. Meredith prit congé de ses hôtes et le soir même, à minuit, Claudia lui téléphona pour lui annoncer la nouvelle : elle avait perdu les eaux deux heures après son départ et était l'heureuse maman d'une petite fille en pleine santé. L'accouchement avait été éprouvant. Mais sa joie n'en avait été que plus intense une fois l'enfant dans ses bras.

— C'est le portrait de ma mère, dit Claudia d'une voix étranglée.

Claudia s'était préparée à reconnaître en l'enfant les traits de Thaddeus. Y retrouver ceux de sa maman disparue avait été pour elle comme un cadeau du ciel.

— Comment s'appelle-t-elle ? lui demanda Meredith.

— Sarah Rachel Rose. En hommage à mes sœurs et à ma mère.

C'était une belle tradition juive : les morts léguaient leurs prénoms aux vivants.

— C'est magnifique, approuva Meredith.

Elle promit de venir bientôt rencontrer la petite Sarah. Claudia resterait quatre ou cinq jours à la maternité. Pour la suite, Mme Steinberg lui avait payé les services d'une nourrice et la maman de Thaddeus allait également faire le déplacement ; les parents débutants seraient bien entourés. Il tardait à Meredith de voir sa meilleure amie, que la maternité paraissait avoir transformée, mais elle avait tant à faire ! Au cours des jours qui suivirent, elle n'eut pas une seconde à elle. Elle signa le bail du local commercial qu'elle avait repéré à Murray Hill, dans un immeuble qui hébergeait déjà plusieurs cabinets d'avocats, loua l'appartement convoité (il se situait assez près de son lieu de travail pour lui permettre de s'y rendre à pied, du moins par beau temps), fit l'acquisition de toutes les fournitures de bureau nécessaires au démarrage de son activité et reçut en entretien trois auxiliaires juridiques… La première avait l'intention de prendre sa retraite dans les cinq ans. La deuxième manquait d'expérience. Le troisième, un certain Charlie, 32 ans, semblait compétent, sérieux et organisé, et il était bardé de lettres de recommandation. En outre, il se déclara disposé à commencer dès la semaine suivante. Le trouvant sympathique, Merrie l'embaucha.

Alors seulement, elle alla rendre visite à Claudia.

Quand elle arriva, Thaddeus portait la petite dans ses bras. Claudia, malgré ses yeux cernés, respirait l'allégresse. Elle contemplait sa fille comme s'il s'agissait de la huitième merveille du monde, et son amour pour son mari n'avait jamais été si évident. Merrie se laissa attendrir par le tableau. Le couple était devenu une famille. Quant à Sarah, elle était ravissante, parfaite comme seuls peuvent l'être les nourrissons. La nourrice s'affairait, en blouse blanche, la mine autoritaire. Elle avait tenté de persuader Claudia que l'allaitement était une pratique dépassée, mais la jeune maman n'avait rien voulu entendre : elle nourrissait sa fille au sein. Meredith la regarda faire avec fascination.

— Cela paraît si facile, s'émerveilla-t-elle.

Sarah dormait déjà, lovée contre sa mère.

— En fait, c'est assez intuitif, lui confia Claudia. Tu devrais essayer ! Tu verras.

— Oh, je ne sais pas. Je crois que je ne serais pas très douée, avoua humblement Meredith. Et puis, il faudrait déjà que je rencontre un homme. Or je n'ai pas le temps pour ça.

— Donne-toi quelques années, lui conseilla Claudia.

Thaddeus cueillit délicatement le nouveau-né et le déposa dans son berceau. Son nouveau rôle de père lui allait comme un gant ; Meredith n'en revenait pas. Une seule chose manquait au bonheur des jeunes parents : un peu d'intimité ! La nourrice était trop bourrue et empiétait sur leur sphère privée.

Plusieurs semaines s'écoulèrent avant que Meredith revoie son amie. Entre l'aménagement de ses bureaux et l'élaboration de son portefeuille de clients potentiels, elle n'eut pas un instant de répit.

Un mois après la naissance de Sarah, Alex fut admis à Harvard. Ce fut le moment que choisit son père pour lui suggérer de devenir réserviste, une fois qu'il aurait 18 ans. La perspective d'une conscription devenait de plus en plus probable et, selon la théorie de Robert, quitte à être envoyé au Vietnam, mieux valait que ce soit en qualité d'officier et non de soldat d'infanterie. D'ailleurs, selon Robert, les réservistes n'étaient jamais mobilisés.

— Officier ou troufion, il est hors de question qu'Alex se laisse embarquer au Vietnam ! protesta Meredith à table le soir où son père exposa son plan. Réserviste, et puis quoi encore ? Autant se tirer une balle dans le pied !

— Au contraire, lui assura Robert. L'armée ne recrutera pas parmi les étudiants. Et puisque je vous dis que les réservistes ne seront pas mobilisés…

— Tu ne peux pas en être sûr, répondit Meredith, tremblant pour son jeune frère, encore influençable.

— De quoi as-tu peur ? lui rétorqua Robert. En tant qu'étudiant, il sera de toute façon dispensé. Le temps qu'il termine ses études, le conflit sera fini depuis longtemps.

— Et si tu te trompais ? Si Alex échouait et abandonnait ses études à mi-parcours ?

Robert eut une moue excédée et orienta la conversation vers un sujet plus consensuel, complimentant sa fille sur ses avancées professionnelles. Il avait visité son nouveau bureau peu de temps auparavant et s'en était trouvé impressionné. « Ton grand-père serait fier de toi », alla-t-il jusqu'à déclarer. Mais Merrie l'écoutait à peine. Elle ressassait leur désaccord. Tard, ce soir-là, elle supplia son frère à voix basse de ne pas écouter leur père. Il en allait peut-être de sa vie.

En juin, de nouveaux troubles tinrent le pays en haleine. Trois jeunes gens, un Noir et deux Blancs, ardents défenseurs des droits civiques et militants au CORE, furent portés disparus alors qu'ils aidaient les électeurs noirs à s'enregistrer sur les listes de Meridian, dans le Mississippi. Une enquête fut ouverte et l'on découvrit leurs corps dans un marécage. La nouvelle du meurtre fit souffler un vent de fureur à travers le pays. Encore un crime racial ! Meredith, lisant dans la presse le compte rendu des faits, en eut des haut-le-cœur. Quand donc cesseraient la violence et la haine ?

Cet été-là, la jeune femme divisa son temps entre Claudia et ses parents. Elle se trouvait chez son amie le jour où les États-Unis bombardèrent le nord du Vietnam pour la première fois. Ses craintes s'en trouvèrent exacerbées. Ce qu'elle observa au sein de sa propre famille ne fut pas de nature à la rassurer. À quelques jours de son départ pour l'université, son frère se montrait particulièrement dissipé. Pendant son séjour, il prit plusieurs cuites d'anthologie. Merrie le signala à leurs parents mais Robert balaya ses inquiétudes d'un revers de la main. « Il faut bien que jeunesse se passe ! » Après tout, disait-il, Alex vivait ses dernières heures de liberté ; une fois à l'université, il lui faudrait travailler dur. Meredith prit donc les devants et sermonna son petit frère, lequel promit de se calmer.

La rentrée universitaire arriva et tous les McKenzie escortèrent Alex à Harvard. Il partageait une chambre avec deux garçons de son âge et, visiblement, il leur tardait à tous d'être débarrassés de leurs parents. Merrie s'amusa de les voir défaire leurs malles à la va-vite au son de la radio, manifestement indifférents à leur environnement. Aucun n'avait apporté de quoi personnaliser les lieux. Tout ce qui leur importait, c'était de lier connaissance avec leurs camarades, d'explorer leur campus et d'aller faire du gringue aux filles des universités voisines. Lesquelles devaient être moins pressées de se dégoter un fiancé que celles qui les avaient précédées de dix ans. Meredith soupira. Les temps avaient changé. Les jeunes étaient plus libres – même les filles, grâce à l'invention de la pilule ! C'était une révolution.

De retour à New York, les McKenzie n'eurent pratiquement plus de nouvelles d'Alex. Lorsqu'elle le revit enfin, à Noël, Meredith comprit la raison de son silence. Tous les soirs, il sortait faire la bringue, buvait plus que de raison et avait non pas une, mais deux petites amies. Bref, il s'en donnait à cœur joie. Devant son premier bulletin, cependant, leur père déchanta. Les notes d'Alex allaient du médiocre au catastrophique dans des matières où il avait toujours excellé.

— Il va se planter en beauté, prédit Robert.

— Tout le monde dérape un peu en première année, murmura Meredith, bien qu'elle se sentît furieuse contre son frère. Il découvre la liberté…

— S'il ne se reprend pas en main très vite, il va se faire virer ! insista Robert, consterné.

Chacun son tour, ils parlèrent à Alex.

— Si tu continues ainsi, ce n'est pas seulement l'expulsion que tu risques, lui signala gravement sa sœur. C'est le Vietnam !

Mais Alex resta de marbre.

— Je n'aurai qu'à devenir réserviste comme me le conseille papa. Il paraît qu'ils ne seront pas mobilisés, même en cas de conscription. Avec mon diplôme de premier cycle, je serai officier. Donc je n'irai jamais au front ! affirma-t-il, très sûr de lui.

— Tu rêves complètement, Alex ! À moins d'être étudiant, tous les jeunes de ton âge risquent la conscription, et alors crois-moi : si Harvard te renvoie, tu seras dans le pétrin jusqu'au cou. Ils sont déjà deux cent mille, au Vietnam, et je ne tiens pas à ce que mon petit frère aille grossir leurs rangs. Les combats qui se préparent vont être épiques…

— S'il y a déjà tant de monde là-bas, pourquoi auraient-ils besoin de moi ? lui répliqua son frère avec l'aplomb et la naïveté de la jeunesse.

Meredith changea son fusil d'épaule. Il fallait qu'elle persuade leur père de l'inanité de son plan. Elle se démena, mais en pure perte.

— S'il est mobilisé, mieux vaut que ce soit en tant qu'officier, s'obstina Robert. Du reste, les réservistes sont tranquilles. On ne fait jamais appel à eux, à part en cas de guerre mondiale.

Meredith avait l'impression de parler à un mur.

C'était la seule ombre au tableau. Au cabinet, les affaires tournaient et Charles, son auxiliaire, se révélait une véritable perle rare. Investi, efficace, il était en passe de devenir plus qu'un employé : un complice. Claudia tomba enceinte de son deuxième enfant. Meredith restait pourtant inquiète. La situation au Vietnam se dégradait de jour en jour. En février, les Viêt-Cong lancèrent l'assaut contre le camp Holloway, une base américaine située près de Pleiku, dans le sud du pays. Un mois plus tard commença l'opération

Rolling Thunder, une campagne de bombardements aériens intensifs de bases stratégiques ennemies. En l'espace de quelques semaines, les effectifs des unités de combat américaines au Vietnam s'accrurent considérablement. Cela n'augurait rien de bon. Bientôt, ce serait la conscription.

Quand Alex revint à New York pour les vacances de printemps, il annonça avoir suivi les recommandations de son père : il s'était enrôlé volontairement dans l'armée de réserve. Robert restait convaincu que c'était la meilleure stratégie pour lui épargner de se retrouver au front. Meredith pâlit. Son frère appartenait à l'armée pour les quatre prochaines années. Si les choses tournaient mal, il serait en première ligne, d'autant que, pour devenir officier, il lui fallait encore décrocher son diplôme.

Le dîner terminé, elle interpella son père.

— Tu te rends compte du danger qu'il court ?

Robert eut un geste d'impatience.

— Qu'est-ce que tu me chantes ? Alex est étudiant, il ne craint rien. Jamais les réservistes ne seront mobilisés. Et quand bien même, tu aurais préféré qu'il soit appelé sous les drapeaux en qualité de troufion ? Alex n'est pas de la chair à canon !

— Non, bien sûr. C'est mon petit frère, et c'est encore un gosse. J'aime encore mieux qu'il fuie au Canada jusqu'à la fin des combats. Je ne veux pas qu'il parte à la guerre ! s'exclama-t-elle, les yeux baignés de larmes.

— Mais enfin, moi non plus ! se récria son père. Pourquoi crois-tu que nous faisons tout cela ?

Meredith se mordit la lèvre. La logique tordue de son père lui donnait envie de hurler. Dire qu'il était persuadé d'agir dans l'intérêt de son enfant ! Mais il était trop tard pour faire machine arrière. Alex avait signé.

Un mois plus tard, un courrier officiel de Harvard arriva chez les McKenzie. Les notes d'Alex étaient en chute libre et il accumulait en outre les absences injustifiées. Pour autant, le dossier d'admission du jeune homme ayant été exceptionnel, il n'était pas définitivement exclu : on lui accordait un « congé ». Alex McKenzie était invité à repiquer sa première année à la rentrée prochaine. Le doyen de l'université concluait en lui souhaitant d'avoir acquis d'ici là la maturité nécessaire au suivi du cursus. Dans l'intervalle, Alex ne figurerait plus sur les listes d'étudiants de l'université.

Robert McKenzie lut et relut la lettre en secouant la tête avant de la remettre à Meredith.

— Merde, lâcha-t-elle. Et maintenant, on fait quoi ?

— Il va devoir trouver du travail. On ne va pas l'inscrire ailleurs pour un semestre. De toute façon, il n'est pas mûr pour les bancs de la fac.

— Mais en cas de conscription, il ne pourra pas faire valoir son statut d'étudiant ! s'effraya Meredith.

— Peu importe. Il est réserviste, maintenant. Il n'a rien à craindre de ce côté-là.

Robert téléphona au fils prodigue et lui ordonna de rentrer immédiatement au bercail. La fête était finie. Alex le prit très mal – il s'amusait comme un fou à

Boston –, mais il n'avait guère le choix. Il rentra donc, en traînant les pieds.

Chez leurs parents, Meredith l'attendait de pied ferme et, avec son père, lui passa le savon de sa vie. Alex n'avait pas mesuré l'ampleur de son échec. Lorsqu'il comprit, il parut sincèrement contrit.

— Tu n'allais jamais en cours ou quoi ? tonna Meredith.

La réponse évasive de son frère confirma ses soupçons. Alex était trop immature pour l'université. Merrie avait côtoyé quantité de garçons comme lui pendant ses études : sans figure d'autorité pour leur remonter les bretelles, ils étaient incapables de discipline et voués à l'échec.

Bon gré, mal gré, Alex se résigna à chercher du travail. Mais un coup de théâtre étouffa ce projet dans l'œuf. En mai, il reçut une lettre l'informant que son unité avait été sélectionnée pour rejoindre les troupes stationnées au Vietnam. Il était convoqué à Fort Dix, dans le New Jersey, le lundi de la semaine suivante, pour y entamer « une formation militaire accélérée de quinze jours », à laquelle succéderait « un entraînement complémentaire au Vietnam ». Alex ne jouissait plus du statut d'étudiant. Il n'avait décroché aucun diplôme du supérieur. Il allait donc partir pour le front en tant que simple soldat. Meredith chancela sous le choc. Le 1er juin, son petit frère adoré serait dans l'avion pour le Vietnam. Elle n'arrivait pas à y croire. Son père la dévisageait, tremblant.

— Ils ne peuvent pas faire ça, articula-t-il d'une voix étranglée.

— Malheureusement, si, le détrompa Meredith. À moins que tu arrives à faire jouer tes contacts.

Si seulement son grand-père avait encore été de ce monde ! Il serait peut-être parvenu à tirer Alex de ce mauvais pas. Hélas ! Bill McKenzie était mort et son fils n'était que juge fédéral.

— Et si on prétextait des troubles d'ordre psychologique ? suggéra Merrie. Ou physiques. Qu'importe, pourvu que ça marche !

Janet, qui n'avait pas encore élevé la voix, émit alors une objection : était-il judicieux d'affubler son fils de troubles fictifs qui risquaient de le poursuivre toute sa vie et de lui être préjudiciables ?

— Tant pis, maman ! la rabroua Meredith. Cela vaut toujours mieux que l'autre option.

Son père annula ses rendez-vous des deux jours suivants et s'efforça par tous les moyens de sauver son fils. Mais ses amis haut placés lui firent tous la même réponse : nul ne pouvait rien pour un réserviste. Alex avait signé, il était hors de leur portée. Même un civil tiré au sort aurait eu plus de chances de passer entre les mailles du filet.

Lorsque son père lui annonça la terrible nouvelle, Alex éclata en sanglots et l'accusa de lui avoir menti.

— Tu m'as dit que les réservistes n'étaient jamais mobilisés !

— D'habitude, c'est le cas ! se défendit son père. Il faut croire que la situation est... extraordinaire. Ils n'ont fait appel qu'à ton unité. Il doit leur falloir un bataillon supplémentaire, et c'est tombé sur toi.

Meredith serra les dents. Telle était la fonction des réservistes : combler les trous lorsque les troupes manquaient !

— Est-ce que je peux fuir au Canada ? demanda Alex, désespéré.

Mais Robert ne voulait pas en entendre parler.

— Tu ne pourrais plus remettre les pieds aux États-Unis !

Meredith aurait souhaité qu'on étudie la question de plus près, mais Robert n'en démordait pas : déserter était un crime.

— La guerre aussi, s'emporta Alex, en larmes.

Faute de solution, il se présenta à Fort Dix le lundi suivant, terrifié. Il ressassait les erreurs de parcours qui avaient scellé son destin : sa conduite irresponsable à Harvard, les conseils malavisés de son père… Le 1er juin, après une nuit de permission qu'il passa auprès de sa famille, il partit pour l'Asie, laissant derrière lui sa sœur et ses parents anéantis par le chagrin. Son avion de transport militaire décolla à 5 heures du matin pour mettre le cap sur Guam, d'où Alex embarqua pour Saïgon. Là-bas l'attendait le camp de Tan Son Nhut où il devait achever sa formation.

À Guam, il parvint à téléphoner à ses parents mais ensuite, les McKenzie n'eurent plus de nouvelles de lui. Alex eut beau protester qu'on s'était trompé, qu'il était là contre sa volonté, nul ne lui prêta attention. Tous chantaient le même refrain.

Cinq longues semaines plus tard, enfin, le 4 juillet, il put téléphoner à la maison. Il était très abattu. La chaleur était insoutenable et il avait attrapé la dysenterie peu après son arrivée ; quant à l'entraînement, il s'apparentait à de la torture. Une fois de plus, il implora son père de le faire rapatrier. Il venait de fêter ses 19 ans, seul et au bout du monde, et il avait la peur au ventre.

Meredith en était malade d'angoisse. Jamais elle ne reprocha à son père son rôle dans le désastre. Il était trop tard pour y remédier et Robert passait assez de temps à se flageller.

Elle travaillait au cabinet quand sa mère lui téléphona un jour et la somma de venir sans tarder. Il était 16 heures ; la journée de travail était loin d'être terminée.

— Qu'est-ce qu'il se passe, maman ?

— Viens, je te dis, lui répondit Janet, laconique, avant de raccrocher.

Merrie sauta dans un taxi. Dans l'appartement des McKenzie, les stores étaient tirés. Addie pleurait dans la cuisine. Robert était assis à son bureau, dans la pénombre. Voyant entrer sa fille, il lui tendit un télégramme.

— Je l'ai tué, dit-il simplement.

Alex avait été fauché par une balle de sniper le 5 juillet, lors d'un affrontement avec les Viêt-Cong, alors qu'il défendait avec honneur sa vie et celles de ses camarades. L'armée des États-Unis d'Amérique adressait à la famille endeuillée ses sincères condoléances et encensait le mort pour son patriotisme. Le télégramme précisait que la dépouille allait être rapatriée ; de plus amples renseignements suivraient.

Alex avait tenu exactement un mois et quatre jours au Vietnam avant de succomber.

— Non, murmura Meredith.

Ses jambes se dérobèrent et elle se laissa tomber à genoux près de son père. Elle lui prit la main.

— Ce n'est pas ta faute, papa, lui assura-t-elle d'une voix éraillée. Tu ne savais pas. C'est un concours de circonstances... Si Alex n'avait pas raté sa première année... Si...

Robert était secoué de spasmes. Merrie se redressa et le prit dans ses bras.

— J'ai tué mon fils. J'ai tué mon fils ! répétait-il en hoquetant.

Janet entra alors d'un pas d'agonisante, l'œil vide, les bras ballants, et Meredith se leva pour l'étreindre. La jeune femme venait de perdre son frère, mais sa peine n'était rien comparée à celle des parents qui allaient devoir enterrer un enfant.

Addie rejoignit la famille et, d'une voix étranglée de larmes, déclara :

— Je suis désolée... Mon Dieu ! Le petit Alex... Un si gentil garçon...

Dans les brumes du chagrin, Meredith essayait de concevoir une vie sans son petit frère. Ne le reverrait-elle vraiment jamais ? Il était si jeune ! C'était encore presque un enfant. C'était une injustice, un gâchis sans nom. Désemparée, Merrie enlaçait maladroitement ses deux parents à la fois. Ce fut elle qui, au bout de plusieurs heures, les obligea à avaler un somnifère et à aller se coucher.

Quant à elle, elle se réfugia dans sa chambre d'enfant. Machinalement, elle téléphona à Claudia. Sitôt que la voix de son amie retentit dans le combiné, elle éclata en sanglots.

— Mon Dieu, Merrie, mais qu'est-ce que tu as ? s'alarma Claudia.

Et Meredith dut se résoudre à lui annoncer l'impensable. Claudia se mit à pleurer.

— Non ! Pas Alex ! Il était si charmant... Et ton pauvre papa qui l'avait persuadé de devenir réserviste ! Il doit se sentir affreusement coupable !

— Il ne s'en remettra jamais, Claudia. Et ma mère... Tu la verrais... Oh, Claudia, comment en sommes-nous arrivés là ? Au nom de quoi est-ce qu'on envoie un innocent dans la fleur de l'âge se faire massacrer à l'autre bout du monde ? Si seulement il avait déserté !

— Il ne sert à rien de chercher des explications, lui répondit doucement Claudia, qui était bien placée pour le savoir. Et je sais qu'il est trop tôt pour me croire, mais on se relève parfois des pires atrocités. Dis-moi, qu'est-ce que je peux faire pour t'aider ?

— Rien. On va nous envoyer la dépouille. Je ne sais pas quand. Mes pauvres, pauvres parents ! J'ignore s'ils survivront.

— Demain, je prends le premier train pour New York, lui promit Claudia.

Finalement, Thaddeus l'emmena en voiture afin de lui épargner le voyage (elle était enceinte de huit mois). Ils présentèrent leurs condoléances aux McKenzie, qui les reçurent sans se lever des fauteuils où ils demeuraient figés, hébétés, depuis le matin, puis le couple passa un moment seul avec Meredith. Nulle parole n'aurait pu la réconforter, mais elle leur savait gré de leurs efforts.

— Appelle-moi si je peux faire quoi que ce soit, insista Claudia au moment de reprendre la route.

Elle serra son amie dans ses bras, puis Robert, Janet et Meredith restèrent seuls avec leur malheur. Le père et la fille prirent chacun une semaine de congés. Ensuite, il leur fallut mettre leur douleur en sourdine et retourner travailler.

La nouvelle de l'arrivée à Fort Dix du corps d'Alex rouvrit les plaies des McKenzie. Robert refusa net que son épouse procède à l'identification. Il s'y rendit donc avec Meredith.

— Je ne me le pardonnerai jamais, dit Robert à sa fille dans la voiture, au retour.

— Il le faudra bien, lui répondit-elle doucement. Pour maman. Elle a besoin de toi. Et tu n'y es pour rien. C'est arrivé. Nous allons devoir l'accepter.

— Je ne vois pas comment, murmura son père.

Une larme roula le long de sa joue tandis qu'elle lui prenait la main.

— On y arrivera, lui assura-t-elle. Ensemble, un jour à la fois.

L'enterrement fut une épreuve. Les McKenzie avaient fait paraître une annonce dans la rubrique nécrologique du *New York Times* et quantité d'anciens amis d'Alex interrompirent leurs vacances pour venir lui rendre un dernier hommage. Les Steinberg étaient là avec leur fille Claudia, pourtant si proche de son terme qu'elle parvenait à peine à marcher.

Le pire vint après, quand il fallut apprendre à vivre avec l'absence. Et répondre aux questions de ceux qui ne savaient pas encore et qui, en toute candeur, demandaient des nouvelles d'Alex à ses parents. Se plaisait-il à Harvard ? Devoir débiter les mêmes mots scandaleux et voir le choc se peindre sur les traits des gens, encore et encore, relevait du supplice pour la famille en deuil.

Meredith dut se résoudre à regagner son appartement. Elle s'en voulait d'abandonner ses parents à leur solitude, mais elle avait besoin de répit et d'intimité pour pleurer son frère. Sans compter que le travail en retard s'amoncelait. Elle s'y plongea à corps perdu et, pendant son temps libre, continua de porter ses parents à bout de bras. Sa mère semblait perdue, plus désemparée qu'une enfant. Meredith l'aida à faire le tri dans les affaires de son frère. Elles recueillirent les photos et médailles qui traînaient dans la chambre de l'adolescent et les firent encadrer. Janet plia les vêtements d'Alex avec autant de soin que s'il allait les porter bientôt. Elle ne voulait rien jeter, et Merrie respecta sa volonté. Tous naviguaient à vue.

Meredith alla se reposer chez Claudia le temps d'un week-end. Elle avait besoin de changer d'air. Jouer avec la petite Sarah lui fit un bien fou, et Thaddeus se montrait aux petits soins pour elle. Par un curieux hasard, le travail de Claudia commença pendant le séjour de Meredith et, mue par une impulsion, son amie la pria de l'accompagner à la maternité pour assister à la naissance.

— Tu es sûre ? s'étonna Merrie.

— Je t'autorise à sortir si mes hurlements te cassent trop les oreilles, lui répondit son amie en haletant.

C'est ainsi que Meredith se retrouva à encourager Claudia tandis que celle-ci mettait au monde son deuxième enfant.

Elle ne s'était pas attendue à une scène aussi violente. La douleur de la parturiente dépassait tout ce qu'elle avait pu imaginer ! Mais, une heure après son admission, Claudia poussait déjà. Thaddeus serrait les épaules de sa femme, les sages-femmes lui maintenaient les jambes et bientôt un minuscule visage fripé parut en hurlant. Claudia en lâcha une exclamation de joie pure.

— C'est un garçon ! annonça l'obstétricien en lui présentant l'enfant.

Thaddeus pleurait et Merrie mit quelques instants à remarquer qu'elle était en larmes, elle aussi. Jamais elle n'avait assisté à quoi que ce soit d'aussi émouvant. Soudain, elle comprit que la vie avait accompli un cycle complet. Son frère était parti, mais ce miraculeux bébé venait de voir le jour, enfanté par une mère elle-même miraculée.

On nettoya le bébé, on le langea, on l'emmaillota dans une couverture bleue puis on lova le nourrisson contre sa mère béate.

— Nous voudrions l'appeler Alex, annonça-t-elle. Si tu n'y vois pas d'objection, bien sûr. Thaddeus et moi en avons parlé il y a quelques jours. Merrie, si tu es d'accord, je te présente Alexander Johann Friedrich, nommé en hommage à ton frère et au mien, ainsi qu'à mon défunt père.

Merrie eut un sanglot et elle hocha la tête. Son enfant dans le creux du bras, Claudia la gratifia d'une demi-accolade. Leurs larmes, versées pour les vies fauchées et pour celle qui venait d'éclore, se mêlèrent. Meredith pria la providence d'offrir au petit Alexander une vie longue et prospère.

14

La fin de l'été fut lugubre pour les McKenzie. Ils peinaient à intégrer le fait qu'Alex ne reviendrait jamais, que sa chambre demeurerait vide, ses vêtements intouchés. Il ne retournerait pas à Harvard pour se racheter une conduite. On n'accueillerait plus ses amis à l'appartement. Il était parti. Meredith trouvait l'idée scandaleuse, elle aussi. Son père, écrasé par la culpabilité, avait vieilli de dix ans. Lui qui avait eu jusqu'alors la soixantaine fringante paraissait soudain un vieillard. Sa mère hantait l'appartement comme un fantôme, lissant et relissant le couvre-lit d'Alex, ouvrant les rideaux avant de les refermer de crainte que le soleil n'abîme les précieuses reliques de son fils, ajustant les coupes sur les étagères, ou se tenant simplement immobile sur le seuil, le regard perdu dans le vague. Meredith ignorait comment alléger leur peine. Pour sa part, quand la douleur menaçait de la terrasser, elle puisait du réconfort dans sa rage. Elle en voulait aux dirigeants qui avaient permis à cette maudite guerre de lui prendre son frère. Elle vomissait leur hypocrisie et leur indifférence, et décida de s'engager pour que cela cesse.

Les manifestations contre la guerre se multipliaient. Des foules se massaient devant des édifices publics pour la dénoncer. Les « colombes » commençaient à faire entendre leur voix et Meredith se joignit aux contestataires, sans toutefois en parler à ses parents. Ils se seraient inquiétés et ils n'avaient pas besoin de ça. Un samedi soir d'octobre, elle s'habilla chaudement et quitta son appartement pour se rendre à l'une de ces manifestations. À son arrivée sur les lieux, les contestataires affluaient, chacun muni d'un cierge qui brûlait pour les hommes tombés au combat.

On entonna des chants que Merrie connaissait pour les avoir souvent chantés dans les États du Sud. « *We Shall Overcome* », notamment, mais encore « *God Bless America* », qui tira des larmes à presque tous les participants. Ils se tenaient qui par l'épaule, qui par le bras, brandissant de leurs mains libres pancartes et banderoles aux slogans indignés. Ils virent arriver la police antiémeute. Merrie ne s'en émut même pas. Elle avait côtoyé des foules plus rudes que celle-ci.

Elle banda ses muscles, prête à encaisser l'assaut. Du coin de l'œil, elle surveillait la police montée ; il s'agissait de ne pas se faire piétiner. Ce faisant, elle reconnut parmi la mer de militants une tête familière. Une expression déterminée animait son visage et des larmes luisaient sur ses joues. Il formait une chaîne humaine avec ses deux voisines, en pleurs elles aussi. Meredith n'en revenait pas. Jouant des coudes, elle réussit à se rapprocher suffisamment pour que leurs regards se croisent. Elle ne lui avait pas vu l'air aussi vivant depuis le mois de juillet.

— Papa ! lui cria-t-elle. Ne reste pas là…

Robert lui décocha un signe du menton.

— Tu vas te faire arrêter ! l'avertit Meredith.

Déjà, la police antiémeute encerclait la foule.

— Je sais, lui répondit son père.

— Tu es juge fédéral !

Un frêle sourire fendit son visage.

— J'ai perdu mon enfant, lui cria-t-il. Cette guerre doit cesser. Rendez-nous nos fils !

Un rire incrédule monta dans la gorge de Merrie. Son père, cet éternel faucon républicain, marchait pour la paix !

— Je t'aime, articula-t-elle sans un son.

— Je t'aime, ma fille, lui cria-t-il. Rendez-vous en cellule !

— Je paierai ta caution ! promit Meredith.

Elle le vit s'esclaffer. Quelques minutes plus tard, les escadrons pénétraient au cœur de la foule, séparant les manifestants et les embarquant dans les paniers à salade. Il flottait dans l'air des relents de marijuana. Meredith espérait qu'on n'accuserait pas son père de consommation de drogue ; en tant que juge, ce genre de délit lui aurait été très dommageable. Il prenait déjà de gros risques en participant à la manifestation. Peut-être même serait-il démis de ses fonctions !

Meredith et son père furent embarqués séparément, Merrie effectuant le voyage à bord du camion réservé aux femmes. Elle avait apporté suffisamment d'argent pour payer sa caution le cas échéant, doutant d'encourir davantage qu'une charge de désordre sur la voie publique. De fait, une fois libérée, peu après minuit, elle fut en mesure de se diriger vers la prison des hommes. Là, elle s'enquit de la situation de son père. Son nom ne figurait sur aucune liste. Meredith insista, priant un agent d'aller vérifier sur place. Voyant son inquiétude, il accepta. Lorsqu'il réapparut, il l'attira à l'écart de ses collègues.

— Oui, nous avons bien un Robert McKenzie.

Baissant la voix, il demanda :

— C'est le juge ?

Elle hocha la tête. Le policier se troubla.

— Mon frère a été tué au Vietnam cet été, lui expliqua Meredith. Il venait d'avoir 19 ans, et…

Ne sachant quoi ajouter, elle laissa sa phrase en suspens. L'homme la pria d'attendre et, quelques minutes plus tard, il revint, un Robert rayonnant à ses côtés.

— J'avais laissé mon portefeuille à la maison, dit-il à sa fille. J'ai eu beau leur dire qui j'étais, personne ne me croyait !

Elle se moqua gentiment de lui puis l'agent les mena jusqu'à une issue et les libéra sans autre forme de procès.

Une fois dehors, ils hélèrent un taxi.

— Relâché sans charges… Je suis presque déçu, plaisanta Robert.

Meredith lui sourit. Il se pencha vers elle et l'embrassa.

— Je suis fier de moi, admit-il.

— Et moi, de toi, répliqua Meredith.

— On se refait ça, à l'occasion ?

Elle éclata de rire et il passa un bras autour de ses épaules. Elle leva les yeux. Pour la première fois depuis des mois, il paraissait heureux.

L'incident dérida durablement Robert. Il connaissait encore des accès de dépression mais, dans l'ensemble, il allait mieux. On ne pouvait en dire autant de Janet. Depuis la mort d'Alex, elle semblait avoir perdu goût à la vie. Meredith, de son côté, s'efforçait d'aller de l'avant. Une photo prise l'été précédent trônait désormais sur son bureau ; on y voyait Alex, canne à pêche au poing, exhibant fièrement un énorme poisson.

Merrie travaillait sur une affaire de licenciement abusif quand elle reçut la visite inattendue de Claudia. Celle-ci avait, lui annonça-t-elle gravement, des questions à lui poser. Elle semblait hésitante, presque gênée.

— C'est à propos de mes enfants, dit-elle doucement. Je voudrais faire quelque chose pour eux.

— Tu penses leur ouvrir un fonds ? l'interrogea Meredith, qui se demandait bien en quoi deux bambins encore dans les langes pouvaient bien avoir besoin des services d'une avocate spécialisée dans les affaires de discrimination. Mon père serait ravi de t'aider, il connaît les meilleurs experts en la matière. Ce n'est pas vraiment mon rayon, mais je peux me renseigner si tu veux…

— Il ne s'agit pas de ça. Avant toute chose, promets-moi que ça restera entre nous. Je ne veux pas que mes parents l'apprennent. Ils en seraient peinés. Voilà :

je veux demander des réparations à la République fédérale d'Allemagne. C'est quelque chose qui se fait, enfin, je crois. J'ai toujours affirmé que ce n'était pas pour moi, mais maintenant que j'ai Sarah et Alex... c'est différent. Mes parents ne les connaîtront jamais, mais si leur calvaire peut mettre mes enfants à l'abri du besoin, je crois qu'ils auraient souhaité que je fasse la démarche. Tu sais, ils avaient de belles demeures, des objets d'art, des bijoux... Il y a quelques années, j'ai rencontré par hasard un de leurs anciens amis. Quelqu'un qui avait fréquenté mes parents et mes grands-parents à Berlin. Il m'a reparlé de leur opulence, de leur goût pour les belles choses... Jamais je n'ai demandé le moindre dédommagement, et je crois d'ailleurs que les montants restitués aux plaignants sont très modestes, voire nuls dans certains cas, mais... j'aimerais essayer. Je n'ai pas de preuves, pas de photos, mais il doit exister une trace de tout cela quelque part... Pour les biens immobiliers, au moins, il doit rester des témoins, des titres de propriété... quelque chose. Si j'obtiens réparation, je donnerai tout à mes enfants, même si c'est trois fois rien. Pour le symbole, tu comprends ? En souvenir de la vie qui m'a été volée.

Les enfants de Meredith étaient déjà à l'abri du besoin : les Steinberg, qui les adoraient, étaient plus qu'aisés, et Thaddeus gagnait assez bien sa vie, lui aussi. Merrie comprit cependant ce qui était en jeu. Elle regarda son amie droit dans les yeux et son cœur se serra. Demander des réparations à l'État qui avait détruit son enfance et assassiné tous les siens devait être incroyablement douloureux.

— Tu parles encore allemand, n'est-ce pas ? insista Claudia, inquiète de son silence. À nous deux, nous devrions nous débrouiller...

— Je me penche immédiatement sur la question, déclara Meredith. Le consulat doit avoir des informations à nous fournir. Tu es sûrement loin d'être un cas isolé.

— La guerre est terminée depuis vingt ans... Il est peut-être trop tard.

— Je te parie le contraire. En tout cas, nous n'allons pas tarder à être fixées !

— Alors c'est oui ? Tu veux bien m'aider, Merrie ?

— Évidemment ! lui répondit Meredith, radieuse. J'en serai honorée. On va coincer les méchants et on va les faire payer !

Claudia rit doucement.

— En revanche, reprit Merrie plus sérieusement, il est possible que nous devions nous rendre en Allemagne pour passer devant une commission, ou quelque chose dans ce genre. Peut-être bien à Berlin. Tu l'as envisagé ?

Claudia devint livide.

— Oh... Non. Non, je ne pourrai jamais. Pas Berlin. Il faudra que tu y ailles à ma place, Merrie.

Son épouvante n'était pas feinte. L'idée de revoir le théâtre du drame de son enfance l'horrifiait.

— Pas de panique, Claudia. Nous n'en sommes pas là. À propos, Thaddeus est au courant de ta démarche ?

— Non, je voulais t'en parler d'abord. Si tu m'avais dit que ça te paraissait impossible, j'aurais renoncé sans lui en parler. Il risque de me prendre pour une folle…

— Ça, j'en doute. Si quelqu'un peut comprendre, c'est lui. On t'a tout pris, Claudia. Ton enfance, ta famille, tes biens. Tu es parfaitement dans ton droit !

— Je le sais. Merci de me soutenir.

Claudia se leva pour prendre congé, elle avait rendez-vous avec sa mère pour le déjeuner.

— Je t'appelle dès que j'ai du nouveau, lui promit Meredith.

Claudia l'embrassa et partit. Restée seule à son bureau, Meredith réfléchit. Le projet était colossal, mais la jeune avocate aimait le défi. Elle se retroussa les manches et se mit au travail.

Lorsqu'elle téléphona au consulat, malgré son allemand irréprochable, elle ne parvint pas à obtenir d'informations claires. Son interlocuteur affectait de ne pas comprendre de quoi elle voulait parler. Meredith ne s'entêta pas : elle raccrocha et se rabattit sur l'ambassade, à Washington.

Heureusement, celle-ci se révéla un modèle d'organisation et d'efficacité à l'allemande. Apparemment, il existait un service entier dédié aux requêtes similaires à celle de Claudia. Certes, ce dernier n'était plus aussi actif que dans les premiers temps, mais il possédait une antenne à New York, où un certain Herr Gross serait à même de répondre à ses questions.

Meredith parvint à joindre Herr Gross à la première tentative. Il lui expliqua qu'il fallait, pour prétendre à des réparations, soumettre un dossier fournissant toutes sortes de détails : noms, adresses et, dans la mesure du possible, relevés de banque, reçus, témoignages, photos... Meredith l'écouta dérouler la liste. Elle était longue comme le bras.

— Je crains que la majorité des survivants des camps n'aient pas été à même de conserver ce type de documents, Herr Gross, signala-t-elle alors à son interlocuteur.

Il y eut un silence.

— Vous appelez pour un rescapé des camps ? lui demanda-t-il, soudain nerveux.

— Oui.

— Quel camp précisément ?

Meredith s'impatienta. Quelle importance ?

— Auschwitz. Mon amie y a perdu toute sa famille. Et l'intégralité de leurs biens a été saisie par les nazis. Il n'y a jamais eu de réparation.

— En avait-elle fait la demande ?

— Pas jusqu'à ce jour, non.

— C'est un prérequis pour obtenir des réparations, madame. Nous ne pouvons pas retrouver la piste de tous les rescapés.

Herr Gross paraissait sur la défensive, voire agacé.

— J'entends bien, lui répondit Meredith, conciliante. Les victimes sont nombreuses. En ce qui concerne mon amie, elle possède très peu des documents demandés, car elle a quitté l'Europe immédiatement après sa libération. Cependant, il doit exister des archives immobilières et bancaires prouvant ce qu'elle avance. Elle vient d'une famille de notables...

— Juifs, j'imagine, supposa Herr Gross, un peu sec.

— Évidemment.

— Bon, faites-moi parvenir ce dont vous disposez. Si la réclamation est jugée fondée, nous ferons suivre le dossier en Allemagne. Il doit être traité par la Claims Conference de Berlin-Ouest. Ensuite, votre amie devra se présenter en personne pour présenter son témoignage devant la commission. Plusieurs départements seront sollicités : celui de l'art, celui de l'immobilier, celui des fonds bancaires...

— Et dans l'éventualité où mon amie serait dans l'impossibilité de faire le déplacement ? demanda Meredith avec une pointe d'appréhension.

— Faute de présentation à la convocation, sa plainte sera caduque, lui répliqua Herr Gross. C'est du moins le risque encouru. Votre amie est handicapée ? Il faudrait fournir un dossier médical complet afin de prouver qu'elle se trouve dans l'incapacité physique d'effectuer le déplacement...

— Elle est valide, le détrompa Meredith, sans entrer dans les détails.

— Envoyez-moi le dossier, répéta l'homme. En allemand, bien sûr. Je ferai le nécessaire.

Meredith raccrocha. La procédure promettait d'être longue et le parcours semé d'embûches, mais du moins n'était-il pas trop tard pour se lancer. Tous les espoirs étaient permis.

Elle téléphona à Claudia chez les Steinberg.

— Bonne nouvelle, lui annonça-t-elle. Le consulat m'a envoyée sur les roses, mais j'ai eu l'ambassade : on m'a redirigée vers une antenne new-yorkaise qui m'a tout expliqué. Il faut fournir un dossier avec description détaillée des biens spoliés et autant de preuves que possible. Le dossier sera transféré à une commission en Allemagne qui examinera ta demande. L'étape suivante, c'est la comparution devant la commission. Je sais que tu ne veux pas retourner en Allemagne, Claudia, mais réfléchis bien avant de renoncer. Pense à tes enfants. Pèse bien le pour et le contre. Tu n'as pas à prendre ta décision maintenant, de toute façon. Pour l'heure, tout ce que je te demande, c'est de rédiger un rapport. N'omets rien : maisons, voitures, œuvres d'art... Décris également ta famille et les circonstances dans lesquelles tu l'as perdue. Au travail !

— Je ne peux pas y retourner, Merrie.

— Je sais. Mais fais-moi cette liste, et veille à ce qu'elle soit longue et étoffée !

Galvanisée par sa mission, Meredith se sentait d'humeur à remuer ciel et terre pour son amie. Elle avait envie de l'accompagner en Allemagne pour que celle-ci y fasse valoir ses droits. Dans leur souci de l'aider à tourner la page, les Steinberg ne lui avaient jamais suggéré de demander des réparations, mais la jeune femme avait tant à y gagner !

— Je ne sais pas si je t'en veux ou si je te suis reconnaissante, avoua Claudia dans le combiné.

Meredith sourit.

— Ça m'est égal, tant que tu fais ce que je te dis. Si tu veux, je peux passer ce week-end pour te donner un coup de main.

— D'accord. Thaddeus sera à Los Angeles, ça tombe bien.

— Tu ne lui as encore rien dit ? s'étonna Meredith. Tu sais, il faudra lui en parler tôt ou tard…

— Pas maintenant. *Auf Wiedersehen*, Merrie.

Le week-end venu, Merrie tint parole. Elle joua avec Sarah et Alex et, une fois ceux-ci couchés, les amies se mirent à l'ouvrage. Claudia lui montra l'inventaire qu'elle avait dressé.

— Je suis très impressionnée, la félicita Meredith. Je m'attendais à ce que tu bottes en touche, prétextant un manque de temps…

— Pour qui me prends-tu ? s'offusqua Claudia.

Merrie étudia longuement la liste. Y figuraient trois importants biens immobiliers : une demeure en plein Berlin-Wannsee, l'un des quartiers résidentiels les plus huppés de la ville, une maison de campagne sise près de Werneuchen, et un petit *Schloss* près de Munich, dans le sud du pays. Claudia en avait décrit les dimensions approximatives et la localisation, et son texte précisait que le château était dans sa famille depuis le XVe siècle. Suivait une description de tout un parc automobile, ainsi qu'un paragraphe consacré aux toiles de maîtres. Claudia citait notamment un Renoir et plusieurs Picasso – son père adorait le peintre, dont les portraits difformes avaient effrayé la petite Claudia. Des bijoux, de l'argenterie, des lustres en cristal s'ajoutaient à la liste, et Claudia se rappelait également un bateau qui mouillait au port du *Schloss* de ses parents. Meredith en resta sans voix. Herr Gross et les membres de la commission allaient s'étrangler en découvrant la nature du dossier. De toute évidence, Claudia était issue d'une famille très fortunée.

Merrie poursuivit sa lecture. Dans un texte sobre, mais poignant, Claudia brossait le portrait de chacun des parents que les nazis avaient tués. Sa prose sans lyrisme émut Merrie aux larmes.

— Tu as des suggestions d'amélioration ? lui demanda Claudia, désarçonnée par son mutisme.

Meredith lui conseilla de recopier le tout à la main sans en changer une ligne (la version dactylographiée risquait d'être jugée impersonnelle). Elle se chargerait d'en remettre un exemplaire aux autorités compétentes.

C'est alors qu'elle réalisa.

— Mais… tu as rédigé le dossier au nom de Claudia Steinberg ! Il faut que tu inscrives ton nom de naissance.

Claudia pâlit. Elle n'avait pas prononcé ce nom depuis vingt ans ; même Meredith l'ignorait.

— Ce nom, ce n'est plus moi, protesta-t-elle faiblement.

— Peut-être, mais c'est ton sésame ! Chaque croûton de pain servi aux camps figure sur un inventaire officiel, avec la date et le matricule de son bénéficiaire. Ta famille était riche. Elle n'a pas pu disparaître sans laisser de traces. Ton nom est essentiel pour te relier à elle !

Claudia le lui révéla alors, et Merrie en resta médusée. Elle le connaissait. Et pour cause : ce n'était pas un simple patronyme. Ce nom, c'était une dynastie de taille à rivaliser avec celle des Rockefeller !

— C'était vous ? Je veux dire..., bredouilla Meredith, abasourdie. C'était elle, ta famille ? Et les nazis vous ont tout pris ?

— Ils ont fait tellement pire à notre peuple.

— Bon sang, Claudia, mais l'Allemagne te doit des millions ! Cela m'étonnerait qu'on te rembourse à hauteur de la dette, mais ce qui est sûr, c'est qu'ils vont tourner de l'œil en lisant ton dossier.

— Je n'avais pas prononcé ce nom depuis mon adoption, murmura Claudia, songeuse. Je craignais d'être déloyale envers les Steinberg. C'est dur, tu sais, de me replonger dans cette époque. Tant de détails me sont revenus... Les tableaux, par exemple. Je revois très bien le Degas du boudoir de ma mère. Et j'entends encore père m'expliquer l'impressionnisme devant une toile de Monet. Celle-là, j'aimerais beaucoup la récupérer. Mais si c'est impossible, tant pis. Je me contenterai de ce qu'on voudra bien m'accorder.

— Tu ne te contenteras de rien du tout. On va se battre ! Après ce que tu as enduré, tu as droit à des réparations conséquentes.

Claudia opina doucement du menton. Sur le quai de la gare, le dimanche soir, les deux amies s'étreignirent longuement et Meredith repartit déterminée à obtenir justice pour son amie.

Dès le lendemain, elle boucla le dossier en triple exemplaire. En couverture figuraient le nom d'adoption de Claudia, son nom de femme mariée et, surtout, son nom de naissance.

Charlie s'apprêtait à sortir poster le dossier quand une belle et grande femme noire se présenta à l'accueil en demandant à voir Meredith.

— Vous avez rendez-vous ? lui demanda le jeune homme.

— Non.

Charlie allait la raccompagner vers la sortie quand Meredith émergea de son bureau.

— Bonjour, dit-elle. Je peux faire quelque chose pour vous ?

— Je l'espère, lui répondit l'autre. Mais je n'ai pas de rendez-vous. Je passais dans le quartier et j'ai décidé de tenter ma chance...

— J'ai justement quelques minutes de liberté, lui dit Meredith. Suivez-moi.

La jeune femme ne se le fit pas dire deux fois. Sitôt dans le bureau de Meredith, elle lui exposa son affaire afin de ne pas lui faire perdre un temps qu'elle devinait précieux.

— Je m'appelle Angela Taylor et je suis avocate. Je travaillais chez Elkins, Stein & Hammersmith. Lorsque j'ai été embauchée, on m'a promis que j'accéderais au rang d'associée adjointe dans les trois ans et que je serais associée dans les cinq. On m'a fait miroiter des augmentations et des promotions à hauteur de celles de mes confrères. Je n'en ai jamais vu la couleur.

Depuis trois ans, toutes les affaires intéressantes me passent sous le nez. J'ai d'abord été mise au placard et, pour finir, renvoyée. Vous savez qui a été engagé pour me remplacer ? Une bleusaille ! Une débutante, fraîchement émoulue de la fac, sans aucune expérience ! Ah, mais il s'agit de la nièce d'un des associés, alors forcément : elle est mieux payée que je ne l'étais. J'ai pourtant toujours donné satisfaction...

— Disposez-vous de preuves ? Des lettres, des notes manuscrites ?

Angela secoua la tête avec colère.

— Rien. Ils sont trop malins ! déplora-t-elle, amère. Mais je veux les coincer. Je veux qu'ils paient, et pas qu'un peu ! J'ai tout sacrifié à ma carrière. J'ai financé mes études seule en posant pour des magazines de mode. J'ai 32 ans, je suis célibataire et sans enfants. On m'a menti et manipulée !

Meredith l'écouta en prenant des notes. Angela était loin d'être un cas à part.

— Ce que je vous propose, dit-elle à la jeune femme, c'est une attaque multilatérale sur les fronts de la discrimination raciale et sexuelle. Histoire qu'ils tremblent dans leurs bottes ! Il s'agit d'une stratégie qui a fait ses preuves...

— Et si ça marche ? Quel pourcentage de mon indemnisation ira dans votre poche ?

— Je suis payée à l'heure, pas au résultat. Je ne suis pas un charognard ! L'affaire se réglera à l'amiable, vous obtiendrez des dommages et intérêts, vous me verserez mes honoraires, rien de plus. Ma réputation en sortira grandie. Tout le monde est gagnant.

Le taux horaire de Meredith n'était pas exorbitant. Avec une froideur toute professionnelle, Angela lui tendit la main.

— Marché conclu, dit-elle.

— Repassez me voir demain à 10 h 30, nous étudierons votre dossier plus en détail. Je peux déposer la plainte en fin de semaine. Ensuite, on laissera vos anciens employeurs mariner un peu. Cela devrait être divertissant à observer !

Angela opina du chef et partit. Elle promettait d'être une bonne cliente : futée, directe, honnête, pour autant que Merrie puisse en juger, et son dossier était solide. Entre cette affaire et la demande de réparations de Claudia, et avec les autres dossiers en cours, Merrie ne chômait pas, et son cabinet prospérait.

Quand Charlie revint, elle lui résuma la situation.

— C'est une forte femme, commenta le jeune homme. L'ambition transpire par tous les pores de sa peau !

— Elle est noire et elle a réussi à s'imposer à Wall Street dans le milieu du droit. Bien sûr qu'elle a de l'ambition !

Angela revint le lendemain et les deux avocates planchèrent ensemble sur son dossier. L'attitude draconienne de la plaignante se confirmait, mais Meredith ne s'en formalisait pas. Dans un monde à prédominance blanche et masculine, Angela n'avait pas eu d'autre choix que de se forger une carapace pour gravir les échelons.

Le vendredi, comme promis, la plainte fut déposée. Dès le lundi, on en parlait dans la presse. L'histoire était vendeuse, d'autant que Me McKenzie était fille de juge fédéral et petite-fille d'un juge à la Cour suprême. Son nom seul suffisait à faire parler de l'affaire !

Angela lui téléphona pour lui faire part de sa satisfaction. Son ancien employé la harcelait de messages l'implorant de retirer sa plainte. La jeune femme filtrait leurs appels.

— Parfait ! Continuez, approuva Meredith. Laissez monter la sauce.

Ce soir-là, elle reçut un appel de son père. Il commença par lui parler quelques instants de la pluie et du beau temps, ce qui ne lui ressemblait pas. Enfin, il en vint au fait : il avait un service à lui demander.

— Je t'écoute, lui dit sa fille avec chaleur (ils s'étaient rapprochés depuis leur rencontre inopinée à la manifestation).

— Je crois savoir que tu as récemment accepté une nouvelle cliente. Une jeune femme noire qui porte plainte contre Elkins, Stein & Hammersmith. Comme tu le sais, Larry Elkins et Bert Hammersmith sont de vieux copains... Ils voudraient te demander une faveur...

— La permission de nous payer rubis sur l'ongle pour qu'on retire notre plainte ? le taquina Merrie.

— Euh, non. En fait, pour ne rien te cacher, ils aimeraient que tu renonces à défendre la plaignante. Si tu veux mon avis, ils se font du souci. Le fait que ton nom soit associé à l'affaire met les journalistes en émoi.

— Je suis flattée, mais je ne lâcherai pas ma cliente.

— Cela pourrait me pénaliser. Ils m'ont appelé exprès pour me demander d'intercéder en leur faveur...

— Je ne cède pas à ce genre de pressions, papa. Je suis avocate, pas bookmaker. Me Taylor est ma cliente et son dossier est en béton.

— C'est bien ce qui inquiète Bert et Larry. Apparemment, elle serait passée à la trappe par inadvertance. Tu sais ce que c'est, dans les grandes boîtes : on a tôt fait de négliger un bon élément... pas intentionnellement, bien sûr.

— Il fallait y penser plus tôt, au lieu de la virer et de pistonner la nièce d'un des patrons pour la remplacer ! Il n'y a pas à tortiller, papa : Angela Taylor a été victime de discrimination. Tes amis sont en tort, un point, c'est tout.

— L'affaire risque de faire du bruit, à cause de sa couleur de peau, tu comprends...

— Sans blague ! Rassure-toi : nous sommes prêtes à régler l'affaire à l'amiable... contre une somme généreuse. Bon, je peux faire autre chose pour toi ?

Le lendemain, les négociations débutèrent.

Il fallut six semaines d'allers et retours pour s'entendre sur le montant : l'équivalent d'un an de salaire et, en bonus, des excuses en bonne et due forme. Meredith avait en effet menacé de saisir la NAACP, l'association pour la promotion des gens de couleur. La presse en aurait fait ses choux gras. C'était un triomphe. Angela exultait, et une idée avait germé dans l'esprit de Merrie.

— Que diriez-vous de venir travailler pour moi ? proposa-t-elle à sa consœur. Il me semble que nous avons développé une bonne entente professionnelle, et je cherche justement à recruter. Vous auriez votre propre assistante… Qu'en pensez-vous ? En revanche, je vous préviens tout de suite qu'on ne prendra aucune affaire politique ni financière. Je me refuse à défendre les combinards et les pourris. Mais je pense que nous sommes sur la même longueur d'onde, n'est-ce pas ?

— Ma foi… Je risque d'avoir du mal à retrouver un emploi pendant quelque temps. J'ai froissé des susceptibilités, je vais devoir faire profil bas. Alors pourquoi pas ?

— Ma porte vous est ouverte. Songez-y. Pas de coups tordus ici !

— Oh, je sais.

Elles parlèrent salaire et, une demi-heure plus tard, Angela avait pratiquement signé son contrat d'embauche. Quand elle repartit, Meredith rayonnait. Il ne lui restait plus qu'à engager un second auxiliaire juridique. Pour couronner le tout, son père l'appela pour lui adresser ses félicitations.

— Merci, papa. J'avoue que je suis contente du résultat.

— Tu t'es montrée dure, mais juste, approuva Robert. Bert et les autres redoutaient pire…

— Flûte ! Si j'avais su, j'aurais fait monter les enchères.

Merrie plaisantait. Son but était de gagner l'estime de ses confrères, pas de se les mettre à dos.

Angela s'intégra sans heurts au petit cabinet de Meredith. Pour la seconder, celle-ci embaucha une certaine Peggy. La quarantaine bien tassée, Peggy n'était pas aussi douée que Charles. Elle manquait d'assurance. Toutefois, elle était pleine de bonne volonté, si bien que Merrie voulait croire en son potentiel.

Enfin, elle reçut le courrier qu'elle guettait depuis des mois. Elle décacheta l'enveloppe, un sourire aux lèvres.

— On dirait que tu viens de gagner à la loterie, remarqua Charlie en pénétrant dans son bureau.

— Tu n'es pas loin du compte. Je m'envole pour l'Allemagne en janvier pour défendre un dossier de demande de réparations !

— Tu veux que je te trouve un interprète ?

— Pas la peine : je suis presque bilingue. J'ai passé quatre ans en Allemagne étant enfant.

— Impressionnant, commenta Angela, qui passait dans le couloir.

Meredith jubilait. Elle avait réussi. Elle avait décroché le Graal : l'entretien avec la Claims Conference !

Restait à persuader Claudia de braver ses démons.

Car elle irait à l'entretien. Meredith y veillerait.

C'était l'heure de vérité.

15

L'avion décolla de New York juste après la Saint-Sylvestre. Sur l'insistance de Merrie, elles voyageaient en première classe. Pour limiter l'inconfort de son amie, Meredith n'avait pas regardé à la dépense.

Claudia était attendue à la Claims Conference l'après-midi suivant ; Merrie avait choisi ce vol de nuit avec correspondance à Genève de façon à ne pas prolonger inutilement le supplice de la jeune femme, qui n'avait consenti à revoir l'Allemagne que « pour Alex et Sarah ». La dernière fois, ç'avait été par le hublot de l'avion qui l'emmenait en Amérique. Elle était alors une orpheline famélique et terrifiée, en route pour l'inconnu. Que sa vie avait donc changé, songeait-elle à présent en cherchant en vain le sommeil.

L'avion survola Berlin. D'en haut, on distinguait le mur qui serpentait d'un bout à l'autre de la ville, la divisant et l'isolant. Merrie avait tout prévu : à l'aéroport, un chauffeur les attendait pour les conduire au Kempinski Hotel Bristol. Malgré la prévenance dont son amie faisait preuve, Claudia s'abîma dans ses souvenirs. Du moment où l'avion avait heurté le tarmac de Berlin-Tegel, elle n'avait plus desserré les mâchoires. Elle contemplait par la vitre les monuments familiers de sa ville natale.

Elle n'avait rien oublié.

La commission devait se réunir au Rathaus Schöneberg, l'hôtel de ville de Berlin-Ouest. C'était cette institution qui traitait les affaires de réparations portant sur la spoliation d'objets d'art ou de biens immobiliers ; les questions financières étaient du ressort de la Bundesbank, laquelle gérait les comptes, bien entendu gelés, des Juifs dépossédés et massacrés pendant la guerre.

Meredith apportait dans sa valise plusieurs exemplaires complets du dossier de Claudia, un pour chaque membre de la commission. La première mouture s'était considérablement étoffée. À force de recherches, Merrie avait en effet réussi à mettre la main sur des photos des demeures. Certaines, tirées d'archives de journaux, portaient en légende le nom de leurs propriétaires. L'une d'elles avait été convertie en hôtel, l'autre en musée ; quant au château, il appartenait à un prince bavarois.

— Tu tiens le coup ? demanda Meredith à Claudia.

Cette dernière hocha la tête et, muette, suivit son amie dans le hall de l'hôtel.

Les jeunes femmes partageaient une chambre, « pour réduire les frais du séjour », prétendait Meredith. S'il était vrai que leurs billets d'avion avaient coûté une fortune, la jeune femme souhaitait surtout avoir Claudia à l'œil. Celle-ci baignait dans un déluge d'allemand depuis l'atterrissage, ce qui ne pouvait manquer de faire resurgir ses souvenirs. Sitôt seule avec elle, Meredith veilla à ne plus lui parler qu'anglais.

Elles avalèrent un petit déjeuner et sortirent se dégourdir les jambes. Le long du Kurfürstendamm, Claudia évoqua quelques réminiscences. Vers l'âge de 6 ans, avant que commence son calvaire, elle avait fait des emplettes sur l'avenue avec sa mère. Malgré les années, tout lui revenait avec netteté. Les souvenirs de cette époque insouciante l'assaillaient comme s'ils dataient de la veille. Soudain, Claudia fut saisie d'un besoin irrépressible de revoir la maison où elle avait grandi. Merrie héla un taxi. Arrivée à destination, Claudia en descendit et contempla longuement la façade. Quand, enfin, elle rejoignit Meredith sur la banquette arrière, son expression était hantée par les fantômes du passé.

— Alors ? lui murmura son amie.

Claudia déglutit.

— Elle me paraissait plus grande, à l'époque, dit-elle d'une voix aux accents enfantins.

Claudia et Meredith déjeunèrent sur le pouce dans un *Biergarten* puis se rendirent à leur rendez-vous.

Frau Hoffmann, une femme revêche et guindée, les accueillit et les mena dans une salle où cinq personnes les attendaient, assises en rang. Sous leurs regards inquisiteurs, elles s'installèrent aux places qu'on leur indiqua.

— Merci d'être venues, déclara Frau Hoffmann.

L'entretien commença sur un ton courtois ; pourtant, Claudia frissonna. Elle avait beau se savoir en sécurité, le passé la rattrapait. Elle prit la main de Meredith et la serra de toutes ses forces.

— Je vous prie de m'excuser, dit-elle d'un filet de voix aux membres de la commission. Je… Ceci est très difficile pour moi. Mon avocate m'a assuré que ma présence était indispensable à l'examen de mon dossier. Sans quoi, je ne serais jamais revenue dans ce pays de mon plein gré.

Elle semblait choisir ses mots avec soin de peur d'offenser ses interlocuteurs.

— Nous comprenons, lui assura Frau Hoffmann, raide comme un piquet.

Sur ce, elle s'empara du dossier et, avec une sévérité toute professionnelle, entreprit de le parcourir. Elle tournait lentement les pages que, pour la plupart, elle avait déjà étudiées. Quand son regard tomba sur les photos des demeures, cependant, elle laissa échapper une exclamation.

— Vous souhaitez être indemnisée pour tout cela ?

Comme Claudia tardait à répondre, elle plissa les yeux.

— Pourquoi avoir autant tardé à vous manifester ? s'enquit-elle.

— J'ai longtemps ignoré l'existence de ce genre de démarche, lui répondit Claudia. Si je le fais aujourd'hui, c'est pour mes enfants. Je sais futile d'espérer une restitution intégrale, au vu du peu de preuves dont je dispose. Mais concernant ces trois maisons, plusieurs personnes peuvent attester qu'elles étaient dans ma famille depuis des années. Les nazis m'ont tout pris. Ma mère, mon père, mes sœurs, mon frère. Mes grands-parents. Mon innocence. Quand je pense que, un jour, il me faudra parler de ces atrocités à mes propres enfants…

— Ce fut une époque sombre pour l'Allemagne, concéda sèchement Frau Hoffmann.

— D'autres que moi ont-ils pu prétendre à des indemnisations ? lui demanda timidement Claudia.

Elle savait que c'était le cas, mais ignorait l'ordre de grandeur des montants obtenus.

— Quelques-uns, reconnut la femme du bout des lèvres. Et aucune demande de cette envergure ne nous a jamais été soumise. Tant de biens ont changé de mains pendant la guerre…

— Tant d'innocents ont péri.

— Mais pas vous, nota l'un des hommes avec délicatesse. C'est un miracle. Vous deviez être si jeune !

Remarquant son émotion, Claudia le gratifia d'un petit signe du menton.

— J'avais 7 ans quand on m'a envoyée à Auschwitz ; 10 à la libération.

La commission examina le dossier avec minutie. Une photo représentait une femme séduisante aux côtés d'un beau jeune homme : les parents de Claudia. Nul n'émettait de commentaire. Les questions, en revanche, fusaient. On demanda à Claudia des détails concernant sa détention, une description approfondie des circonstances de la mort de son frère, de ses sœurs et de ses parents… Trois heures s'écoulèrent de la sorte. Enfin, Frau Hoffmann se leva, remercia Meredith et Claudia et les escorta jusqu'à la sortie.

— C'est terminé ? balbutia Claudia, comme sidérée, les yeux écarquillés, une fois sur le trottoir.

— Oui, lui confirma Meredith. Dans quelques mois, on nous contactera pour nous faire part du montant auquel tu as droit. Tu devras probablement faire appel, peut-être plusieurs fois. Nous ne nous trouvons qu'à l'aube d'une longue procédure ! Mais, pour aujourd'hui, c'est terminé.

Claudia ne cacha pas son soulagement. Elles regagnèrent leur hôtel et la jeune femme s'allongea. Vidée, elle ne quitta plus la chambre de la journée.

— Tu es sûre que tu ne veux pas sortir manger un morceau ? insista Merrie le soir.

Mais Claudia secoua la tête.

— Je ne m'en sens pas capable. Si j'essaie, je vais m'écrouler.

Elle s'endormit. Plus tard, au cœur de la nuit, une insomnie la maintint éveillée. Claudia était rongée par la crainte, le chagrin et la culpabilité envers les Steinberg, qui ne savaient rien de sa démarche. Le matin du départ, elle s'habilla en silence. Ce ne fut qu'une fois l'avion en vol qu'elle recouvrit l'usage de la parole.

— Je sais que c'est idiot, mais j'ai vraiment eu peur que tout recommence, avoua-t-elle à Meredith d'une voix chargée d'émotion. J'ai cru qu'ils allaient m'emmener.

— Plus personne ne t'emmènera jamais, lui promit son amie.

— Je sais, mais dans cette salle, pendant l'entretien...

Tremblante, elle laissa sa phrase inachevée.

— Tu crois qu'on m'accordera quelque chose ? demanda-t-elle un peu plus tard.

— Aucune idée. Mais ce qui compte, c'est que tu aies fait valoir tes droits. Je sais combien il t'en a coûté. Tu t'es montrée très courageuse.

Claudia sourit et, lessivée par le raz-de-marée d'émotions violentes qu'elle venait d'essuyer, dormit jusqu'à l'atterrissage.

Apercevant Thaddeus et les petits à la sortie des douanes, elle parut renaître.

— Alors ? s'empressa de lui demander son mari tandis qu'elle lui sautait au cou et couvrait ses enfants de baisers. C'était comment ?

— Éprouvant. Moi qui croyais avoir oublié… j'ai tout retrouvé.

Meredith prit congé de son amie et rentra chez elle en taxi. Le voyage avait certes été court, mais pas moins harassant, et elle se sentait exténuée.

Le week-end suivant, elle se rendit chez Claudia et Thaddeus afin de décortiquer l'entretien. Elle s'étonna de trouver sous leur toit un ami de Thaddeus, un quadragénaire allemand qui faisait escale à New York entre deux voyages. Son travail, expliqua-t-il à Merrie, l'amenait à effectuer de nombreux déplacements en Argentine, au Brésil, en Uruguay, en Allemagne. Il s'appelait Gunther Weiss, possédait une crinière de cheveux d'un noir de jais et des yeux d'un bleu perçant, et il avait beaucoup de conversation.

— Quel est donc ce travail qui vous entraîne par monts et par vaux ? lui demanda Meredith, intriguée.

Gunther se fit grave. Il se tut un moment avant de lui expliquer qu'il traquait des criminels en fuite.

— Vous êtes chasseur de têtes ? demanda Meredith.

— Pas vraiment. Je traque les anciens nazis qui cherchent à se dérober à la justice. Il y en a plus qu'on ne le croit. Ils se cachent aux quatre coins du globe. Sous de fausses identités, bien entendu. C'est pour ça que je bourlingue autant. Je n'ai pour ainsi dire pas de domicile fixe.

Meredith en resta sans voix. La quête de Gunther forçait le respect. Elle évoqua le rôle que son père avait joué dans le procès de Nuremberg et Gunther eut un hochement de tête appréciateur.

— Ma démarche s'inscrit dans la continuité de ce procès. Nous devons tous les retrouver, morts ou vifs.

Durant le dîner, Meredith le bombarda de questions sur sa captivante mission. L'homme et l'aura de mystère qui l'entourait piquaient sa curiosité. Gunther n'était pas en reste. À son tour, il interrogea Merrie : était-elle juive ? Que faisait-elle dans la vie ? Comment connaissait-elle Claudia et Thaddeus ? Ils discutèrent à bâtons rompus pendant tout le repas.

— J'ai connu les camps, moi aussi, révéla-t-il doucement à Merrie quand leurs hôtes furent montés se coucher. J'y ai perdu tous les miens, comme Claudia. Nous appartenons elle et moi au même club très sélectif : celui des rescapés. Certains d'entre nous s'en remettent… d'autres, non.

Son ton laissa Merrie songeuse. Dans quelle catégorie se rangeait-il ? Elle ne le saurait sûrement jamais. Au reste, elle ne serait probablement pas amenée à revoir cet aventurier solitaire qui parcourait le monde sans jamais se fixer. Cela ne l'empêchait pas de se sentir attirée par lui.

Mais quand elle se réveilla le lendemain matin, il était parti.

— C'est Gunther tout craché, commenta Claudia. Il doit déjà être en route pour le Brésil. Tu sais, il a contribué à faire arrêter d'importants criminels nazis. C'est sa cause, et il ne vit que pour elle.

L'admiration faisait vibrer sa voix. Merrie avoua sa fascination à son amie.

— Ne va pas t'éprendre de lui ! la mit en garde Claudia.

— Ne dis pas de sottises ! Je le trouve très intéressant, c'est tout, lui rétorqua Merrie, désinvolte.

— Les femmes disent toujours ça, mais elles tombent comme des mouches. Or Gunther ne s'attache jamais. Je crois que sa fiancée est morte dans un camp. Il le dit lui-même : certaines personnes ne s'en remettent jamais. Moi, c'est différent. J'étais jeune...

Rien n'y fit. Gunther Weiss trottait dans la tête de Meredith. En dépit d'elle-même, elle espérait qu'un jour leurs chemins se croiseraient à nouveau. Aucun homme ne lui avait encore fait si forte impression.

L'année s'acheva sans que Merrie ni Claudia reçoivent la moindre nouvelle de la commission. Meredith commençait à trouver le temps long. Elle téléphonait régulièrement aux autorités concernées, mais on lui faisait toujours la même réponse : la

Claims Conference n'était pas encore parvenue à une décision.

Au cabinet, les affaires tournaient à plein. Elle formait avec Angela une équipe de choc, au point qu'elle songeait à lui proposer, à terme, le statut d'associée. Angela fréquentait depuis quelque temps un jeune homme, un Blanc, associé dans un important cabinet d'avocats de Wall Street. Merrie, de son côté, préférait toujours les manifestations aux rendez-vous galants ; la guerre du Vietnam s'enlisait et la colère grondait. Robert ne prenait plus part aux rassemblements, mais il soutenait sa fille. Près de cinq cent mille hommes avaient été appelés sous les drapeaux et, quand Martin Luther King s'exprima, à l'occasion d'une immense manifestation pour la paix, en avril 1967, Meredith en était, de même qu'elle fut de la marche sur le Pentagone en octobre. C'est là, à Washington, qu'à sa stupéfaction elle reconnut Gunther, le chasseur de nazis. L'avisant, il sourit et s'empressa de la rejoindre. Merrie ne l'avait pas revu depuis de longs mois, mais il lui sembla qu'ils s'étaient quittés la veille.

— Qu'est-ce que tu fais ici ? lui demanda-t-il.

— Je cherche les ennuis, répliqua-t-elle du tac au tac.

Il rit.

— Je loge chez des amis, je m'envole pour l'Allemagne en fin de soirée. On dîne ensemble ?

Meredith n'hésita pas une seconde. Ils déambulèrent un moment dans la ville, puis prirent un verre à l'hôtel de la jeune femme. Le charme de Gunther opérait toujours.

— Et Claudia, au fait ? Son indemnisation avance ? lui demanda-t-il.

Meredith se rembrunit.

— Qui sait ? Nous sommes sans nouvelles. Peut-être que la commission essaie d'enterrer le dossier. Il faut dire que Claudia risque de les mettre sur la paille !

— Elle ne doit pas s'attendre à toucher des sommes faramineuses, mais elle sera indemnisée. Patience. Ces choses-là prennent du temps.

— Et toi ? Qu'est-ce que tu fais, en ce moment ?

Il lui décocha un sourire en coin.

— Comme d'habitude. Je cherche de nouveaux nazis à épingler à mon tableau de chasse.

L'année précédente, comme Meredith l'avait appris par Claudia, il avait remporté en Uruguay une victoire de taille.

— Je redresse les torts commis dans le passé, tu luttes contre les injustices perpétrées dans le présent, remarqua Gunther comme elle lui faisait part de son admiration. Ce n'est pas si différent.

— J'ai un job de bureau ! protesta Meredith. Je ne cours aucun danger… Enfin, si, parfois. Mais rien à voir avec toi ! J'imagine que les nazis ne t'accueillent pas avec du thé et des petits gâteaux.

— Non, en effet. J'ai dû en abattre plus d'un. Pas de gaieté de cœur. Par légitime défense. Mais rassure-toi : la plupart d'entre eux tentent simplement de me soudoyer. Dans l'ensemble, enrichis par leurs crimes odieux, ils mènent la belle vie… jusqu'à ce que je les débusque.

Son regard se durcit. Une intense froideur se dégageait de lui. Cet homme que Meredith avait vu jouer gaiement avec les enfants de Claudia semblait en cet instant coupé du restant de l'humanité. C'était une énigme. Un idéaliste doublé d'un baroudeur à même de se sortir de n'importe quelle situation. Un individu intrépide, mais également impitoyable…

Il fixait Meredith avec insistance.

— Tes valeurs me plaisent, lui confia-t-il. La vie que nous menons exige bien des sacrifices. As-tu des regrets ?

— J'assume pleinement mes choix, lui assura Merrie. Je savais d'entrée de jeu ce qu'ils me coûteraient. Je ne me marierai sans doute jamais. Je n'aurai probablement pas d'enfants. Mais, si mon grand-père m'a appris une chose, c'est qu'il faut se battre pour ce en quoi l'on croit. Bon, mes parents ont eu un peu plus de mal à avaler la pilule…

— Ils te mènent la vie dure ?

— Plus vraiment, reconnut Merrie. Je crois qu'ils se sont fait une raison. Je vais avoir 31 ans, il est un peu tard pour me convertir au genre d'existence qu'ils souhaitaient pour moi. Sans compter que j'ai un casier de six pieds de long : ça fait fuir les hommes.

Ils rirent.

— Au contraire, la détrompa-t-il. Ça ne te rend que plus… intéressante.

L'attirance entre eux était palpable. Tout en plongeant son regard dans les yeux bleu glacier de Gunther, Merrie, qui n'avait pas accepté de rendez-vous depuis un an, remercia la providence d'avoir remis cet homme sur son chemin.

— Tu plaisantes, reprit-elle, mais dans mon milieu je suis considérée comme une marginale. Il faut croire que je tiens de mon grand-père. Il débordait un peu du cadre, lui aussi.

— As-tu suivi ses recommandations ?

— Je m'y efforce. J'ai ouvert mon propre cabinet d'avocats pour pouvoir pratiquer le droit sans jamais renoncer à mes principes. Je suis toujours sur le pied de guerre pour défendre les opprimés. Je ne me vante pas, seulement, il y a des choses sur lesquelles je ne parviens pas à fermer les yeux. Ce doit être dans ma nature.

— Que fait ton père ?

— Il est juge fédéral. Mais c'est un indécrottable conservateur.

— Et, hormis ton grand-père, qui sont tes héros ? Tes modèles ?

— Martin Luther King, bien sûr… Kennedy… Toi aussi, en un sens.

— Je n'ai rien d'un héros, protesta Gunther d'un ton sans réplique. Il y a des types bien qui font de la sale besogne. Moi, c'est le contraire : je suis un sale type qui fait le bien. Je ne suis pas fréquentable.

Comme Merrie haussait les sourcils, il développa sa pensée :

— Le feu de ma fureur ne s'éteindra pas tant que ces salauds n'auront pas payé. Je les exterminerai tous jusqu'au dernier.

— Moi, je ne pourrai jamais tuer, remarqua simplement Merrie. Les salauds, j'aime mieux m'efforcer de les ramener dans le droit chemin.

— Tu perds ton temps. Certaines personnes sont irrécupérables, crois-moi.

— Je suis d'avis qu'il faut essayer quand même.

Il réfléchit.

— C'est tout à ton honneur. J'opte sans doute pour la solution de facilité.

— On ne changera pas les mentalités par la violence, observa doucement Meredith.

Gunther hocha la tête. Puis il consulta sa montre.

— Je dois filer, il faut encore que je récupère mes bagages. J'espère qu'on se reverra, un de ces jours.

— Appelle-moi si tu repasses à New York, lui suggéra Meredith.

Elle flirtait avec le danger. Elle n'avait pas oublié la mise en garde de Claudia : quand on s'éprenait de Gunther, on y laissait des plumes. Endurci par son métier, ce n'était plus un homme mais un loup.

— Je n'y manquerai pas, répondit-il cependant. Tu n'auras qu'à m'emmener à une manif contre la guerre au Vietnam.

Meredith lut de la tendresse dans son regard. Pendant le dîner, elle lui avait parlé de la mort de son frère.

— Avec plaisir, lui répondit-elle à voix basse.

Il allait partir quand, au dernier moment, il se retourna et embrassa Meredith. Ce fut un baiser fugace – leurs lèvres s'effleurèrent à peine –, mais chargé d'une telle intensité qu'un frisson parcourut la jeune femme. Gunther fit courir un doigt le long de sa joue, monta dans un taxi et disparut à l'angle de la rue.

Merrie regagna son hôtel à pied, complètement déboussolée. Gunther s'était révélé en tout point conforme au portrait que lui en avait brossé Claudia : il était mystérieux, inaccessible, irrésistible, et surtout résolument libre. Quand bien même Meredith le reverrait un jour, elle ne le posséderait jamais. Du reste, c'était sans doute mieux ainsi. Pour dédier son existence entière à la vengeance, il fallait être un homme brisé. Gunther était fascinant, mais les nazis lui avaient volé sa faculté d'aimer.

Cependant, rien ne grisait Meredith comme le vent de la liberté ; quant au danger, elle s'en riait.

16

Après cet épisode, Meredith s'efforça de chasser Gunther Weiss de ses pensées, mais il avait le don d'y faire irruption de façon inopinée. Quelque chose en lui la subjuguait. C'était un véritable héros romantique, hanté par des démons, rongé par le passé et, pour infréquentable qu'il fût, il n'en était pas moins diablement attirant. Son charme était magnétique, même pour qui, comme Merrie, avait la tête sur les épaules. À son corps défendant, elle se sentait même attirée par l'aura de violence et de danger que l'homme dégageait. Tant de femmes devaient se brûler les ailes à vouloir le domestiquer ! Merrie, elle, savait la tâche impossible. Les blessures de Gunther étaient trop profondes. Pour autant, il aurait été inutile de se voiler la face : il lui plaisait.

Un mois plus tard, au restaurant, Robert mit un terme aux rêveries de sa fille en lui annonçant son intention de prendre sa retraite. Meredith tombait des nues. Son père n'avait que 62 ans ! Certes, il était fatigué et la mort d'Alex, deux ans auparavant, avait ébranlé toutes ses convictions. Depuis, il évoluait dans le monde à tâtons, avec un scepticisme croissant. Il se défiait de plus en plus du gouvernement. Les dirigeants mentaient ouvertement aux citoyens à propos du Vietnam, où s'embourbaient maintenant pas moins de cinq cent mille hommes. Mais de là à tourner le dos au cabinet... Merrie avait toujours imaginé que son père marcherait dans les traces de son grand-père, dont rien n'avait jamais entamé le dynamisme. Mais bien sûr, Bill McKenzie n'avait jamais eu à enterrer son propre fils.

— Depuis Alex, je n'ai plus la même énergie qu'avant, se défendit piteusement Robert. En plus, Janet a besoin de moi à la maison.

De fait, son épouse dépérissait. Meredith n'en était pas moins consternée par cette annonce.

— Tu es bien trop jeune pour y songer, papa ! En tant que juge, tu as le pouvoir de changer les choses. Tu vas mourir d'ennui une fois à la retraite ! À quoi occuperas-tu tes journées ?

— Je jouerai au golf. Je paierai des vacances à ta mère – ça lui ferait du bien de voir du pays. Je déjeunerai avec des amis. Je me détendrai.

C'était le quotidien d'un vieillard qu'il dépeignait là. Tout en la jeune femme s'insurgeait contre ce projet. Hélas ! Son père avait pris sa décision. Le repas terminé, Meredith regagna son bureau, en proie à une profonde mélancolie. Il lui semblait que, en démissionnant de ses fonctions, son père renonçait à la vie. S'il n'avait plus le cœur à travailler, il ne serait bientôt plus que l'ombre de lui-même !

Meredith ressassait ces pensées quand elle vit Angela et Charlie en grande conversation dans le couloir.

Angela rayonnait. Quand Merrie s'approcha, elle lui présenta sa main gauche. Elle s'était fiancée la veille à son petit ami.

— Rassure-moi, tu ne vas pas renoncer à ta carrière pour devenir une femme entretenue ? la taquina Merrie.

Angela lui promit qu'il n'en était pas question. Elle lui demanda toutefois la permission de prendre des vacances en août, pour sa lune de miel. Elle évoqua la réaction de ses futurs beaux-parents, que sa couleur de peau froissait un peu. Mais Angela ne se laissait pas atteindre par leur frilosité. Son fiancé, quant à lui, était ravi de bousculer les mentalités, et Angela était confiante : quand ils la connaîtraient mieux, ses beaux-parents allaient l'adorer. Meredith rit. Elle repensait à Seth, l'ancien compagnon de Claudia, qui n'avait pas eu le courage de tenir tête à sa famille. Il est vrai qu'il était jeune, à l'époque, tandis qu'Angela avait 36 ans et son fiancé, 39. Ils n'avaient plus de comptes à rendre à qui que ce soit.

Ce moment de joie passé, Meredith se remit à broyer du noir. Pendant quelques semaines, elle songea avec angoisse à ce que deviendrait son père une fois désœuvré. Il n'avait même pas l'intention de se remettre à travailler pour le cabinet familial. Il n'aspirait plus qu'au calme et à la tranquillité, selon ses propres dires. Mais, pour Merrie, le spectre de la dépression planait. La mort d'Alex avait éteint quelque chose en lui, elle le savait, mais il lui restait de belles années à vivre. Or Robert semblait décidé à les jeter aux orties.

Elle tâchait de penser à autre chose quand Charlie vint déposer sur son bureau une épaisse enveloppe. Elle lui était adressée par l'ambassade d'Allemagne à Washington. Meredith n'osait y croire. Enfin ! Cela faisait presque deux ans qu'elle l'attendait. Elle observa l'enveloppe sans oser la décacheter. Quel que soit le montant proposé par la Claims Conference, il serait certainement insuffisant. Il faudrait faire appel. Claudia n'était pas au bout de ses peines.

S'armant de courage, Merrie ouvrit l'enveloppe.

Le courrier commençait par un long paragraphe de salutations, d'excuses et autres formules d'usage rédigées dans un allemand formel guindé. Le paragraphe suivant dressait la liste des biens dont il s'était révélé impossible de prouver l'appartenance. En revanche, la commission ne contestait pas les revendications de Claudia concernant les trois biens immobiliers. Les preuves abondaient : ils avaient bel et bien appartenu à sa famille avant d'être saisis par les nazis. Après la mort des propriétaires légitimes et le départ pour l'Amérique du dernier de leurs successeurs vivants, les biens avaient été vendus au profit du gouvernement pour une somme nettement inférieure à leur valeur réelle, comme souvent dans ces cas-là (après la guerre, de nombreuses propriétés ayant appartenu aux victimes du génocide avaient été mises aux enchères).

L'auteur du courrier poursuivait en expliquant qu'il était impossible d'estimer la valeur des proches et de l'enfance dont la plaignante avait été spoliée pendant la guerre, et que nul n'aurait su fixer le prix des souffrances qu'elle avait endurées à Auschwitz. S'ensuivait le montant que la Claims Conference se déclarait prête à verser à la plaignante en guise d'indemnisation. La somme était en Deutsche Marks, si bien que Meredith crut d'abord avoir fait une erreur de conversion. Elle refit le calcul...

— Je rêve ! s'écria-t-elle, si fort que Charlie et Peggy accoururent aussitôt.

— Quelque chose ne va pas ? lui demanda le jeune homme.

— Au contraire, Charlie. C'est le jackpot !

Claudia allait percevoir l'équivalent de trois millions de dollars ! Ce n'était rien en comparaison de ce que sa famille avait perdu, mais cela restait inespéré. Les enfants de Thaddeus et Claudia étaient définitivement à l'abri du besoin !

— Je n'y crois pas ! C'est trop beau ! s'exclama Meredith en esquissant trois pas de danse.

Il lui tardait d'annoncer la nouvelle à son amie. La démarche avait été éprouvante et l'attente interminable, mais elles avaient fini par obtenir gain de cause.

— Qu'est-ce que tu fais ce soir ? demanda-t-elle à Claudia au téléphone quelques instants plus tard.

— Rien de particulier, lui répondit son amie. Thaddeus est parti pour Los Angeles ce matin, il boucle un nouveau film. Pourquoi ?

— Je m'ennuie. Je peux venir dîner avec toi et les enfants ?

— Avec plaisir, s'étonna Claudia, touchée. Mais tu as le temps ? Tu es sûre ?

Merrie ne lui rendait jamais visite en semaine ; en général, elle travaillait tard.

— Certaine, rétorqua Meredith sur un ton léger. Je n'ai pas de vie sentimentale, comme tu sais, et je n'ai aucune manif en vue pour occuper ma soirée.

— Il faut vraiment qu'on te dégote un petit copain, la taquina Claudia.

— À propos, je t'ai dit que j'avais croisé Gunther à Washington il y a deux mois ? Nous avons dîné ensemble...

— Oh, Merrie, ne t'engage pas sur cette voie-là : c'est une impasse. Gunther est toujours prêt à dégainer son passeport.

Meredith s'interdit de repenser au baiser qui avait failli la faire chavirer.

— Il n'en reste pas moins intéressant. Bref ! Je peux venir ?

— Je t'attends.

Meredith quitta le bureau de bonne heure et, sur le coup de 19 h 30, elle sonna à la porte de son amie.

Merrie ménageait ses effets. Au début, elle parla de tout et de rien. Elle lut des histoires aux petits et les borda, puis elle aida Claudia à préparer le repas. Mais bientôt elle n'y tint plus. Alors que Claudia allumait la gazinière, Meredith l'arrêta et lui tendit l'enveloppe.

— Qu'est-ce que c'est ? lui demanda Claudia, interloquée.

Elle n'espérait plus de nouvelles de la Claims Conference depuis longtemps.

— Ouvre, tu verras, la pressa Meredith, une étincelle dans les yeux.

Quand Claudia remarqua le cachet, ses mains se mirent à trembler.

— Ma demande a été rejetée ?

Meredith ne répondit rien. Claudia sortit la lettre de l'enveloppe et se mit à lire. Soudain, sa mâchoire faillit se décrocher.

— Il y a une erreur, s'écria-t-elle. C'est insensé !

— Tu plaisantes ? Ce n'est qu'une fraction de ce que ta famille a perdu. Mais tu as été entendue, et pas qu'un peu ! On a réussi, Claudia. On l'a fait !

Elle sauta au cou de son amie, et toutes deux se mirent à danser, riant et pleurant à la fois.

Quand Claudia reprit son sérieux, elle avait l'air inquiète.

— On ne va pas faire appel, n'est-ce pas ? Je ne sais pas si j'en aurais le courage…

— Non, ne tentons pas le diable. À mon avis, aucun plaignant ne s'est encore vu accorder d'indemnisation de cette envergure.

— Ouf ! On est d'accord.

Les deux jeunes femmes s'assirent à la table de la cuisine et bavardèrent jusque tard dans la nuit.

Le lendemain après le petit déjeuner, Meredith prit congé.

— Merrie, tu es mon héroïne, lui glissa Claudia en l'étreignant sur le pas de la porte.

— Joyeux Noël ! Enfin, joyeux Hanoukka, se reprit Meredith. Tu le mérites, tu sais. Et bien plus encore.

— Merci, murmura Claudia.

Merrie reprit le train pour New York, un immense sourire aux lèvres. Rien ne pourrait jamais réparer le mal causé à Claudia dans son enfance. Mais elle avait la satisfaction du devoir accompli et jubilait pour son amie.

Sa joie fut pourtant de courte durée. L'année 1968 prit un mauvais départ. Fin janvier, l'offensive du Têt lancée conjointement par les Viêt-Cong et l'armée populaire vietnamienne choqua profondément l'opinion publique : soixante-dix mille hommes combinèrent leurs forces pour livrer un assaut simultané sur cent vingt-six villes et villages du sud du pays, assaut qui se solda par une victoire du Nord.

Et, une semaine plus tard, Claudia téléphona en pleurs à Meredith.

— Tu as lu le *Times* du jour ?

— Pas encore. Ça n'arrête pas, au bureau, aujourd'hui.

— Seth est mort. Il a été tué au Vietnam pendant la bataille de Hué. Il était marié, il avait trois enfants.

Devenu militaire de métier, conformément à la volonté de ses parents, il avait été fauché dans la fleur de l'âge, à 33 ans.

Meredith écouta en silence Claudia dévider l'écheveau de ses souvenirs. Elle n'avait pas revu Seth depuis dix ans, mais n'en était pas moins bouleversée.

La riposte américaine survint le mois suivant à Mỹ Lai et ce fut une boucherie. L'armée américaine y massacra des civils, essentiellement des femmes, des enfants et des personnes âgées, plongeant les États-Unis dans l'horreur et l'incompréhension. Le monde ne tournait plus rond.

Mais le pire restait à venir, du moins pour Meredith. Le 4 avril, à Memphis, dans le Tennessee, son héros Martin Luther King fut assassiné. Apprenant la nouvelle, Claudia lui téléphona immédiatement. Merrie était ravagée par le chagrin. Elle ne parvenait pas à entrevoir d'avenir sans lui. Elle l'avait acclamé, suivi, admiré. Elle avait cru en lui. Elle se rendit à ses obsèques publiques, à Atlanta, et pleura avec la foule de ses admirateurs endeuillés.

Elle chancelait encore quand le frère de Kennedy, Robert, le sénateur, fut abattu à son tour. Les héros tombaient les uns après les autres.

La goutte d'eau fut la démission d'Angela.

Une semaine à peine après l'assassinat, celle-ci se présenta dans le bureau de Meredith et, sans y aller par quatre chemins, lui fit part de sa décision. Son fiancé lui avait obtenu une place dans son grand cabinet de Wall Street et elle allait l'accepter.

— Tu pars ? répéta Merrie, stupéfaite. Mais… pourquoi ?

Elle n'avait rien vu venir. Elle adorait travailler avec Angela, qu'elle estimait immensément, et elle avait prévu d'en faire son associée très prochainement. S'il y avait eu le moindre signe avant-coureur, Merrie ne l'avait pas remarqué.

— Pourquoi ? répéta cependant Angela. Allons, Meredith, soyons sérieuses ! C'est une occasion en or pour moi. Elle ne se présentera pas deux fois. Ne te méprends pas. J'ai aimé travailler à tes côtés, et je t'admire. Mais nous n'avons pas les mêmes buts, toi et moi. Toute ma vie, j'ai rêvé de me tailler une place dans le monde de l'homme blanc. C'est pour ça que j'avais choisi Wall Street. Je veux me faire un nom. En tant que femme noire, je veux accéder aux échelons supérieurs, et être la première à le faire. Accessoirement, je veux me remplir les poches !

Meredith reconnaissait bien là la franchise qui caractérisait Angela. D'habitude, elle l'appréciait.

— Tu sais que je ne vaux pas moins que les cadors de Wall Street, si blancs et hommes soient-ils, poursuivit la jeune femme. Eh bien, je veux le prouver à la terre entière. Je veux que mon nom leur parle, à chacun d'entre eux. Je ne suis pas comme toi. Tu es une idéaliste, pour ne pas dire une sainte. Tu es prête à tout sacrifier pour nous obtenir le droit de vote, à nous, les Noirs, et pour cela tu auras ma reconnaissance éternelle. Mais mes héros à moi sont J.P. Morgan et Rockefeller, pas Martin Luther King ! Tu vis pour défendre les opprimés, ce qui t'honore, mais moi, j'ai connu la misère, et j'ai appris à mes dépens que, si je voulais m'en tirer dans la vie, je ne pourrais jamais compter que sur moi-même. Je sais : l'argent, toi, tu t'en fiches. Pas moi. À chacun ses valeurs. Je connais les miennes. Elles guident tous mes choix, affectifs... et professionnels. Rendons-nous à l'évidence : ce n'est pas en restant ici toute ma vie que je vais faire des étincelles.

Meredith hocha la tête. Elle avait toujours su qu'Angela avait de l'ambition.

— Tu pars quand ? lui demanda-t-elle.

— Je te donne deux semaines de préavis. Mon nouveau poste m'attend.

— Je ne te retiens pas.

Que ce soit deux semaines plus tard ou bien dans l'immédiat, Meredith allait devoir assumer la charge de travail d'Angela le temps de lui trouver un remplaçant ; il ne servait à rien de repousser l'échéance.

— OK. Merci, Merrie.

Sans un mot de plus, Angela se leva et partit rassembler ses affaires. Meredith ne pouvait s'empêcher d'être déçue. Elle ne s'attendait pas à des effusions, mais elle s'était attachée à sa collaboratrice. Elle se fustigea en son for intérieur : naïvement, parce que Angela était noire, Merrie s'était persuadée qu'elle partageait ses idéaux. Il n'en était rien. Et tel était son droit ! C'était Meredith, et elle seule, qui s'était rendue aveugle à son opportunisme et son individualisme.

D'humeur maussade, elle abandonna ses dossiers et sortit faire le tour du pâté de maisons pour s'éclaircir les idées. Son grand-père l'avait avertie, jadis, qu'une vie de combats pouvait se révéler solitaire, que les amis et les alliés se comptaient souvent sur les doigts de la main. Mais Merrie ne regrettait rien. Oui, elle se sentait seule, parfois. Cependant, pour rien au monde elle ne serait revenue sur ses choix. Le cabinet se remettrait du départ d'Angela, et elle de sa déception.

Quand elle rentra, Charlie l'informa qu'Angela était partie. Pas de pot d'adieu, rien. Pas même un petit mot de remerciement sur la pile de dossiers en cours qu'elle avait déposée négligemment sur le bureau de Meredith. Angela avait déjà tourné la page.

Meredith soupira et entreprit de se familiariser avec les affaires confiées à Angela. La vie ne suivait pas toujours un cours tranquille, c'était ainsi ! Elle se retroussa les manches et se mit à l'ouvrage.

Meredith s'attardait au bureau un soir, tâchant d'absorber le surplus de travail qu'Angela lui avait laissé, quand elle reçut un appel de Gunther. Il devait passer à New York quelques jours plus tard, à une date encore incertaine, et il envisageait de la revoir si son emploi du temps chargé le lui permettait. Meredith eut un petit rictus. Il n'était même pas encore arrivé qu'il se dérobait déjà ! S'armant de courage, elle le remercia pour son appel, mais lui expliqua qu'elle était occupée et raccrocha en espérant qu'il n'insisterait pas. Elle ne se sentait pas capable d'entretenir avec lui une relation purement amicale. Mieux valait étouffer l'idylle dans l'œuf. Elle avait trop à y perdre.

Le reste de l'année ne fut qu'une succession de déceptions et de drames : d'abord, il y eut l'élection de Nixon, puis, vers Noël, on diagnostiqua à Robert un cancer qui, à la stupéfaction générale, l'emporta en cinq semaines à peine, un an après son départ à la retraite. Après la mort de son époux, Janet s'étiola. Elle pleurait sans discontinuer et perdait la mémoire comme une nonagénaire, elle qui allait fêter ses 60 ans. Meredith se montra d'abord compréhensive. Elle se chargea d'organiser les obsèques et veilla sur sa mère comme sur une convalescente. Mais les mois s'écoulèrent sans que l'état de Janet s'améliore et la jeune femme commençait à s'impatienter. « Voilà ce qui arrive, lui soufflait une petite voix mesquine, quand on s'en remet à un homme toute sa vie durant : on devient complètement empotée. » De fait, dix fois par jour, Janet lui téléphonait pour se plaindre de menus tracas : la télé qui ne marchait plus, le lave-vaisselle en panne, le loyer qu'elle avait oublié de payer...

Une visite inattendue vint rompre la monotonie de cette sinistre période. Un homme noir d'un certain âge se présenta un après-midi au cabinet, muni d'un bout de papier où figuraient les coordonnées de Meredith. Il n'avait pas téléphoné pour prendre rendez-vous mais elle le trouva si digne, si distingué, assis le dos bien droit dans la salle d'attente avec son costume et sa cravate, qu'elle accepta de le recevoir.

Ils parlèrent longtemps. L'homme s'appelait Jebediah Parker.

— Tout le monde m'appelle Jeb, ajouta-t-il.

Dix ans plus tôt, son fils avait été lynché par la foule dans le Mississippi pour avoir utilisé les WC réservés aux Blancs dans une station-service.

Là n'était cependant pas le sujet de sa visite. À 76 ans, il avait exercé pendant quarante-sept ans les fonctions de portier dans un immeuble cossu de Park Avenue. Avant l'installation des ascenseurs automatiques, il y avait été liftier. Il affirmait s'être toujours montré courtois et investi, retenant les noms de tous les résidents, portant leurs bagages, réceptionnant leurs colis... Et il jouissait d'une santé de cheval.

— Je n'ai pas pris un seul jour de congé maladie en vingt ans !

Or, deux semaines plus tôt, il avait été renvoyé et remplacé par un homme de 54 ans affecté d'une forte claudication. Certes, l'individu avait pour lui sa relative jeunesse, mais, d'origine russe ou roumaine, il parlait à peine l'anglais.

— J'imagine qu'il est blanc, devina Meredith. Qu'attendez-vous de moi ? Une indemnisation pour licenciement abusif ?

— Non, lui rétorqua Jeb Parker. Ce que je veux, c'est récupérer mon poste ! Je n'ai pas encore l'âge de prendre ma retraite.

Elle s'en amusa. L'homme semblait de fait être une force de la nature ; quand il avait pénétré dans son bureau, elle avait noté son pas vif et puissant.

— Alors ? Vous pouvez m'aider ? s'enquit-il.

— Je peux essayer, répondit prudemment Meredith. Mais je crains que vos anciens employeurs ne préfèrent vous verser des indemnités.

— Je n'en veux pas ! Je veux mon travail. Jamais je n'en trouverai un autre, à mon âge. Je veux rester actif, moi !

Elle compléta ses notes et, quand M. Parker lui demanda ses honoraires, elle lui proposa d'en reparler plus tard, une fois qu'elle aurait étudié le dossier de façon plus approfondie. Meredith espérait en effet menacer les employeurs de discrimination raciale et de licenciement abusif. Pour commencer, elle allait leur adresser un courrier à en-tête et guetter leur réaction. M. Parker lui serra la main (sa poigne était vigoureuse !) et la remercia, puis il remit son chapeau et partit.

Merrie posta la lettre aux intéressés le soir même. Elle y sous-entendait qu'elle avait assez de matière pour leur intenter un procès, mais que son client ne souhaitait qu'une chose : réintégrer ses fonctions.

La réponse ne se fit pas attendre. La stratégie de Meredith avait marché : afin d'éviter le procès, les employeurs de Jeb Parker acceptaient ses conditions. L'avocate lui téléphona aussitôt.

— Vous reprenez du service dès demain, lui annonça-t-elle.

Jeb éclata de rire.

— Vous avez dû sacrément leur flanquer la frousse !

— Je crois bien que oui.

— Je viendrai vous payer sur le chemin du travail. Je vous dois une fière chandelle. J'ai eu de la chance de vous trouver !

— Je suis ravie de notre collaboration, Jeb. Et vous n'avez pas besoin de me payer, je n'ai fait qu'envoyer une lettre. C'est cadeau !

— Ah ça, non ! Ma conscience ne me permet pas d'accepter.

— Mais si. Vous n'aurez qu'à revenir me voir en cas de besoin. La prochaine fois, promis, je vous facturerai mes services.

L'homme se confondit en remerciements et, quand Merrie raccrocha, elle se sentait de bonne humeur, ce qui ne lui était pas arrivé depuis des mois. Le lendemain, quand elle arriva au bureau, Charlie l'attendait, un drôle de sourire aux lèvres.

— Tu as un admirateur secret ? lui lança-t-il.

— Euh, pas que je sache, lui répondit Meredith. Pourquoi ?

C'est alors qu'elle remarqua le gros bouquet de roses qui trônait sur son bureau. Elle ouvrit la carte et y lut : « Merci infiniment pour votre aide. Bien amicalement, Jebediah S. Parker ». Quand elle referma la carte, Meredith rayonnait.

— Alors ? lui demanda Charlie, de plus en plus curieux.

— Un client satisfait, l'informa l'avocate.

Charlie haussa les sourcils. C'était bien la première fois qu'un client lui faisait livrer des fleurs !

— Lequel ? s'enquit-il.

— Le portier.

— Il a gagné au loto ? Il y a au moins trois douzaines de roses dans ce bouquet !

— Non. C'est un gentleman, voilà tout.

Meredith se remit au travail. L'affaire lui avait mis du baume au cœur. Elle adressa un mot de remerciement à Jeb. Défendre la juste cause n'était pas toujours une tâche ingrate. Il suffisait parfois de quelques roses et d'une menue victoire pour compenser les échecs et les difficultés passés.

Quelques semaines plus tard, en sortant déjeuner, Meredith tomba nez à nez avec Ted. Ils ne s'étaient pas croisés depuis des années. Le jeune homme parut ravi de la revoir. Quand elle lui demanda des nouvelles d'Emily, cependant, il lui avoua, mal à l'aise :

— À vrai dire, nous sommes en plein divorce. Figure-toi qu'elle me trompe avec son prof de tennis. Bonjour l'humiliation ! Ma vie est devenue un feuilleton télé. Bon, ce n'est pas comme si nous étions très heureux, tous les deux…

Il affectait la nonchalance, mais Meredith ne se laissa pas berner. Endurer onze ans d'un mariage de raison, élever quatre enfants avec une femme qu'on n'aimait pas, et tout ça pour quoi ? Il y avait de quoi désespérer. Merrie ne pouvait pas s'empêcher d'en vouloir aux parents de Ted. S'ils ne l'avaient pas poussé dans cette voie qui n'avait jamais été la sienne, ce dénouement vaudevillesque aurait pu être évité.

— On dîne ensemble, à l'occasion ? lui proposa Ted, œillade suggestive à l'appui.

Meredith sourit, indulgente, avant d'accepter. Incorrigible Ted !

— Et toi ? demanda-t-il. Raconte. Tu fais quoi de ta vie ?

— Je travaille.

— C'est tout ? Pas de fiancé ?

— Non, lui répliqua Meredith, amusée par son manque de subtilité. Enfin, rien de suivi. Mon père est décédé. J'ai ma mère à charge et elle ne va pas très bien. Une chance que je n'aie pas eu d'enfants.

Pour couper court à toute tentative de flirt, Meredith lui avait décrit sa vie sans fard.

— Tu vois toujours Claudia ?

— Bien sûr ! Elle se porte comme un charme. En revanche tu as appris, pour Seth ?

— Je l'ai lu dans la presse. Quelle tragédie !

Seth et Ted, qui s'étaient tous deux sacrifiés pour répondre aux attentes de leurs parents, s'en étaient vu bien mal repayés. Plus intègres, plus fidèles à leurs idéaux, Merrie et Claudia avaient été récompensées. Claudia écrivait toujours et Meredith vivait au diapason de ses principes. Qu'allait faire Ted, à présent ? Trouver une remplaçante à Emily ? Ou enfin briser le carcan des obligations familiales ?

Plus tard, elle téléphona à Claudia pour tout lui raconter.

— Il a beaucoup changé ? l'interrogea cette dernière. L'autre jour, j'ai croisé un ancien ami de Seth. Il avait tellement grossi et perdu ses cheveux que j'ai failli ne pas le reconnaître !

— Ted n'a pas pris une ride. Mais je l'ai trouvé... éteint. Je crois que, à force de vivre un simulacre, il s'est perdu en cours de route. Oh ! Il est aussi boute-en-train qu'autrefois, mais le cœur n'y est pas. Je ne sais pas si j'ai envie de passer une soirée entière avec lui... Il restera toujours le pantin de son père.

— Ne sois pas trop dure envers lui. Dans le fond, c'est un chic type.

Claudia se rappela soudain quelque chose :

— J'ai un service à te demander. J'aimerais assister à une séance de dédicaces à New York demain et Thaddeus croule sous le boulot. Tu veux bien m'accompagner ? Il s'agit de mon écrivain préféré, j'ai lu tout ce qu'elle a publié et elle m'a beaucoup influencée. J'ai vraiment très envie de la rencontrer.

— Je suis comme Thaddeus : débordée. Depuis le départ d'Angela, je ne sors pas la tête de l'eau ! Tu ne peux pas y aller seule ?

— Si, mais ça me ferait tellement plaisir de te voir...

Meredith se sentit coupable.

— Bon, d'accord. Je t'accorde une heure. Mais ensuite, je retourne au bureau ! C'est où ?

Claudia lui dicta l'adresse.

— On dîne ensemble après ?

— N'insiste pas ! la gronda gentiment Meredith. Je fais déjà une entorse à mon planning pour toi.

— Tu travailles trop, lui reprocha son amie. Ce n'est pas une vie. Sors ! Prends du bon temps !

— Du quoi ? Connais pas ! plaisanta Meredith. Allons, tu sais que mon travail suffit à mon bonheur. Embrasse les petits loups. Bisous, à demain !

Quand il lui fallut s'interrompre à 17 h 30 le lendemain pour se mettre en chemin, Meredith se maudit d'avoir accepté. Sa mère l'accusait de la négliger, le temps faisait défaut, bref : l'avocate était stressée. Comment pouvait-on s'occuper de surcroît d'un mari et d'enfants ? Cela la dépassait. Il n'y avait tout simplement pas assez d'heures dans la journée.

Elle prit un taxi, perdit de précieuses minutes dans les bouchons et arriva à la librairie avec dix minutes de retard.

— Désolée, s'excusa-t-elle auprès de Claudia. J'ai dû finir à pied, sinon j'y serais encore.

Claudia, qui avait déjà fait connaissance avec l'auteure, une Asiatique du même âge qu'elles environ, lui présenta Meredith. Louise Li, franco-vietnamienne, dédicaçait ce jour son troisième ouvrage consacré à la guerre au Vietnam ; originaire de Saïgon, elle avait passé sa jeunesse entre Londres et Paris avant de devenir correspondante étrangère pour le *New York Times*. En tant que telle, elle avait vécu à Shanghai, Tokyo, Hong Kong, Pékin et Bangkok. Son père, journaliste comme elle, avait remporté un prix Pulitzer. En découvrant son pedigree, Meredith ne put cacher son admiration.

— Quel bourreau de travail ce doit être ! glissa-t-elle à Claudia, qui achetait son dernier livre pour Merrie. Comment as-tu découvert son travail ?

— Je l'ai interviewée pour le *Herald Tribune*. Depuis, je suis son travail de près. Tu verras, son point de vue sur la guerre est très intéressant. Elle aborde la question sous l'angle de vue des Français. D'après elle, les États-Unis courent à la catastrophe. Ses arguments sont convaincants…

— J'imagine. Merci, je ne manquerai pas de le lire, quand…

— Quand tu auras le temps, je sais, la taquina Claudia.

Louise Li était occupée à parler avec un quadragénaire blond aux tempes grisonnantes et à la mine grave. Bel homme, il semblait proche de l'auteure. Aussi Meredith fut-elle étonnée de le voir s'avancer à leur rencontre et engager spontanément la conversation.

— Je vois que vous avez fait la connaissance du Dr Watts, observa Louise Li en rejoignant le petit groupe quelques instants plus tard. Nous nous sommes connus en Afrique, il y a des années de cela. J'enseignais, il réalisait une étude. Aujourd'hui, Peter travaille avec les enfants au Vietnam...

— Ah ? fit Merrie, les yeux rivés sur l'homme.

— Oui, j'organise le transfert vers les hôpitaux américains pour ceux qui ont besoin d'interventions chirurgicales ou de soins médicaux divers. Je leur trouve des familles d'accueil pour la durée de leur séjour. Beaucoup sont orphelins...

Il respirait l'humilité, la douceur et la compassion.

— D'ailleurs, reprit-il, si vous êtes intéressées...

Claudia l'arrêta d'un geste.

— Stop ! Si je ramène un petit Vietnamien à la maison, mon mari m'étripe. Nous avons bien assez à faire avec nos deux petits monstres !

Le Dr Watts rit poliment et fixa alors sur Meredith un regard plein d'espoir.

— Vous frappez à la mauvaise porte, lui annonça-t-elle. Je suis accro au travail et les enfants, ce n'est pas ma tasse de thé. Je n'ai même pas le temps d'arroser mes plantes.

Il éclata de rire.

— J'allais seulement vous demander ce que vous faisiez dans la vie !

— Oh. Je suis avocate. Ma spécialité, ce sont les affaires de discrimination. Si vous en êtes victime un jour, n'hésitez pas à m'appeler !

Notant l'intérêt de son interlocuteur, Meredith ajouta, badine :

— En revanche, je me dois de vous signaler que j'ai un casier judiciaire. Je suis militante, voyez-vous, ce qui me vaut d'avoir visité l'intérieur de plusieurs cellules de commissariat... Quand je vous dis que je serais une mère déplorable !

Il rit. Louise Li retourna signer des exemplaires. Peter Watts et Merrie poursuivirent leur conversation. Avant de s'en aller, il prit ses coordonnées et lui promit de la recontacter.

— Il est séduisant, commenta Claudia après son départ.

Merrie ne le nia pas. Elle dut se faire violence pour retourner à son bureau – elle passait un moment agréable –, mais, si elle s'attardait, elle ne trouverait jamais plus le courage de rentrer affronter les piles de dossiers en attente.

Les deux amies partagèrent un taxi. Claudia descendit à Grand Central Station, et Meredith la remercia d'avoir insisté pour qu'elle sorte. Cela lui avait fait du bien.

— Tu devrais venir à New York plus souvent, conclut-elle.

— Commence par lever le pied au boulot, rétorqua Claudia.

Meredith lui adressa un signe de la main par la fenêtre du taxi. Une vingtaine de minutes plus tard, elle avait de nouveau le nez dans ses dossiers, et ne s'arrêta de travailler qu'à minuit.

Les semaines suivantes, les comparutions devant le tribunal s'enchaînèrent et de nouveaux clients vinrent alourdir la charge de travail de Meredith. Un jour, Charlie voulut lui transférer un appel d'un certain Peter Watts.

— Ce nom ne me dit rien, marmonna Meredith, la tête ailleurs. Prends un message et dis-lui que je le rappellerai...

Soudain, elle se souvint et prit l'appel.

— Docteur Watts ! Bonjour, dit-elle.

— Oh, appelez-moi Peter. Pardon de vous déranger. J'imagine que vous êtes très occupée...

— Dites-moi tout. Ça y est ? Vous êtes victime de discrimination ?

— Ha ! Non, pas en ce moment.

— Alors qu'est-ce que je peux faire pour vous ?

— Je voudrais vous proposer de visiter notre centre. C'est ainsi que nous désignons la résidence temporaire où logent les enfants en attendant d'être placés dans des foyers d'accueil. Vous verrez, c'est un chouette endroit, plein d'énergie positive. Les enfants sont très attachants.

— Peter, je vous ai dit que je n'étais pas intéressée, lui rappela gentiment Meredith. Je travaille jusqu'à minuit tous les soirs de la semaine. Les enfants, ce n'est pas pour moi.

Peter se mit à jouer les médecins de famille :

— Tous les soirs ? Ce n'est pas raisonnable, mademoiselle McKenzie. Pensez à votre santé !

Merrie pouffa.

— Que voulez-vous ? Les enfants de mon amie Claudia occupent toute la place dans mon cœur, reprit-elle. Les autres ont tendance à s'enfuir en hurlant à mon approche.

— Je ne vous demande pas de vous engager, se défendit Peter. Seulement, je serai ravi de recueillir vos idées d'amélioration concernant la gestion du centre. Et peut-être avez-vous des connaissances qui seraient disposées à héberger l'un de nos pensionnaires...

Meredith se mordit la lèvre. Si elle lui révélait qu'elle n'avait pour ainsi dire pas d'amis en dehors de Claudia, il allait la prendre pour une folle. Or, pour une raison qu'elle ne s'expliquait pas, elle avait envie de faire bonne impression.

— Vous n'avez vraiment pas une heure à me consacrer ? quémanda Peter.

Meredith consulta son agenda du coin de l'œil. Justement, son rendez-vous de 18 heures venait d'être annulé. Elle avait mille et une choses à faire, mais Peter semblait tellement tenir à sa venue qu'elle n'eut pas le cœur de refuser.

— J'ai un créneau aujourd'hui à 18 heures, ça vous irait ?

— Mais parfaitement !

Peter se confondit en remerciements. En réalité, il allait devoir faire des pieds et des mains pour se libérer mais, ça, Meredith l'ignorait. Tout guilleret, il lui dicta l'adresse du centre et raccrocha. Meredith, de son côté, se fustigeait pour sa sensiblerie. Dans quoi s'embarquait-elle ? Peter allait tenter de l'attendrir, à coup sûr. Or il n'y avait réellement aucune place pour un petit Vietnamien blessé dans la vie bien ordonnée de Merrie.

D'un autre côté, elle ne s'était engagée à rien. Seulement à revoir un homme sympathique croisé à une soirée. Où était le mal ?

17

Vers 17 h 30, Meredith se mit en chemin. Financé par des fonds privés (sauf en ce qui concernait les soins médicaux, payés par l'État américain), le centre louait pour ses besoins une brownstone de l'Upper East Side. Elle retrouva Peter Watts qui l'attendait au rez-de-chaussée de l'immeuble de grès rouge un peu décrépit. Des voix d'enfants résonnaient dans les étages. Ils ne semblaient pas en souffrance, au contraire : à en juger par leurs gloussements, ils s'amusaient. Deux d'entre eux déboulèrent dans l'escalier et faillirent les percuter. L'un d'eux avait un pansement sur l'œil et l'autre, un seul bras. Peter leur adressa quelques mots en vietnamien et, gentiment, les renvoya au premier.

— Ce sont des enfants comme les autres, vous savez, dit-il lorsqu'il surprit le regard de Merrie. Ils ont certes vécu des choses très dures, et je crains que beaucoup ne soient pas au bout de leurs peines, mais on est solide, à cet âge-là. Dans l'ensemble, ce sont des gosses heureux. Et tellement courageux !

Meredith nota surtout l'étincelle qui s'allumait dans le regard de Peter quand il en parlait. Cet homme ne se contentait pas de mots : il faisait œuvre de compassion.

Ils montèrent au premier, où Meredith vit des dizaines d'enfants installés dans des petits lits, jouant avec les infirmières ou recevant des soins, ainsi que quelques bébés et deux ou trois bambins pas encore en âge de parler. Certains paraissaient repliés sur eux-mêmes.

— Tous ces enfants trouveront un foyer au cours des prochains jours mais, pour l'heure, ils sont un peu déboussolés, reconnut Peter. Ils viennent d'arriver. La semaine prochaine, je repars au Vietnam : j'ai douze autres enfants à rapatrier.

Meredith ne dit rien, mais elle était impressionnée.

— D'où est parti ce projet ? voulut-elle savoir.

— Des photos d'enfants blessés qui ont circulé dans les médias. Je ne les supportais pas. L'accès aux soins peut être compliqué au Vietnam, surtout pour qui a tout perdu… En tant que pédiatre, je ne pouvais pas rester les bras croisés. Avec quatre confrères, nous avons monté ce centre. Le plus dur a été d'obtenir les financements. Il nous a fallu un an pour mettre l'opération sur pied, mais je crois que nous y sommes parvenus.

— On dirait bien, confirma Meredith, émue.

Elle était beaucoup plus touchée par les enfants, leurs cicatrices et leur vaillance qu'elle ne s'y était attendue. Peter leur témoignait une infinie bienveillance et, de toute évidence, ils l'adoraient.

— Bon nombre des enfants que vous voyez ici seront à terme adoptés par leur famille d'accueil. Mais pas tous. Certains ont encore des parents au Vietnam. Savez-vous que des bénévoles traversent le pays pour venir nous aider ?

La visite achevée, il reconduisit Merrie dans le hall d'entrée.

— Alors ? lui lança-t-il, plein d'espoir. Vous réfléchirez ? Vous me direz si l'une de vos connaissances a éventuellement une place pour l'un de mes protégés ?

Merrie le regarda. Son dévouement à sa cause le rendait vraiment séduisant.

— Promis, lui répondit-elle. Mais ne vous faites pas d'illusions.

— Quoi qu'il en soit, c'était un plaisir de vous revoir.

Ce soir-là, Meredith repensa malgré elle aux enfants qu'elle avait croisés. Elle eut beau réfléchir, cependant, elle ne voyait pas qui recommander au Dr Watts.

Le lendemain, elle n'eut pas une minute à consacrer à ces considérations. Sa mère la harcela du matin au soir au téléphone avec mille menus soucis, Charlie et Peggy se disputèrent bruyamment pendant leur pause-café, et Meredith enchaîna les revers professionnels. Le reste de la semaine fut à l'avenant.

Quand le calme retomba enfin, sa première pensée alla vers les enfants du Dr Watts et, sur un coup de tête, elle lui téléphona.

— Ravi d'avoir de vos nouvelles, lui dit-il avec chaleur. Vous avez trouvé un foyer pour l'un de mes protégés ?

— Eh bien... oui, admit Merrie. Il m'est venu une folle idée. Je vous conseille de raccrocher sans attendre, parce que je m'apprête à vous faire une proposition complètement folle.

Mais il ne raccrocha pas. Alors Meredith se jeta à l'eau :

— Je me porte volontaire, lâcha-t-elle.

Il y avait de la friture sur la ligne et il craignit de l'avoir mal comprise.

— Pardon ? Vous pouvez répéter ?

— Je me porte volontaire ! Je maintiens que je ne connais rien aux enfants et que mes journées sont déjà bien remplies, mais ma vie de famille se résume à des disputes avec ma mère... Je voudrais m'occuper d'un petit dans le besoin pendant un an.

C'était un véritable saut dans le vide pour Meredith, mais sa conscience la tenaillait. Elle avait toujours mis un point d'honneur à agir pour le bien d'autrui. Or, elle détenait le pouvoir de changer la vie d'un enfant ! Au reste, la générosité de Peter était contagieuse.

— Vraiment ? Vous êtes sûre de vous ? s'étonna ce dernier.

— Absolument pas ! Mais j'accepte de faire un essai. Si j'échoue, il faudra me trouver un remplaçant...

— C'est formidable ! Bon, dans votre cas, mieux vaut un enfant pas trop jeune, vous êtes d'accord ? Je dois ramener prochainement une fillette de 7 ans qui a été grièvement brûlée au napalm...

Meredith déglutit et acquiesça. La panique l'assaillit. Elle allait héberger une enfant. Une enfant étrangère, blessée et vraisemblablement traumatisée. C'était de la folie. Se faire arrêter, à côté, c'était du pipi de chat ! Pour la centième fois, elle déplora de ne pouvoir téléphoner à son grand-père afin qu'il lui prodigue conseils et soutien.

À la place, elle appela Claudia.

— Voilà, conclut-elle quand elle lui eut fait part de sa décision. Pour ceux qui en doutaient encore, maintenant, c'est prouvé : je suis folle à lier.

— Au contraire, c'est merveilleux ! l'applaudit Claudia, estomaquée.

— Complètement dément, tu veux dire.

— Elle arrive quand ?

— Je n'en sais rien. Dans trois semaines, je crois.

— C'est normal d'avoir peur, tu sais. Je suis sûre que les Steinberg étaient dans le même état que toi avant mon arrivée. Ils ne m'avaient jamais vue, même pas en photo ! Et pour toi, ce sera temporaire, n'est-ce pas ?

— Oh, oui ! s'empressa de répondre Meredith. Dis-moi… C'était dur d'être une enfant adoptée ? Tu en as beaucoup souffert ?

Claudia éclata de rire.

— C'était de la torture à l'état pur ! Rends-toi compte : quand j'avais 15 ans, les Steinberg m'interdisaient de me maquiller ! Plus sérieusement, je ne me suis jamais sentie moins aimée que leurs filles biologiques.

— Je ne comprends pas ce qui m'arrive, bredouilla Meredith, désemparée. Tu me connais, enfin : je n'ai jamais voulu d'enfants ! Et voilà que je m'apprête à en recueillir une qui a vécu des atrocités… qui va subir des greffes de peau… Et si je suis nulle ? Et si elle me déteste ?

— Cela n'arrivera pas, lui assura Claudia. Tu sais ce que je crois ? C'est le destin. Tu vas très vite prendre le coup de main. Tu sais, même avec Sarah, au début, j'étais perdue. On apprend sur le tas !

L'angoisse de Meredith ne fit que croître au cours des semaines qui suivirent. Quand elle ne s'abrutissait pas de travail pour mettre sa peur en sourdine, elle cherchait du réconfort auprès de Claudia. Tous les soirs ou presque, celle-ci recueillait ses inquiétudes au téléphone. Enfin, Merrie se décida à annoncer la nouvelle à sa mère. Elle s'en mordit aussitôt les doigts. Janet poussa des cris d'orfraie, taxa sa fille d'inconsciente, lui rappela son agenda de ministre...

— Je suis au courant, merci, bougonna Meredith en sentant son cœur s'emballer. Mais c'est temporaire. Dans un an, ce sera terminé...

— Un an ? glapit Janet. Mais comment vas-tu prendre soin d'une enfant blessée pendant tout ce temps ?

L'effroi de sa mère décupla celui de Meredith.

— Je ne sais pas, maman ! Je me débrouillerai.

Le lendemain, elle téléphona à une agence pour louer les services d'une nounou. La tâche se révéla plus ardue que prévu, car il lui fallait dénicher la perle rare : une professionnelle dotée de compétences médicales, voire d'un diplôme d'infirmière. Merrie reçut un défilé de candidates avant de tomber sur une jeune femme très douce qui avait dû interrompre ses études d'infirmière à la mort de sa mère. Elle l'embaucha sur-le-champ.

Malgré cela, ses angoisses revinrent et elle fit des cauchemars pendant toute la semaine. Enfin, elle reçut l'appel de Peter Watts. Il était de retour.

— Désolé, ç'a été plus long que je le pensais, s'excusa-t-il. Nous avons dû attendre que deux blessés soient en état de voyager. Mais An est avec moi !

La gorge de Merrie se noua. Tout s'emballait. Il allait falloir la rencontrer.

— Elle parle un peu anglais ? demanda-t-elle sans grand espoir.

Peter s'esclaffa.

— Pas un traître mot ! Mais elle apprendra vite, ne t'en fais pas. Tu es libre ce soir pour que je fasse les présentations ?

Après son appel, Merrie acheta au hasard quelques vêtements d'enfant, installa dans sa propre chambre le lit pliant qu'elle s'était procuré, et donna rendez-vous à la nounou pour le lendemain matin 8 heures. Dans le taxi, Meredith combattait sa nausée. Seules Claudia et Janet étaient informées de sa démarche. Elle se sentait plus seule et désarmée que jamais.

Au centre, il régnait un vacarme assourdissant. Avec le nouvel arrivage d'enfants, le dortoir était saturé. Peter dévala l'escalier.

— An est un peu fatiguée à cause du voyage, la prévint-il en s'élançant, radieux, à sa rencontre.

Il entraîna Merrie à l'étage, direction la salle de jeux. Il y avait deux enfants en fauteuil roulant ; d'autres s'appuyaient sur des béquilles, mais le regard de Meredith fut immédiatement attiré par une petite fille assise toute seule sur une chaise, dans un coin de la pièce. Elle serrait dans ses bras une poupée américaine. Meredith s'approcha. L'enfant leva vers elle ses yeux immenses.

— Meredith, je te présente An, dit Peter doucement.

Merrie ouvrit timidement ses bras à l'enfant, qui se recroquevilla sur elle-même, cramponnée à sa poupée. Alors Merrie s'assit par terre à ses pieds. Longtemps, elles n'eurent aucune interaction. Elles se contentaient d'être là, ensemble. Puis Merrie lui prit la main. An scruta son visage sans changer d'expression. Arriva l'heure du dîner. An mangea avec les autres enfants, Merrie à ses côtés. Après le repas, Peter parla à l'enfant dans sa langue et Merrie la vit hocher la tête à deux ou trois reprises.

— Elle est d'accord, annonça-t-il à Merrie.

Avec un sourire entendu, il ajouta :

— Elle vous trouve jolie.

An alla chercher la minuscule valise qui renfermait toutes ses possessions puis, à défaut de pouvoir serrer Peter et les infirmières dans ses bras (ses brûlures étaient trop sensibles), elle leur tint longuement les mains. Enfin, elle suivit Meredith sans la quitter des yeux.

Dans le taxi, pas un mot ne fut prononcé. Une fois à la maison, Merrie montra à An le petit lit, la paire de tennis roses, l'ours en peluche et les habits. An observait, assimilait tout et opinait, muette. Merrie lui tendit une chemise de nuit et, comme An levait un regard de biche apeurée, elle s'accroupit pour l'aider à se dévêtir.

L'étendue des blessures la bouleversa. Le petit corps délicat était raviné de cicatrices écarlates. Seuls ses mains et son visage étaient indemnes. Ravalant ses larmes, Meredith aida l'enfant à se débarbouiller puis la borda. An prononça quelques mots dans sa langue et Merrie grimaça. Elle s'était bien procuré des cassettes pour apprendre le vietnamien, mais elle n'avait guère progressé. Elle déposa donc un baiser sur le front de l'enfant puis elle éteignit la lampe et se retira sur la pointe des pieds.

Elle téléphona immédiatement à Claudia.

— Ça se passe bien ? lui demanda celle-ci.

— Si on veut. La petite est terrifiée. Et moi, n'en parlons pas !

— C'est normal. Je l'étais aussi quand j'ai débarqué ici. Mais ça va s'arranger. Vous arrivez à communiquer ?

— Moyennement, reconnut Merrie. Il faut que je progresse en vietnamien.

— Oh, si An est comme moi, elle apprendra l'anglais en un rien de temps.

Meredith lui promit de la lui présenter dès qu'elles auraient trouvé leurs marques.

Elle alla se coucher de bonne heure. Dans le noir, elle prit doucement dans sa main celle de l'enfant endormie et sombra à son tour dans le sommeil.

Pam, la nounou, se présenta à 8 heures, comme convenu. Merrie servait le petit déjeuner à An : une barre de chocolat et des céréales sucrées. La petite ne paraissait pas mécontente, mais Pam, la nounou, ne put retenir un rire.

— Il va falloir songer à investir dans des flocons d'avoine, ou je connais une petite fille qui va rentrer chez elle avec des caries plein les dents ! commenta-t-elle.

Voyant Pam et Merrie souriantes, An eut un petit rire et se resservit copieusement. Meredith passa l'heure suivante à donner ses instructions à la nounou et à jouer avec l'enfant, puis elle partit travailler.

Peter ne tarda pas à lui téléphoner.

— Tout se passe bien ?

— Super ! affirma Merrie. Je lui ai donné une triple ration de sucres rapides pour le petit déjeuner ; ça a eu l'air de lui plaire.

Il rit. Ensemble, ils étudièrent ensuite l'emploi du temps de l'enfant : cours d'anglais au centre (prérequis à son entrée à l'école), série de rendez-vous à la clinique (la procédure médicale devait débuter un mois plus tard), etc. Inquiète pour An, Merrie partit tôt du travail ce soir-là. Quelle ne fut pas sa surprise de trouver sa mère, Janet, à quatre pattes sur le tapis du salon, en pleine séance de jeu avec sa protégée ! Sa mère s'était même munie d'un manuel de vietnamien pour débutants et se hasardait de temps en temps à lui dire quelques mots dans sa langue natale. Meredith n'en revenait pas. Sa mère, cette éternelle assistée qui était incapable de régler une facture de téléphone ou de payer son loyer – sans parler de réserver une table dans un restaurant ou de rédiger un chèque –, s'était débrouillée pour gagner la confiance et l'affection d'une petite Vietnamienne traumatisée en l'espace de quelques heures ! Mieux : elle communiquait avec elle !

— Maman ? Mais... qu'est-ce que tu fais là ?

— Je papote avec An, quelle question !

L'enfant réagissait avec hilarité à un mot qu'elle avait manifestement écorché.

— Ne fais pas cette tête, reprit Janet. Je me suis mise au vietnamien dès que tu m'as appris la nouvelle. Moi qui avais renoncé à devenir grand-mère, je n'allais pas passer à côté de l'occasion !

Médusée mais ravie, Merrie les laissa entre elles pour aller écouter le rapport de Pam et préparer de quoi dîner.

Sa mère revint le lendemain. Le week-end, Merrie et An rendirent visite à Claudia. An salua leurs hôtes en anglais et récita une ou deux phrases que lui avait apprises la nounou. À la voir jouer avec Alex et Sarah, Meredith sentit sa curiosité redoubler à l'égard de la petite étrangère.

Quinze jours passèrent de la sorte et, malgré la barrière de la langue, dans l'ensemble, tout se passait à merveille. Meredith s'habituait à son rôle de maman de substitution. Un soir, un incident vint troubler la paix. Le téléphone se mit à sonner et une voix d'homme à l'accent du Sud menaça Meredith de mort. La jeune femme en resta choquée. Qui pouvait bien lui vouloir du mal ? Le lendemain, en arrivant à son bureau, elle trouva la porte vitrée fracturée par une brique. Charlie avait déjà téléphoné à la police. Quand on prit sa déposition, Meredith évoqua l'appel anonyme. Elle n'avait pas d'ennemis, à sa connaissance, du moins, et ne travaillait sur aucune affaire impliquant des individus dangereux. Ni les menaces ni le vandalisme n'avaient le moindre sens à ses yeux. Elle ne cacha pas son militantisme à la police, précisant néanmoins que, depuis la mort de Martin Luther King, elle avait pratiquement cessé de manifester. Elle avait trop à faire au cabinet, et son engagement politique avait pris récemment une dimension plus personnelle, ajouta-t-elle.

— Vous vous êtes mis du monde à dos pendant que vous militiez pour les droits civiques ? l'interrogea l'agent qui prenait sa déposition. Avez-vous déjà reçu des menaces de la part de membres du Ku Klux Klan, par exemple ?

Merrie ne se souvenait de rien de ce genre. Ses activités militantes ne lui avaient jamais valu la moindre notoriété ; elle s'était toujours fondue dans la foule. Du reste, elle menait depuis quelques années une vie discrète et rangée.

On conclut à un acte de vandalisme gratuit. Charlie fit réparer la porte et tous s'efforcèrent d'oublier l'incident. Malheureusement, à peine trois jours plus tard, tout recommença : le téléphone, les menaces, la brique. La police revint. Cette fois-ci, Merrie avait été traitée de « pute à nègres », sur quoi son interlocuteur avait lâchement raccroché en se gardant bien de décliner son identité. Meredith, bien qu'un peu ébranlée, ne mit pas sa mère dans la confidence. Elle ne l'avait pas vue aussi épanouie depuis la mort d'Alex et répugnait à gâter son bonheur. Janet avait tant de plaisir à dialoguer avec la petite An dans son vietnamien de cuisine ! Merrie aussi puisait dans la présence d'An une joie inespérée. Elle avait beau travailler d'arrache-pied, quand elle retrouvait sa protégée, le soir, rien d'autre n'importait plus. C'était une parenthèse bénie, et Merrie ne se remettait au travail qu'une fois l'enfant au lit.

Peter prenait régulièrement de leurs nouvelles et Merrie lui faisait chaque fois le même compte rendu : tout allait bien, An apprenait l'anglais à une allure impressionnante et sortait de plus en plus de sa coquille. Un jour, il passa à l'appartement avec des plats vietnamiens (Janet, qui était présente, s'en trouva si intriguée qu'elle résolut de faire l'acquisition d'un livre de recettes « de là-bas »).

— Dis-moi la vérité, ordonna Peter à Merrie pendant un rare instant d'intimité, au moment de débarrasser la table. Comment ça se passe ?

Meredith s'assit à la table de la cuisine.

— Franchement ? Beaucoup mieux que je ne l'aurais cru. An est adorable. Mais... je tremble pour elle. Ses brûlures sont si affreuses ! Quand je pense aux opérations qu'elle va devoir subir...

Pour la première fois de sa vie, Meredith entrevoyait ce dont les gens parlaient quand ils évoquaient l'instinct maternel.

— Avec toi à ses côtés, je ne me fais pas de souci pour elle, lui glissa Peter. Et ta mère semble très impliquée.

— Oui, elle revit depuis An. Je dois dire que sa présence me fait du bien, à moi aussi.

Elle rougit avant d'ajouter :

— Je suis contente de rentrer à la maison le soir.

Peter savait écouter. Meredith, en confiance, se livrait à lui sans pudeur.

— Les enfants, ça change la vie, répondit Peter avec un sourire. C'est un cliché, j'en conviens, mais…

— Tellement vrai ! renchérit Merrie.

La soirée fut un succès. An s'était illuminée en reconnaissant les mets de chez elle et Janet resta tard pour la border. Les menaces dont Meredith avait fait l'objet lui étaient presque sorties de l'esprit. Pas tout à fait, cependant, et elle hésitait à en toucher deux mots à Peter. Il en allait peut-être de la sécurité d'An. D'un autre côté, elle ne voulait pas en faire tout un plat. Il s'était mis à lui raconter ses aventures en Afrique et en Asie, et elle n'eut pas le cœur de troubler son récit.

Quand il lui confia que son travail était son unique passion, elle sourit.

— Je n'aurais pas mieux dit, affirma-t-elle. Enfin, maintenant, j'ai aussi An…

— Certaines personnes arrivent à conjuguer vie professionnelle et vie sentimentale… Moi, je n'y suis jamais parvenu, lui avoua Peter.

Soudain timide, il ajouta :

— Merci de m'avoir permis de m'incruster ce soir.

— Tu rigoles ? J'étais trop heureuse de profiter de tes services d'interprète ! blagua Merrie.

An avait confié au médecin qu'elle se plaisait beaucoup chez sa « maman américaine » et que sa « mamie américaine » était « très gentille ».

— Tu sais que je ne suis pas venu seulement pour An, n'est-ce pas ? demanda Peter.

Meredith accusa la surprise. Il y avait si longtemps qu'un homme ne s'était pas intéressé à elle qu'elle ne savait plus comment réagir. Il y eut un moment de flottement.

Peter prit congé quelques instants plus tard. Cette nuit-là, la jeune femme pensa à lui. Il menait une existence aussi remplie que la sienne – plus encore, sans doute. Cette idée la rassurait. Peter Watts ne pouvait envisager d'entamer une relation avec elle. Rassérénée, elle s'endormit, en paix et – croyait-elle – en sécurité.

Le vandale refit des siennes quelques jours plus tard. Un intrus s'était introduit par effraction dans le cabinet. Il n'avait rien volé, mais avait méthodiquement déchiqueté les dossiers et occasionné quantité d'autres dégâts. Charlie fit venir des ouvriers et remplaça le matériel irréparable, mais le mal était fait : à compter de ce jour, Peggy vécut dans la terreur, craignant que le vandale ne revienne en plein jour pour les agresser. Et, au domicile de Meredith, les appels anonymes se multipliaient.

Alarmée, elle finit par en parler à Peter. An avait déjà tant souffert qu'elle ne souhaitait l'exposer à aucun risque supplémentaire. Informée de la situation, Claudia proposa d'héberger l'enfant et sa nounou le temps que les choses se tassent. Avec la bénédiction de Peter, Meredith fit donc les valises, loua une voiture et mit le cap sur le Connecticut en fin d'après-midi. An n'avait pas l'air dans son assiette. Croisant son regard dans le rétroviseur, Meredith s'efforça vainement de la rassurer. Quand elle se gara dans l'allée de Claudia, l'enfant resta cramponnée à la banquette, pétrifiée. Il fallut que Merrie la porte. Seule la vue de Sarah et du petit Alex lui redonna le sourire : ils l'accueillirent avec des cris de joie. Hélas ! Quand An comprit que sa nouvelle maman ne resterait pas dormir, elle s'effondra. Du regard, elle implorait Merrie de rester. Celle-ci lui caressa tendrement la main, lui donna mille baisers, mais rien n'y fit : lorsqu'elle reprit le volant, la petite pleurait à chaudes larmes.

Sitôt de retour chez elle, Merrie appela Claudia. Celle-ci avait réussi, non sans mal, à coucher la fillette. An dormait, sa nounou à ses côtés.

Meredith reçut de nouvelles menaces de mort le soir même. La situation commençait à l'affecter. L'enquête de la police piétinait. L'individu passait ses appels depuis des cabines téléphoniques apparemment choisies au hasard. Par chance, trois jours plus tard, un policier posté dans une voiture banalisée devant le bureau de Merrie vit un individu pénétrer par effraction dans le bâtiment. L'intrus fut appréhendé par les autorités alors qu'il défonçait la porte à coups de masse. Le lendemain, Merrie reçut la visite d'un des enquêteurs. Le coupable, un suprémaciste blanc originaire du Mississippi, avait dégoté une liste de tous les membres et bénévoles de l'ACLU, passés ou présents, et s'était mis en devoir de « les punir » pour leur implication dans le mouvement des droits civiques. Il avait fait de la prison pour braquage à main armée ainsi que pour tentative d'homicide volontaire et encourait des accusations de violation de conditionnelle, violation de domicile, vandalisme et harcèlement. Pour Meredith, le cauchemar était terminé.

Elle se remettait de ses émotions quand Charlie s'avança vers elle et lui tendit une tasse de café.

— Merci, lui dit-elle. Ouf ! Une bonne chose de faite. Je vais pouvoir récupérer An ce soir après être passée au tribunal. On s'en sort bien !

Charlie, assis en équilibre précaire sur l'accoudoir d'un fauteuil, ne disait rien.

— Quelque chose ne va pas ? lui demanda Merrie.

Il se contenta de lui retourner une moue triste et penaude. Merrie but quelques gorgées de son café avant que le jeune homme se jette enfin à l'eau.

— J'ai quelque chose à te dire. En fait, ça me démange depuis un bout de temps, mais ce n'était pas le moment, avec tout ce qu'il se passait...

— Ne tourne pas autour du pot, lui dit Meredith en le fixant.

— Je m'en veux de te faire ça, reprit Charlie, dans ses petits souliers. Voilà : j'ai besoin de changer d'air. Je déménage à San Francisco.

Meredith avait l'impression que le sol se dérobait sous ses pieds. D'abord Angela, et maintenant lui !

— Quand ? lui demanda-t-elle, lugubre.

— Dès que tu auras trouvé quelqu'un pour me remplacer.

Meredith opina du chef. Personne n'arriverait jamais à la cheville de Charlie.

— Bon, dit-elle, résignée. Je vais lancer un recrutement. Tu es sûr de ta décision ?

— Je crois… L'est-on jamais vraiment quand on plaque tout ? Ce que je sais, c'est que je dois quitter New York. J'en ai fait le tour. Je suis désolé, Merrie.

— Bah ! C'est la vie.

Charlie ne lui devait rien. Il avait été l'assistant idéal et allait beaucoup lui manquer, mais le jeune homme était libre de voguer vers de nouveaux horizons si telle était sa volonté. C'est donc le cœur serré que Merrie reprit la route du Connecticut ce soir-là.

Claudia, sortie accueillir son amie, remarqua tout de suite que quelque chose clochait.

— Charlie vient de me présenter sa démission, lui confia Meredith. Je ne sais pas comment je vais m'en sortir sans lui. J'ai déjà du mal à maintenir la tête hors de l'eau, alors…

— Tu l'as bien trouvé, lui. Tu en trouveras un autre.

— Charlie était à mes côtés depuis le début…

— La vie est longue, lui rappela Claudia, philosophe. Ne te laisse pas abattre.

An accourut alors, radieuse, et agrippa la main de Meredith de toutes ses forces.

— Je n'en ai pas l'intention, promit Meredith à Claudia en embrassant la petite. Mais je me serais bien passée de ce nouveau casse-tête !

Elle reconduisit Pam jusqu'à son domicile et rentra chez elle avec An.

— Je vous apporte à dîner pour fêter ça ? proposa Peter, averti de son retour. Je sais que tu es très prise, Merrie, mais cela ferait peut-être plaisir à An…

Meredith accepta avec plaisir.

Peter les trouva en pleine partie de dames chinoises. An était imbattable et poussait un grand cri de triomphe chaque fois qu'elle gagnait. Quand elle vit entrer le médecin, elle se lança dans une longue tirade en vietnamien. Peter dut lever la main pour l'interrompre et traduire son propos à Meredith.

— Elle a cru que tu ne voulais plus d'elle et que tu la refourguais à ta copine. Elle pensait ne jamais te revoir.

— Quoi ? s'écria Merrie, horrifiée par la méprise. Jamais je n'aurais fait une chose pareille ! Elle peut compter sur moi pendant tout son séjour ici. Tu veux bien le lui dire, s'il te plaît ?

La durée de ce séjour restait encore à déterminer, et pour cause : on n'avait pas encore retrouvé la trace de ses parents. Avaient-ils fui le danger, se cachaient-ils quelque part, ou bien étaient-ils morts ? Les recherches engagées par Peter n'avaient pas encore pu le lui apprendre. Avec mille précautions, Merrie prit la fillette dans ses bras et la cajola pendant que Peter traduisait pour elle sa promesse. An leva les yeux, sourit et prononça une nouvelle phrase à rallonge.

— Euh… En résumé, elle dit qu'elle t'aime, dit Peter, facétieux.

— Dis-lui que je l'aime aussi, répliqua Meredith.

C'était la stricte vérité. Cela faisait à peine un mois qu'elle la connaissait mais, contre toute attente, elle s'était beaucoup attachée à l'enfant. An et elle exprimèrent avec les yeux ce qu'elles ne pouvaient se dire avec des mots.

— Quand je pense que si je n'avais pas accompagné Claudia à cette séance de dédicace, dit Merrie à Peter en mettant la table, nos chemins ne se seraient peut-être pas croisés, et je n'aurais jamais rencontré An !

— On dirait que j'étais en veine, ce soir-là, renchérit Peter.

— C'est moi qui ai eu de la chance ! Je pensais ne jamais avoir d'enfants...

Merrie devint pensive.

— En fait, non : je n'y pensais même pas. J'étais trop absorbée par mon quotidien chargé à craquer. Et regarde-moi aujourd'hui !

An l'avait transformée.

Le dîner fut un moment de joie et de complicité. Éperdue de soulagement, An n'arrêtait pas de rire. Quand elle fut couchée, Meredith et Peter demeurèrent longtemps seuls au salon à discuter.

— Et toi ? lui demanda la jeune femme. Tu as déjà songé à adopter officiellement l'un de tes petits protégés ?

Il mûrit longuement sa réponse.

— J'ai une responsabilité envers chacun d'entre eux. Je ne crois pas pouvoir en assumer davantage. Mieux vaut connaître ses limites.

— Je croyais connaître les miennes. Parfois, on se surprend soi-même.

— Plus jeune, j'imaginais qu'un jour je fonderais une famille. C'était compter sans ma vie de nomade, ou plutôt de chevalier errant ! Je ne regrette rien. J'aime passionnément mon existence telle qu'elle est.

— Je te comprends. Longtemps, mes causes ont été toute la mienne. Et pourtant, maintenant qu'An est là, je ne peux plus concevoir le quotidien sans elle. Tu sais, quand je t'ai téléphoné pour t'en parler, la première fois, j'avais la conviction de commettre une erreur monumentale…

— Je suis tombé des nues ! lui avoua Peter, hilare.

Il effleura sa main.

— J'aimerais t'inviter à dîner un soir, dit-il. Au restaurant, rien que toi et moi. Qu'est-ce que tu en dis ?

Il n'avait pas fini sa phrase qu'elle acceptait déjà :

— J'adorerais.

— Tu me raconteras l'époque où tu fricotais avec les Freedom Riders et tous tes séjours en prison !

— C'est une très longue histoire ! s'esclaffa Meredith. D'ailleurs, je ne suis pas certaine que cette époque soit tout à fait révolue. Un de ces jours, je vais me retrouver en cellule. Il reste tant de combats à mener ! Et puis, c'est de famille : même mon père a été arrêté, une fois, et le plus fort, c'est que je crois qu'il en était fier.

Peter éclata de rire.

Avant de la quitter, il hésita un instant sur le paillasson avant de l'embrasser. Ce fut dans le cœur de Merrie un déferlement d'émotions inattendues. Elle referma la porte doucement, en proie à un mélange vertigineux de désir et d'appréhension.

18

Le premier rendez-vous médical d'An fut éprouvant. L'ampleur de la tâche était colossale. D'après les chirurgiens, il fallait compter dix-huit à vingt-quatre mois de soins. En ce qui concernait les résultats des greffes, les médecins étaient confiants, mais il allait falloir s'armer de patience et de courage.

An se montra d'une résilience étonnante. « Plus j'aurai d'opérations à subir, plus longtemps je pourrai rester ici ! » traduisit l'interprète.

— On devrait emmener la petite à Disneyland, suggéra Janet, qui ne lâchait plus « sa petite-fille » d'une semelle. Elle mérite de prendre un peu de bon temps, avec ce qui l'attend.

Meredith songeait de son côté à investir dans un appartement plus grand afin qu'An ait sa propre chambre. Deux ans, c'était long.

Elle déposa An et sa mère chez elle, où les attendait Pam, et regagna son bureau. Elle avait une montagne de travail à abattre et des entretiens à faire passer.

Charlie la héla dans le couloir pour lui transmettre ses messages.

— Comment ça s'est passé ? s'enquit-il.

— Cela ne sera pas une partie de plaisir, mais An est coriace. Tu sais que ma mère s'est mis en tête de l'emmener chez Disney ?

— Tu parles de la femme qui oubliait de signer ses chèques il y a deux mois encore ?

— Celle-là même !

Meredith rayonnait. Elle s'était réconciliée avec l'idée du départ de Charlie. Rien ne durait en ce bas monde, a fortiori dans la sphère professionnelle. Malheureusement, aucun des candidats qu'elle reçut dans l'après-midi ne donna satisfaction. Charlie, qui participait au recrutement, partageait sa consternation.

— Je ne peux pas te laisser avec ces guignols, affirma-t-il. Le premier était grossier et l'autre... Pour le dire poliment, ce n'était pas une lumière.

De fait, Merrie s'inquiétait. Même Peggy commençait à paniquer.

— Tu sais, tout bien réfléchi, la Californie, c'est surfait, déclara subitement Charlie. Est-ce qu'il est trop tard pour revenir sur ma décision ?

— Tu es sûr ? s'étonna Meredith. Tu paraissais si motivé...

— Je traverse une mauvaise passe. Je... je viens de me faire larguer, pour ne rien te cacher. Déménager me semblait l'unique façon de tourner la page.

— Ne compte pas sur moi pour te pousser vers la sortie ! s'exclama Meredith, l'espoir renaissant.

— Bof, lâcha Charlie. San Francisco attendra ! On oublie cette histoire de démission, au moins dans l'immédiat, d'accord ? Peut-être que l'amour de ma vie m'attend ici, au coin de la rue...

— C'est ton choix, Charlie. Tu es libre. Quant à l'amour, tu as entièrement raison : on peut faire de belles rencontres n'importe où, pourvu qu'on se trouve dans les bonnes dispositions d'esprit. C'est une question de chance et de timing.

Elle pensait malgré elle à sa rencontre avec Peter. Il était reparti pour le Vietnam quelques jours plus tôt, non sans lui avoir arraché la promesse de dîner en tête à tête avec lui à son retour.

Justement, il lui téléphona ce soir-là. Il avait quelque chose à lui annoncer.

— J'ai une triste nouvelle. J'en ai eu la confirmation aujourd'hui : An est orpheline. Elle n'a plus aucun parent en vie. Si on la renvoie à Saïgon dans deux ans, elle échouera dans un orphelinat. Quand viendra le moment, la décision t'appartiendra. Tu pourras lancer une demande d'adoption ou t'en tenir à ta décision initiale, mais je voulais que tu sois au courant, afin de pouvoir y réfléchir en connaissance de cause.

— Mais surtout, pas de pression, ironisa Merrie.

— Ce sont les faits, rien de plus. Promis.

— OK. Merci. Tu connais ta date de retour ?

— Dans quinze jours. Quand j'aurai accueilli tous nos petits nouveaux.

— Quinze jours ! Je serai sacrément affamée à ton retour.

Il rit.

— Il me tarde, à moi aussi, lui avoua-t-il.

Oui, Merrie était impatiente. Elle en avait des papillons dans le ventre. Elle qui n'avait jamais eu le temps ni l'envie de nouer une relation sentimentale, elle qui avait toujours préféré se consacrer à ses causes, à ses opprimés, ne se reconnaissait pas. Sans se trahir, sans renoncer à rien, elle avait réussi à faire une place dans sa vie pour An, et peut-être bien une autre pour Peter, aussi. C'était une métamorphose, mieux : une épiphanie. Une porte s'était entrebâillée et des horizons insoupçonnés s'offraient à ses yeux ébahis.

— Ne te laisse pas mourir de faim, Merrie, la taquina Peter. Mais attends-moi.

— Je ne fais que ça, lui assura-t-elle.

Six semaines. Il avait suffi de six semaines pour tout chambouler. An lui avait fait découvrir le sens du mot joie et avait même favorisé un rapprochement inespéré entre Meredith et sa mère, car, en prenant sous son aile une orpheline de guerre, Merrie entreprenait enfin un combat que Janet était en mesure de comprendre. Elle était en train de devenir une autre femme, elle aussi. Bridée par son rôle d'épouse soumise, elle n'avait jamais accédé à l'indépendance. Mais voici que, enhardie par la petite Vietnamienne qui avait dérobé son cœur, Janet McKenzie prenait enfin son envol.

— Prends soin de toi, Merrie, dit Peter avant de raccrocher. On se voit bientôt.

Merrie pensa longuement à lui, ce soir-là. Ces dernières années, les héros de sa jeunesse étaient tombés les uns après les autres. Peter, par son altruisme, lui paraissait de taille à partager leur piédestal. Et le fait qu'il admire les combats qu'elle-même menait constituait pour la jeune femme une qualité inestimable.

Le lendemain matin, Meredith trouva An en chemise de nuit en train d'inonder ses céréales de coulis de chocolat. Elle rayonnait.

— Oui ? dit-elle, ce qui était sa façon de lui demander sa permission.

Merrie hésita.

— Euh… Non.

Mais elle se ravisa :

— Enfin… Après tout, pourquoi pas ! Au diable l'hygiène de vie ! On n'a qu'à écrire nos propres règles. Qu'est-ce que tu en dis ? Mais ça reste entre nous.

Elle décocha à la fillette son plus grand sourire et lui tendit un verre de lait pour accompagner son festin.

La veille, avant de s'endormir, elle avait pris sa décision. Elle allait l'annoncer à Peter à la première occasion. Elle n'avait pas besoin de patienter deux ans. Un jour, peut-être, quand la guerre serait terminée, elle emmènerait An au Vietnam pour lui permettre de revoir sa terre d'origine, mais il n'était pas question de la renvoyer vers un orphelinat de Saïgon ! Meredith contempla l'enfant en songeant à l'avenir qui les attendait. Elles avaient tant de choses à s'apprendre, toutes les deux ! Meredith fit un vœu. Tout au long du parcours, elle s'efforcerait de se montrer à la hauteur de son propre modèle : son grand-père. Elle transmettrait à An les valeurs de Bill McKenzie, qu'elle-même chérissait tant, et la fillette en ferait ce qu'elle désirerait.

Les quinze jours s'écoulèrent et Peter rentra à New York avec douze petits Vietnamiens de plus. Meredith alla aussitôt faire leur connaissance au centre. An, qui l'accompagnait, fut ravie de pouvoir jouer avec des camarades qui parlaient sa langue ; quant à Peter, il s'éclaira en apprenant la décision de Merrie.

Une fois remis du décalage horaire, il tint parole. Il invita Meredith à dîner dans un restaurant du quartier et ils discutèrent sans voir le temps passer. Merrie travaillait sur une affaire de discrimination raciale qui risquait fort d'entrer dans les annales, et Peter avait quantité d'anecdotes exotiques à lui raconter. Lorsque le restaurant ferma ses portes, ils rentrèrent chez Merrie à pied, main dans la main, sans se presser. Ils savouraient la douceur de la soirée, conscients de la chance qu'ils avaient de s'être rencontrés à ce tournant précis de leur vie. Plus que jamais, Meredith en était persuadée : en dépit des revers, des épreuves et des deuils, il fallait s'accrocher à ses convictions. Le courage et l'intégrité étaient toujours récompensés.

ŒUVRES DE DANIELLE STEEL
AUX PRESSES DE LA CITÉ *(Suite)*

En héritage
Disparu
Joyeux anniversaire
Hôtel Vendôme
Trahie
Zoya
Des amis proches
Le Pardon
Jusqu'à la fin des temps
Un pur bonheur
Victoire
Coup de foudre
Ambition
Une vie parfaite
Bravoure
Le Fils prodigue
Un parfait inconnu
Musique
Cadeaux inestimables
Agent secret
L'Enfant aux yeux bleus
Collection privée
Magique
La Médaille
Prisonnière
Mise en scène
Plus que parfait
La Duchesse
Jeux dangereux
Quoi qu'il arrive
Coup de grâce
Père et fils
Vie secrète
Héros d'un jour
Un mal pour un bien
Conte de fées
Beauchamp Hall

Vous avez aimé ce livre ?
Vous souhaitez en savoir plus sur Danielle STEEL ?
Devenez, gratuitement et sans engagement, membre du
CLUB DES AMIS DE DANIELLE STEEL
et recevez une photo en couleurs.

Retrouvez Danielle Steel sur le site :
www.danielle-steel.fr

La liste de tous les romans de Danielle Steel publiés aux Presses de la Cité se trouve au début de cet ouvrage. Si un ou plusieurs titres vous manquent, commandez-les à votre libraire. Au cas où celui-ci ne pourrait obtenir le ou les livres que vous désirez, si vous résidez en France métropolitaine, écrivez-nous à l'adresse suivante :

Éditions Presses de la Cité
92, avenue de France
75013 Paris

Imprimé en France par CPI
en décembre 2021

Composition et mise en pages
Nord Compo à Villeneuve-d'Ascq

MIXTE
Papier
FSC FSC® C003309

L'éditeur de cet ouvrage s'engage dans une démarche de certification FSC® qui contribue à la préservation des forêts pour les générations futures.

Pour en savoir plus :
www.editis.com/engagement-rse/

N° d'impression : 3046038